ベリーズ文庫

甘い恋飯は残業後に

つきおか晶

STARTS
スターツ出版株式会社

目次

甘い恋飯は残業後に

甘い恋飯は残業後に

高嶺《たかね》の花

地下鉄を降りて、いつもの通りを歩く。

会社が近づくにつれ、さほど暑くもないのに額に汗がじわりと滲《にじ》んできた。おそらく昨日、叔父さんの店でワインを飲みすぎたせいだ。

バッグからハンカチを取り出し、額に軽く押し当てる。なんだか情けなくなって、ため息がこぼれた。

二十七歳のうら若き女性——と言ってもいい歳かどうかは別として——が、翌日汗をかくほど飲みすぎるって、どうなんだろう。

でも、ゆうべはどうしても飲まずにはいられなかった。『なんでわたしばかりこんな目に……』と愚痴をこぼしながら、いつもの倍の量は飲んでしまっていたと思う。叔父さんに止められなければ、もっと飲んでいたかもしれない。

「おはようございます、桑原《くわはら》さん」

背後から声をかけられて振り向くと、声の主は隣の部署の男性社員だった。照れくさそうに頬を緩めながら、こちらを見ている。

その顔につられてうっかり口角を上げそうになって、わたしは慌てて真横に引き結んだ。

「おはようございます」

男性社員はすぐに顔を前に向け、少し早足気味に先を歩いていく。

感じ悪いと思われたかもしれないな。

かといって、無駄に愛想を振りまくわけにはいかない。ただ面倒なことが増えるだけだ。それは、これまでの経験でよくわかっている。

「……あ」

もしかして、酒臭かったということはないだろうか。

入念に二回も歯を磨いてはきたものの、完全にお酒の臭いが消えたかどうか、自分ではわからないから困ってしまう。

汗臭い上に酒臭いだなんて、まったく笑えない。

わたしはバッグからミントタブレットのケースを取り出し、口に五粒放り込んだ。

「ちょっと万椰《まや》さん、聞きましたよー！」

わたしがオフィスに入ったと同時に、同じチームの後輩、水上綾乃《みずかみあやの》が大声を上げげながらこちらに飛んできた。

「なっ……なにを⁉」

「昨日、リテール本部の山西《やまにし》さんから告られたらしいじゃないですかー！」

彼女は弾んだ声でそう言って、目を輝かせている。

わたしはそのひと言で、昨日の出来事を鮮明に思い出してしまった。お酒の力でようやく心の隅に追いやれたというのに。

「なんで、水上ちゃんがそれを知ってるの……？」

確かに昨日、あの場に人はいた。水上ちゃんの知り合いにでも目撃されてしまったんだろうか。

それにしても、毎度のことながら水上ちゃんの情報の速さには感心してしまう。いったいどこから仕入れてくるのか、彼女は上司さえ知らない情報を持っていたりするから恐ろしい。

「わたしを侮《あなど》らないでくださいよ。断ったことだって、知ってるんですからね！」

得意げな水上ちゃんを見て、わたしは苦笑するしかなくなってしまった。

「今年になってから、もう三人目じゃないですか？」

「……そう、だっけ？」

「そうですよ。いいなぁ、うらやましい」

羨望の眼差しでこちらを見つめている彼女を尻目に、わたしはデスク上のパソコンに電源を入れた。朝礼前にメールチェックぐらいは終わらせておきたい。

わたしがパソコンに視線を移しても、水上ちゃんは構わず話を続ける。

「山西さんって、けっこうイケメンだと思うんですけど、あのレベルでも万椰さんには無理なんですか？」

「別に無理とか、そういうんじゃ……」

「じゃあ他に好きな人がいる、とか？」

わたしは小さく息を吐き出して、彼女に微笑んだ。

「今は、仕事が恋人」

「えー、なんか使い古された言い訳みたいですよ、それ」

期待が外れたとばかりに、水上ちゃんは不服そうな顔をしている。

「言い訳でもなんでも、本当のことだもの」

それに、水上ちゃんが『山西さん』と言った彼は、本当に最悪だった。

――昨日の終業後、彼は会社のロビーで早くから待ち伏せしていたらしく、わたしの姿を見つけるなり、待ってましたとばかりに駆け寄ってきて告白してきた。

わたしが丁重にお断りすると、山西さんはプライドを傷つけられたと思ったのか逆上し始め、『思わせぶりな態度をしておいて、お前は男を翻弄するのが趣味なのか！』と、訳のわからない理由でわたしを責め立てた。

その後、なにを言っても埒《らち》が明かず、仕方なく『ごめんなさい』と頭を下げて会社を出たのだけど、納得いかなかったのか、どこまでもしつこくわたしの後をついてきた。

なんとか振り切ろうと、会社から二駅向こうのショッピングモールまで足を伸ばしてみたものの、まったく諦めてくれる気配はない。結局、わたしは下着売り場へ逃げ込むところまで追いつめられた。

さすがに男ひとりで女性の下着売り場をウロウロするわけにはいかないと思ったのか、そこでようやく観念してくれたから助かったけど……。

わたしはこれまで、山西さんに色目を使ったこともなければ、思わせぶりな態度をした記憶もない。そもそも、山西さんがいる本社『モリヤコーポレーション』リテール本部と、わたしの所属する社内ベンチャーカンパニー『フォレストフードカンパニー』店舗営業部は、月一の連絡会議で顔を合わせる程度。ふたりだけで話をしたのも数えるほどだ。

なぜあんなことになってしまったのか。過去にも似たようなことがあったから気をつけていたというのに。

「まぁ、万椰さんはその気になればいつでも彼氏を作れるからいいですよねぇ……」

水上ちゃんはうらやましげにこちらを見ている。

この手の言葉は、わたしに対しては大概、嫌味と悪意を交えて話されることが多い。でも水上ちゃんの場合はどうも本当にそう思っているらしく、わたしにとっては珍しく構えずに話ができる女の子で、こちらも助かっている。

「わたしなんか必死でアプローチしても、全然つかまらないし」

それは男たちのほうが見る目がないんだよ、と喉まで出かかったが、言うのはやめた。わたしが本心で言っても、嫌味ととられるのがオチだ。

水上ちゃんはちっちゃくて、ふにふにと柔らかそうな、いかにも女の子らしい容姿をしている。笑うと目がなくなるところは、女性のわたしから見てもかわいらしい。

「わたしも万椰さんみたいな美人に生まれたかったなー」

美人、ねえ……。

わたしはその言葉に対して、なにも返答できなかった。

メールに集中しているふりをして、パソコンの画面に向かったまま小さなため息を吐き出した。

わたしは人から『美人』と言われることに、いい加減辟易《へきえき》している。わたしにとってそれは、もはや差別用語と思えるほどだ。

でも、そんなことを他の人に言おうものなら『贅沢《ぜいたく》だ』『自慢だ』と言われるに決まっている。現に高校生の頃うっかり口を滑らせたら、『あの子は美人なのを鼻にかけている』とクラス中に言いふらされ、シカトされたこともあった。

もちろん、鼻にかけるつもりなど毛頭ない。むしろ、こんな過大評価はいい加減どこかへ投げ捨ててしまいたいぐらいだ。

男性にちょっと構われただけで女性たちは嫉妬心剥き出し、嫌味のオンパレード。場合によっては悪質な嫌がらせにまで発展したりもする。

わたしはこれまで、余計ないさかいが起こらないように周りに気を遣い、なるべく敵を作らないようにしてきた。そうしなければ、生きにくい世の中になってしまう。

恋愛だってそうだ。外見だけで勝手に判断されて、ちょっとイメージと違うとわかれば、わたしを悪者にして去っていく。等身大のわたしを想ってくれる人なんかほとんどいなかった。

いったい、それのどこがうらやましいの？　気苦労が絶えず、疲れる生活を強いられるだけだ。

「朝から楽しげだね」

その声に振り向けば、大貫《おおぬき》到《いたる》課長が爽やかな笑顔をこちらに向けていた。今日も細身の濃紺スーツがよく似合っている。

「あ、大貫課長。おはようございます」

彼は課長といってもまだ三十五歳と、世の中の課長職に就いている人よりもかなり若い。歳も感覚もわたしと近いせいか、ありがたいことに、話しやすい上司だ。

「大貫課長はいつも素敵なネクタイしてますよね。すっごくセンスいい」

「そう、かな。ありがとう」

褒め上手の水上ちゃんが早速、大貫課長のネクタイを褒めている。彼はスマートにお礼を返したつもりだろうけど、照れているのがバレバレだ。

わたし、桑原万椰が働いているフォレストフードカンパニーは、大手総合商社であるモリヤコーポレーションの社内ベンチャーカンパニーだ。

社内ベンチャーカンパニーとは、おおざっぱに言えば、大きい会社の中に独立した別の会社を建てたといった感じだろうか。場所も、モリヤコーポレーションの本社社屋の中にある。

フォレストフードカンパニーの主な事業内容は、飲食店の経営。わたしはカンパニーの中枢、店舗営業部一課に所属している。

数年前に、モリヤの外食事業部に在籍していた人たちが新規に事業を起こそうと集まり、元々モリヤで運営していたカフェのノウハウを取り入れて、本格的なイタリアンコーヒーが飲めるカフェレストランを企画しオープンさせた。

そのカフェレストラン『Caro《カーロ》』が無事軌道に乗り、二店舗目をオープンさせたところで、約一年前、社内カンパニーとして独立することとなった。

わたしは以前の部署の上司から推薦され、独立と同時にここに来た。ちょうど社内公募に応募しようかと思っていたところで、まさに渡りに船、本当にありがたいことだった。

他の社員もみんな、モリヤの社内公募と上司の推薦で集められた人材というだけあって、やる気のみなぎった、仕事のできる人ばかり。〝新しい事業を新しい感覚で〟というコンセプトで独立したこともあり、平均年齢は三十代半ば。つい三カ月前に着任した店舗営業部部長に至ってはまだ三十歳と、大貫課長よりも若い。

……が、その部長がわたしにとっては、この部署で唯一の〝困った人〟なのだ。

「大貫課長、そういえば例の、承認されました……？」

「それが……」

「あ、もう言わなくても大丈夫です。それですべて理解しました」

手のひらを課長のほうに向けて言葉を押しとどめると、彼は苦笑いを浮かべた。

「副部長も、毎度のことながら困ってたよ。丸投げされても、後々なにか問題が起きたら困るし、やっぱりちゃんと部長に目を通してもらわないと、って」

「そうですよね……」

大貫課長とふたりで、今は誰もいない部長の席を見つめる。思わずため息がこぼれた。

「でも、店舗巡回は本当に熱心にされてますよね、難波《なんば》さん」

わたしたちの淀《よど》んだ空気を察したのか、水上ちゃんが明るい声で言った。彼女なりにフォローしたつもりなのだろう。

「難波さんは店舗巡回〝だけ〟熱心だから、困るんだってば」

その〝難波さん〟という人物が、わたしの言う〝困った人〟だ。

難波宗司《なんばそうじ》。店舗営業部部長。

部長なのに、わたしたちが彼のことを『難波さん』と〝さん〟づけで呼んでいるのには、ちゃんとした理由がある。

最初の挨拶で彼が『役職とか階級とか、俺はそういう類のものは大嫌いなので、役職名で呼ぶのはやめてもらいたい』と言ったからだ。

うっかり社員が『部長』などと呼ぼうものなら、返事をしないだけでなく、まったく話も聞いてもらえないらしい。わたしはそう呼んだことがないから真相は不明だけれど、難波さんの性格なら充分にありえる。

そんな横暴な彼は、三カ月前までCaroの店舗マネージャーとして、店舗間を行き来しながら仕事をしていた。その気分が抜けていないのか、部長職に就いてもなにかといえば店舗に行こうとする。

本来、店舗巡回は部長の仕事ではない。

そのことをやんわりと諫《いさ》める社員の言葉には耳を貸さず、彼が部長になったのと同時期にCaroの店舗巡回担当になったわたしを引き連れ、少なくとも週に二度は一緒に巡回へ出かける。本部との橋渡し役はそれこそ店舗マネージャーの役目で、わたしが巡回するのは月に三回程度で充分なのに、だ。

おかげでオフィスでの仕事がいつも滞り気味で、わたしはほとほと困っていた。日々の残業は時間が制限されているし、セキュリティ上、仕事を持ち帰るのも禁止されているから、とにかく徹底的に効率よく仕事をしなければどんどんずれ込んでいってしまう。

「あっ、難波さん来ましたよ」

水上ちゃんが小声でわたしたちに教える。

オフィスに入ってきた彼は、今日も変わらず仏頂面だ。

部の女子社員たちは『イケメンは眉間の皺《しわ》すら素敵に見える』とはしゃいでいるけれど、わたしには理解できない。

外食事業部にいた頃は、出向でモリヤが運営しているファミレスの店長をやっていたこともあったと聞いたけど、あの仏頂面で店に立っていたんだろうか。

「桑原、行くぞ」

朝礼が終わると、難波さんは真っ先にわたしのところへやってきて、いつものセリフを口にした。

彼の身長はわたしより十五センチくらい上、おそらく一八〇センチを少し切るぐらいだろうか。肩幅が広くガタイがいいせいか、隣に立たれると威圧感がある。態度だけでなく外見からも怯《ひる》みそうになるが、負けてはいられない。

「勘弁してください。今日は午後から店舗営業部の全体会議なんで、それまでに資料も作らなくちゃいけないですし……」

「そんなの、昨日のうちにできなかったのか」

……昨日も店舗巡回に引っぱり出したのは、いったい誰なのよ。

そう口をついて出そうになったところを、ぐっと堪える。

「難波さんも、今日は午前中にモリヤ側との重役会議がある日でしたよね？」

「……あ、そうだったか？」

「この前、ご自分でおっしゃってたじゃないですか」

そう伝えると、「はあ」と軽くため息をつきながら、難波さんは渋い顔をする。

まったく、そういう重要なことは忘れないでいただきたい。

「仕方ないな。でも明日は必ず巡回に行くから、そのつもりで仕事を片づけておけよ」

「あの……月末も近くなってきたので、明日はオフィスでの仕事を優先したいんですけど……」

やんわりと言ったつもりだったけど、気に食わなかったのか、彼はわたしに鋭い視線を向ける。

「ダメだ」

「そんな……」

「その代わり、来週は俺ひとりで巡回に行って、桑原は勘弁してやる。それなら文句ないだろ」

横暴な彼はそう言い捨て、廊下へと消えていってしまった。

「……なんなのよ、あの人」

わたしは誰にも聞こえない声で小さく呟《つぶや》き、ストンと椅子へ腰を下ろした。

「万椰さん、サラダそうめんにしたんですか⁉　あー、わたしもそれにすればよかったー。やっぱり万椰さんのような美肌になるためには、ビタミン摂取が重要ですよね、うん」

なにも言っていないのに、水上ちゃんはそう勝手に決めつけて、ひとりで納得している。

わたしは単に、給料日前で財布の中身が寂しかったから、安いサラダそうめんにしただけなんだけど……。

「水上さんのは中華セット？　俺も最近腹回りが怪しくなってきたから、カロリー控えのメニューにすればよかったな」

大貫課長はポークカツレツを手にしながら、水上ちゃんの麻婆豆腐を見つめている。最近の昼食は、この三人でモリヤの社食、が定番になっている。特に誰が言い出したということもなく、なんとなくの流れで一緒に行くようになった。

「大貫課長、まずは腹筋を鍛えましょう」

なんの気なしにわたしがそう言うと、大貫課長は意味ありげに微笑んだ。

「そういえば、桑原さんは筋肉フェチだもんね」

「ふぇっ」と変な声が出てしまった。

「……わたし、そんなこと言いましたっけ？」

「前に、飲み会の席で俺に熱く語ってたよ、男性の筋肉について」

顔が熱くなってくる。

適度に鍛えられている男性の体にはときめくし、気の置けない友人たちともどこの筋肉のどういう感じがいいとか盛り上がることも多々ある。

同じ女性ならともかく、なにフェチだとか普段そこまでくだけた話はしたことがない男の上司に、酔っぱらって熱く語ってしまっていたなんて……恥ずかしい。

水上ちゃんはわたしの様子を見て「そうだったんですか！」とはしゃいでいる。

「そういえば、難波さんもけっこう筋肉質ですよね」

水上ちゃんから思いがけないパスを出されて、困惑する。ここで『そうだね』と言うのも、難波さんを意識していると思われそうな気がして嫌だ。

返答に詰まっていると、大貫課長が先に口を開いた。

「確かに肩とかガッシリしてるもんな」

水上ちゃんは首を何度も縦に振ってから、なにかを思い出したような顔をした。

「そうそう、この前気づいたんですけど、難波さんって、朝ドラに出てる俳優さんに似てません？　あの、ガタイのいい筋肉質の……名前は忘れちゃったんですけど」

「あー、あの俳優ね」

大貫課長はその人が誰かわかったらしく、「確かに似てる」と水上ちゃんと盛り上がっている。わたしはそれが誰かわからず、会話に交ざれない。

「あの俳優さん、かっこいいですよねー！」

水上ちゃんはそう言って、キラキラと目を輝かせている。

へえ。そんな顔になるぐらいのレベルなんだ。

「そんなにかっこいいの？」

「めちゃめちゃかっこいいですよ！　万椰さん、筋肉フェチなら、あの俳優さん絶対好きだと思うなー」

「……そうなんだ」

筋肉フェチだからといって、筋肉質の人なら誰でもいいというわけじゃないよ、と心の中で独りごちる。

「難波さんは、今頃、重役会議後に出る高級なお弁当を食べているんですかね。いいなぁ……」

付け合わせのザーサイを口にしながら、水上ちゃんがうらやましげな声を出した。

わたしも以前、そんな話を聞いたことがあった。会社経費で豪華なものが食べられるなんて、うらやましい限りだ。

「景気がよかった頃は確かに高級だったみたいだけど、最近はそんなに高級でもないらしいよ」

大貫課長は「これよりは豪華だろうけどね」と、自分の目の前のランチに視線を落として付け加える。

三人の間に、目には見えない虚しさが漂った気がした。

「でも難波さん、どうして社長の座を蹴ってまで、店舗マネージャーなんかやってたんですかね？」

水上ちゃんがふと、そんな疑問を口にした。

わたしもそのことは常々疑問に思っていた。

難波さんはCaroを立ち上げた中心メンバーで、フォレストフードカンパニーを設立する際、ぜひ社長に、とモリヤの上層部からも推薦されていた。しかし彼はそれをあっさり蹴り、本人の意思で店舗マネージャーに収まったのだ。

本人はまだ店舗マネージャーを続けたかったようだけど、さすがにもういいだろうと、この春、フォレストフード本部へ引き戻されたらしい。

取締役でもない、ただの部長の身分で重役会議に出席しているのは、そういう理由からだった。

難波さんと以前から同じ部署にいた大貫課長が、困ったような顔で口を開いた。

「その辺は俺もわからないな。自分たちが立ち上げた店になにかこだわりがあったのかもしれないし。ただ、以前社長が『あいつは変人だから』って言ってたのは聞いたけど。まぁ、社長がそう言うのもわかる気はするけどね」

「本当に変人ですよ、あの人は」

わたしがそう冷たく言い捨てたことに、大貫課長も水上ちゃんも驚いている。

……しまった。会社では発言に気をつけていたのに。

わたしは慌てて「変人と言われるほど、他の人と違った視点を持っていたからこそ、Caro の企画も立ち上げられたんでしょうね」と、無理やりその場を取り繕った。

「万椰」

突然、頭上に自分の名前が聞こえて見上げると、そこには同期で唯一仲のいい石川《いしかわ》由佳《ゆか》が立っていた。彼女も気を遣わずに話せる数少ない社員のひとりだ。

「あんた、リテールの山西さんとなんかあった？」

思いがけない問いかけに、ドキリとする。

再び、しかもまったく関係なさそうなところから、その名前を聞くことになるとは。

「あったといえば、あったけど……」

「他部署の人から聞いた話だと、山西さん、どうやら万椰の悪口をあちこちに吹聴しているらしいよ」

驚きはしなかった。またか、と思ったぐらいで。でも……。

「向こうが出まかせを言ってたとしても、それを鵜《う》呑《の》みにしたり尾ひれをつけたりする人も出てくるかもしれないから、とにかく誰の挑発にも乗らず、悔しいだろうけど静観してなよ」

その言葉には苦笑するしかなかった。

由佳が『静観』と言ったのは、昔同じようなことがあった時、わたしがいちいち弁解して回って騒ぎが余計に大きくなったのを知っているからだ。

「……わかった。ありがとう」

彼女は微笑むと「今度飲み行こう」とわたしの肩をポンと叩《たた》いて、社食を出ていった。

「山西さん、信じられない！　誠実そうな人だと思ってたのに……！」

水上ちゃんは今の話を聞いて、自分のことのように憤慨している。

「でも心配は無用ですよ。万椰さんの変な噂《うわさ》が聞こえてきたら、全否定しておきますから！」

……危ない。ちょっと、泣きそうになってしまった。

「ありがとう、水上ちゃん」

わたしは精一杯、余裕のふりをして彼女に微笑んでみせる。

「さっきの彼女が言うとおり、桑原さんはなにも言わないのが得策だろうね。妙な噂なんて、本人が無視してればすぐに消えるさ。それにモリヤのほうはともあれ、フォレストフードの社員は誰も、桑原さんのことを悪い人間だとは思っていないから大丈夫だよ」

大貫課長はそう言って微笑んだ。

「……ありがとうございます」

ふたりして、そんなに優しい言葉をかけないでほしい。

込み上げてきたものをぐっと堪え、なんとかやり過ごしてから、わたしは残りのサラダそうめんを口に運んだ。

『美人はなにもしなくてもモテるからいいよねー』

そう人に言われるたび、心の中で毒づいてきた。

わたしに寄ってくるのはジコチューなナルシストか、思い込みの激しいタイプか、ちょっと病んでる感じの人ばかりだよ！　どうせモテるなら、イケメンで優しくて、外見だけじゃなくわたしのことをちゃんと見てくれる男にモテたいわよ！と。

口に出すことができない分、わたしの心はどんどんどす黒く染まっていっているような気がする。

「今日はいつものと、グラスワインの赤だけでいい」

わたしは定位置である店のカウンター席に座った。

週半ばのせいか、店内は比較的空いているように見える。

「……なんだ。ダイエットでも始めたのか？」

コック帽を被った彼は、そう言いながらオープンキッチンの厨房《ちゅうぼう》から怪訝《けげん》そうな顔をこちらに向けた。

「ダイエット中なのはわたしじゃなくて、お財布」

ここは『ラーボ・デ・バッカ』という、この辺りではちょっと有名な洋食屋。母の弟である高柳《たかやなぎ》の叔父さんのお店だ。

メニューはグリルハンバーグやオムライスといった一般的に馴染《なじ》みの深いものから、牛ホホ肉の赤ワイン煮のような本格的なものまで揃《そろ》っている。

料理が苦手なわたしはほとんど自炊せず、特に予定がなければ土日以外はほぼ毎日、家から徒歩十分圏内にあるこのお店に来ていた。

……というより、ひとり暮らしをするならこのお店の近くじゃなきゃ、と必死に物件を探し回ったんだけど。

「毎日のようにここに来てるからだろ」

「だって、どうしても叔父さんのおいしい料理が食べたかったんだもん」

かわいく言っておだててみたものの、高柳の叔父さんにはまったく通用しなかったようだ。叔父さんはこちらをじっと見据えて、口をへの字に曲げている。

「んなこと言って、ごまかさなくてもいい」

「なにもごまかしてなんか……」

「またなにかあったんだろ？」

小さい頃からわたしをよく知る人にはやっぱりかなわないな、と苦笑する。

「仕方ないなー。かわいい姪《めい》っ子のために、俺が何品か奢《おご》ってやるか」

「本当!?　やったー！」

「誰かといる時はすました大人のふりして、こういう時は子供だよな、万椰は」

叔父さんは呆《あき》れたように笑って、厨房の奥のほうへと行ってしまった。

「今日は、あの変な男に追いかけられませんでしたか？」

わたしの前にカトラリーをセッティングしながら、スタッフの美桜《みお》ちゃんが心配そうな顔で聞いてきた。昨日もここで愚痴ったから、気にかけてくれていたのだろう。

彼女はこの店で一番長く働いているホールスタッフ。わたしの愚痴にも、くだらない話にも、いつも嫌な顔せず付き合ってくれるいい子だ。

「追いかけられたりはしなかったんだけどね……。わたしのことを周りに悪く言ってるみたい」

「ええっ!?」

美桜ちゃんの驚く声と重なるように、隣からグラスにワインを注ぐ音が聞こえた。

「お前はいつもそんな男にばかり好かれるな」

叔父さんはワインボトルの口を布で拭きながら、困ったように眉根を寄せる。

美桜ちゃんにボトルを戻すようにお願いすると、叔父さんはわたしの隣に座った。

「……やっぱり中身がお粗末なのかもね、わたし。だから類友でそういう残念な人を引き寄せてしまうのかも」

『お前は料理もできないし全然かわいげがないし、大した中身もない。見てくれだけで寄ってきた男は、やることとヤッて目的を達成したら、中身がないことに気づいて離れていくだろうよ。結婚まで考えるような男は誰もいないって』

わたしは兄の千里《せんり》から、いつもこう言われている。

かわいげがないのは自覚しているけど、中身がないと言われるのはさすがに悔しくて、兄貴にそれを撤回させようと今まで自分なりに頑張ってきた。

中学の時から勉学に励んできたのはもちろんのこと、自分磨きと称してはジャンルを問わず本を読んだり、資格を取ったり、カルチャースクールにも通ったり。……ただ、どうしても料理だけは上達しなかったけど。

兄貴はわたしがどんなに頑張ろうとその言葉を撤回する気はないらしく、わたしは未だに『中身がない』と言われ続けていた。

中身がないとは思いたくないけど、ここまで男運がないと、やっぱりそうなのかもと思えてくる。

「まだ千里の言うことを気にしてるのか？」

「気にしてはいないけど、こう続くと……さすがに、ね」

ちょっと嘘《うそ》をついた。

本当は、兄貴のその言葉がずっと心に引っかかっている。男性と付き合っても、失うのが怖くて先に踏み出せず、おかげでわたしは未だ処女のままだ。こんなこと、誰にも言えないけれど。

一年前、付き合っていた彼と別れたのも、これが原因だった。

どうせ失うなら、あの時思いきって踏み出せばよかったのかもしれない……なんて、今さらなことを思ってもどうしようもない。

「万椰は小さい頃から、千里の言うことを素直に受け取りすぎなんだよ。姉さんが『お兄ちゃんの言うことをちゃんと聞きなさいよ』って、お前に言いすぎたのも悪かったけどな」

叔父さんは諭すような声色でそう言う。

「いくらなんでも、今は子供の時みたいに真に受けたりはしてないよ」

「安心しろ。中身がないのは、お前より千里のほうだから」

そう言ってわたしの頭をポンと叩くと、叔父さんはまた厨房の中に戻っていった。

若い頃に結婚に失敗して、それからずっと独身でいる叔父さんは、わたしたち兄妹を自分の子供のようにかわいがってくれている。そんな叔父さんが兄貴のことをこんなふうに悪く言うのは、彼の素行に問題があるからだ。

兄貴は俗に言う〝イケメン〟で、昔から女の子によくモテる。それをいいことに、寄ってくるかわいい女の子をとっかえひっかえして、遊びまくっている最低な男。もう二十九歳だというのに、落ち着く気配は微塵《みじん》もない。

わたしがそんな兄貴の言葉を必要以上に気にしてしまうのは、兄貴の女の子の扱い方を見ていて、自分もそうなるんじゃないかとどこかで不安に思ってしまっているからなのかもしれない。

男の基準は兄貴じゃないとわかっているはずなのに、刷り込みは恐ろしい。

「残念な男ばかり寄ってくるのは、万椰さんになにか問題があるからじゃないですよ」

こちらに戻ってきた美桜ちゃんは、チーズをわたしの目の前に置きながら言った。

「そう?」

「この前も、常連のお客さんでＩＴ関係の会社の社長さんがいるんですけど、万椰さんのこと『キレイな人だね』って言ってたんです。でもその後『僕には高嶺の花だけど』って」

「高嶺の花ねぇ……」

三種類あるうち、好物のチーズを手に取ってひと口かじる。

「意気地がないだけなんですよ、最近の男は。だから万椰さんには、そういうことをなにも考えないジコチューか、思い込みの激しい男だけが寄ってきちゃうんだと思いますよ」

見た目はおとなしそうな美桜ちゃんだけど、言う時ははっきりと容赦がない。

「男は繊細で傷つきやすいからなぁ」

叔父さんは美桜ちゃんの言葉を聞いて困ったように笑ってから、わたしの前にことんと料理を置いた。

「ほら、ご所望の洋風モツ煮」

「あ、今日はバケット付きなんだ」

「それは俺の奢り。お前はこればっかり頼むなよな。俺も毎回大変なんだぞ」

叔父さんは不満を漏らしつつも、リコッタチーズのサラダも付けてくれた。

小さい頃に父親の酒の肴《さかな》だったモツ煮をもらって食べてから、モツ煮はわたしの大好物。だけど社会人になってから、一度だけ会社の人の前でモツ煮を頼んだら『桑原さんって、顔に似合わずそういうオヤジくさいものを食べるんだ』と言われて、それからなんとなく人前では頼みづらくなってしまった。

そんなわけでコンビニのお惣菜《そうざい》じゃないちゃんとしたモツ煮がどうしても食べたくて、叔父さんに頼み込んでこれを特別に作ってもらっている。

『洋食屋の俺にモツ煮を頼むなよ』と最初は渋られたけど、このデミグラスソースで煮込んだ洋風のモツ煮は、世界のどんな料理よりもおいしいんじゃないかと思う。

「これ、常連さんにこっそり出してるの、わたし知ってるんだからね」

「……お前にだけ食べさせるためにこれを作ってたら、破産してしまうだろうが」

叔父さんはばつが悪そうな顔をして話題を逸らす。

「万梛は、たとえば同じ部署で、ちょっとでもいいなと思ってる男はいないのか？」

そう言われて、同じ部署の男性陣をなんとなく頭に思い浮かべてみた。

大貫課長は優しくて仕事もできて素敵なのに、なぜか未だ独身だ。でも彼は恋愛対象というより、どちらかといえば同志という言葉がしっくりくる。

他を考えても、今のところ恋愛対象になりそうな人は見当たらない。

「人間的にいい人は多いんだけど……」

そもそも、今はなんとなく恋愛する気分にはなれない。『仕事が恋人』とあの時水上ちゃんに言ったのは、紛れもない本心だった。

「そういえば、三カ月前に来たっていう部長はどうなんだ。若いって言ってなかったか？」

言われて初めて、難波さんの姿が頭に浮かんだ。まったく対象じゃないから、さっきは思い浮かべもしなかったけど。

「……論外」

「どうして。外見の問題か？」

「外見は、他から言わせればかっこいいらしいよ」

部の女子社員たちの評価を思い出す。

「じゃあ、なにが問題なんだよ」

「性格。わたしとはぜーったいに合わない」

あんな横柄《おうへい》で自分勝手なジコチュー男と付き合ったら、振り回されて疲れるだけだ。

「万椰がそこまで人を嫌がるなんて珍しいな」

叔父さんは意味深な笑みを浮かべた。

「ちょっ……なに、その顔」

「いや」

叔父さんはまだニヤリと笑みを浮かべている。多分、わたしが小学生の時、嫌いと言っていた男の子のことが実は好きだった、という出来事を覚えているのだろう。

だけど今回に限っては、絶対にそれはない。

「本当に嫌だから、そう言っただけ。変に勘ぐらないでよね！」

「はいはい」

叔父さんは適当な返事だけして、他のお客さんの対応に回ってしまった。

「まったくもう……」

とはいえ、これ以上ムキになっても余計おかしなことになるだけだ。

わかってはいるけど、やっぱり反論し足りない。わたしは少しおもしろくなくて、赤ワインをぞんざいに喉に流し入れた。

変わり者

「はぁ……」

男女兼用のロッカー室の一角にある更衣室で、わたしは深いため息をついた。

先ほど店長から手渡された白シャツと黒のベストとパンツ、赤のロングエプロンを身に着け、姿見で全身をチェックする。

「なんでわたしがこんなことまで……」

誰もいないのをいいことに、恨み言を呟いてみる。

口に出せば少しは気持ちが収まるかと思ったけど、逆効果だった。お腹の底のほうからモヤモヤと、黒いものが湧き上がってくる。

今週は店舗巡回を勘弁してもらえる約束のはずが、なぜかわたしは今 Caro にいた。

それというのも、Caro 一号店の数名のスタッフが仕事終わりに近くの居酒屋に飲みに行ったところ、運悪く全員食中毒にかかってしまい、人手が足りなくなってしまったからだ。でも……。

「納得いかない」

これは絶対にわたしの仕事ではない。こういう時には、店舗営業部二課が対応することになっている。

昼休憩まであと一時間ぐらいかな、とコピー機の前で時計を確認していた時、難波さんが有無を言わさず強引にわたしを連れ出した。そしてお店に着く寸前になって初めて『ランチタイムだけ店のヘルプに入る』と言ったのだ。

鏡の中のわたしの顔には、あからさまに怒りが滲んでいる。それを、引きつりながらもなんとかいつもの表情に戻してから、ロッカー室を後にした。

「あ、桑原さん！」

Caroの店長がわたしを見つけ、こちらに歩み寄ってくる。

「お忙しいのに本当にすみません。でも、まさか桑原さんと難波さんが来てくれるとは思っていませんでした」

『わたしも思っていませんでした』とはさすがに言えない。仕方なく仕事モードに気持ちを切り替えて、無理やり笑みを作った。

「で、わたしはなにをすれば……」

「ああ、桑原さんにはとりあえずテーブルの片づけをお願いしてもいいですか」

「わかりました」

店長からひととおり説明を受け、混み始めてきたホールへと足を踏み出す。

なにげなく店内を見回してみると、カウンターの中でスタッフの手伝いをしているガタイのいい後ろ姿が目に入った。

店長の様子からして、通常どおり二課へヘルプ要請の連絡を入れたことは間違いなさそうだ。それなのに、どうして部長である難波さんが手伝うことになって、さらにわたしが駆り出されなくてはならなかったのだろう。

今すぐその後ろ姿に問いただしたいところをぐっと堪えて、テーブルの上の食器をトレーに重ねていく。こういうことは叔父さんの店で経験があるとはいえ、慣れない作業にいささか苦戦する。

どうにか仕事にも慣れてきた頃、ランチタイムが終わりを迎えた。中腰の姿勢になることが多かったから、少し腰が痛い。

店の隅で腰に手を当ててこっそり伸ばしていると、店長が笑顔で声をかけてきた。慌てて、体勢を戻す。

「いやあ、助かりました。本当にありがとうございました」

店長に罪はない。わたしはそう自分に言い聞かせ、努めて冷静に笑顔で対応する。

「こういうことは不慣れなもので、かえって足手まといだったかもしれませんが」

「いえいえ。桑原さんのような素敵な女性が一緒に働いてくださって、スタッフの男どもはいつもよりやる気がみなぎってましたよ」

「そんな……」

わたしは笑ってその場をごまかし、店長に会釈をしてからロッカー室に向かった。

こんな会話が女性スタッフに聞かれようものなら、敵意を剥き出しにされて、今後の仕事がやりづらくなるのは目に見えている。

ロッカー室に入ると、そこには既に難波さんがいた。

少し疲れた様子で、パイプ椅子にどかりと腰を下ろしている。

「……お疲れさまです」

怒りを押し殺しながら、仕方なく最低限の挨拶だけはする。

「明日も来るぞ」

借りていたロッカーから自分の服を取り出し、更衣室のカーテンを開けようとしたところで、後ろからそんなセリフが聞こえた。

「……は？」

「桑原は明日も俺と、ここのヘルプに入る」

難波さんは椅子から立ち上がり、こちらに近づいてくる。

ねぎらう言葉もいっさいなく、ここまで勝手なことばかり言われたら、さすがに黙ってはいられない。

「失礼ながら、店舗のヘルプは二課の仕事かと思いますが」

「そんな細かいことはどうでもいい」

「どうでもいい、って……どういうことですか。今週は巡回を勘弁してやると、難波さん、先週そうおっしゃったじゃないですか」

怒りで声が震える。

「これは巡回じゃない。店舗でイレギュラーなことがあったら、こちらの都合はどうあれ、店舗が機能するように対応するのが当然だ」

「だから、それは二課の仕事で……！」

勢いで怒りをぶつけそうになって、言葉を呑み込んだ。

ダメだ。いくら理不尽なことを言っていても相手は上司だ。冷静になれ、わたし。

「俺はCaroの仕事に慣れているし、さほど慣れていない者が来るより即戦力になる」

「なら、わたしは二課の社員よりも慣れていませんし、適任ではないと思います」

すると難波さんは冷笑にも似た笑みを薄く浮かべた。

「即戦力ではないかもしれないが、二課の冴《さ》えない男がヘルプに入るよりも桑原のほうがいい」

「……どういう意味ですか」

もう怒りを抑えることはできない。怒気を孕《はら》んだ声がわたしの口から吐き出される。

「店が、華やぐ」

『華やぐ』って……わたしは賑《にぎ》やかしってこと？　この人までそんなことを言うとは思わなかった。横暴で自分勝手でも、仕事に関しては男女関係なく考えてくれている人だと思っていた。

「腹減っただろ。昼飯、奢ってやる」

わたしが怒りをあらわにしていたからか、難波さんはそう言って、子供を宥《なだ》めすかすようにわたしの肩に手を置いた。

「……けっこうです。仕事も詰まっていますし、このままタクシーで先に社に戻ります。難波さんはゆっくりしていらしてください」

「ゆっくりって……」

困惑気味に眉根を寄せた難波さんを、わたしはキッと睨《にら》みつけた。

「着替えたいので……すみません」

難波さんは珍しく決まりの悪そうな顔をして、わたしの肩から手を外す。

この顔を見ることができただけ、多少は気が晴れたかもしれない。

ただでさえ誰かのせいで仕事がずれ込んでいるところに月末の忙しさが加わり、さらに思いがけないCaroのヘルプ業務で、結局わたしはいつもよりも一時間長く残業する羽目になってしまった。

今日はとことん飲まなきゃ気がすまない。給料日は明日だし、もうこの際、懐の具合は気にしないことにする。

「おかわり」

わたしは注がれたばかりの赤ワインを一気に飲み干して、叔父さんにグラスを差し出した。

「なんだ、随分荒れてるな」

「……ちょっとね」

眉をひそめながらも、叔父さんはグラスにワインを注いでくれる。また一気に飲み干そうとすると、叔父さんの手がそれを阻止した。

「ちょ、っと、こぼれるってばっ」

「うちの店は、食事とお酒をゆっくり楽しむところだ。そんな飲み方するヤツはよそへ行ってくれ。店を出ていきたくなければ、普通に飲むんだな」

叔父さんは低い声でそう言って、厨房のほうへと消えていった。

……わかってるけど。こんなこと、ここでしかできないんだもん。

ばつが悪くて、テーブルに肘をつき、ふて腐れた格好でカッテージチーズのカナッペをかじる。

「どうかしたんですか」

いつもなら叔父さんが出してくれる洋風モツ煮を、美桜ちゃんが持ってきてくれた。

叔父さん、本気で怒ったんだろうか。

「……いい加減、ストレスが溜《た》まっちゃってて。このままでいくと、いよいよ爆発しそうだったから」

苦笑しながら言うと、美桜ちゃんはなにかを思い出したような顔をした。

「もしかして、あの思い込みの激しい男にまたなにかされたんですか?」

「ああ……あの男が流した悪口は聞こえてはきたけど、想定の範囲内だったからそっちは気にしてないよ」

モツ煮をつつく。こんな時でも、やっぱりおいしい。

「最近ずっと、自分勝手な人に振り回されててね……」

「え、万椰さんを振り回すなんて、よっぽどの人じゃないですか、それ」

『よっぽどの人』って……わたしは美桜ちゃんからどんなふうに見られているんだろう。ちょっと不安になってしまう。

「どんな男性なんですか？」

美桜ちゃんは、心なしか目を輝かせている。彼女の中では、その人がもう男性に変換されているようだ。

まあ……男性なのは間違いないけど。

「上司よ、上司」

「その上司っていうのは、この前話してた部長か？」

叔父さんがにやけ顔でわたしたちの会話に交ざってくる。

……よかった。どうやら怒ってはいなかったようだ。

「そう。約束も守らないし、社内ルールも無視でとことん自分勝手だし、その上ねぎらいの言葉ひとつないのよ？　『こっちの都合で悪かった』とか『ご苦労だった』って言われれば、それでもまだ救いはあるんだけど」

「まあなぁ」

そう言って、叔父さんは苦笑する。自分も上の立場だから、なかなか返答に困るのだろう。

「でも、男性は少しぐらい強引なほうが素敵だったりしません?」

美桜ちゃんまでなにを言い出すのか。

彼女の言葉に、叔父さんはまたニヤニヤしている。

「恋愛対象になりうる男性ならともかく、あんなのはただ迷惑なだけだよ! 今日だって、その上司のせいで一時間長く残業する羽目になったし……。もう、店舗マネージャーでも社長でもなんでもいいから、どこかにいなくなってくれればいいのに!」

「それは、俺のことか?」

聞き覚えのある声が、自分の真後ろから聞こえた。背中に、嫌な汗が滲む。

誰か、この状況を嘘だと言ってほしい。今聞いた声は、違う人のものだと。

「あれ? どうした、宗司」

わたしの真後ろにいる人物を、叔父さんは笑顔で『宗司』と呼んだ。

……完全に、終わった。

「高柳さん、俺、ここに席移ってもいい?」

「おう」

叔父さんはわたしに断りもなく、勝手に返答する。

「こちらに料理とお飲み物を持ってきますねー」

「ああ、すまない」

美桜ちゃんも、初めて来たお客さんに対してという感じではない、なんとなくくだけた応対の仕方をしている。

どういう、こと……？

その声の主は、おもむろにわたしの隣の席に座った。

「どう、して、難波さんが、ここに……」

さすがに横を向くことはできず、俯《うつむ》いたまま尋ねた。つっかえつっかえになってしまって、動揺しているのがモロバレだ。

「俺もこの店の常連だからな」

「……えっ？」

そんなの……知らない。だって、今までこの店で一度も見かけたことなんか……。

「なんだ？　万椰んとこの部長っていうのは、もしかして宗司のことだったのか？」

「えー！　そうだったんですか!?」

叔父さんは満面の笑みを浮かべ、美桜ちゃんはなぜかはしゃいでいる。

待って。当事者を置いてきぼりにしないで。

「あの……どういうことなのか、事情がよく呑み込めてないいんだけど……」

「呑み込むもなにも、なぁ」

叔父さんは、『なにを今さら』とでも言いたげな顔をしている。

「それになんで叔父さんは難波さんとそんな親しげなの？」

いくら常連でも、叔父さんはお客さんを下の名前で呼ぶことはないはずだ。ましてや呼び捨てなんてありえない。

「なんでって、そりゃ――」

「大学時代にこの店が気に入って、それからずっと通ってるからだよ」

難波さんは叔父さんに手のひらを向けてその先の言葉を制すると、落ち着き払った声で言った。

「嘘……」

ダメだ、混乱してなにがなんだか……。

愚痴っていたのを当人に聞かれてしまったというショックと、難波さんがこの店の常連だったというショックが一気に押し寄せて、なにも考えられない。

難波さんはわたしがボソリとこぼした言葉に「嘘じゃない」と、また憎らしいぐらいに冷静な声で答えた。

「俺は、桑原のことをよく見かけていたけど」

「ええっ⁉」

驚きのあまり、思わず難波さんのほうを向いてしまった。

彼は薄く、意味ありげに笑みを浮かべている。

「高柳さんと話す時には子供っぽくなるところとか、酒を飲みすぎてグダグダになっているところとか」

「な、っ……！」

「だから、桑原がすまし顔で仕事をしている姿を見るたびにおかしくてな」

いたたまれない。でも、逃げ出すこともできず、今はただ俯くしかなかった。顔が熱くなっていく。

ここにはわたしを知っている人間は誰も来ないだろうと、油断していた自分がバカだった。

「宗司、あんまり万椰をいじめないでやってくれよ」

そう言い残して、叔父さんは厨房の奥へと引っ込んでしまった。美桜ちゃんも既に仕事に戻っている。

今、この人とふたりきりにしないでほしいのに……！

「俺は桑原をいじめているつもりはないけど……」

難波さんは呟くようにボソリと言ってから、美桜ちゃんがいつの間にかこちらに持ってきていた赤ワインを口に運んでいる。

「……あの」

打ち負かされたような気がして悔しかったから、じゃない。困った顔をするでもない、いつもどおりの無表情の顔を見ていたら、どうしても言わずにはいられなくなってしまった。

でもさすがに目を見て話すのは怖くて、俯く。

「もう、この際だから言わせてもらいますが」

緊張のせいか、喉の奥がつかえるような感覚が襲う。鬱積《うっせき》していたものを吐き出そうとしたのを、抑え込むみたいに。でも、あの愚痴を単なる悪口のままにはしておきたくない。

「……正直、難波さんには迷惑しています」

「俺に?」

「わたしはCaroの仕事だけをしているわけじゃないんです……」

難波さんの視線が、わたしのこめかみ辺りに刺さる。胸が苦しい。話を続ける前にひとつ、小さく息を吐き出した。

「店舗巡回が増えて時間に余裕はなくなりましたけど、自分なりに考えながらなんとかここまで効率よく仕事をこなしてきたつもりです。でも、今日のようなイレギュラーな、しかも一課の仕事ではないことを急に押しつけられると、さすがに効率だけではどうにもならなくなります」

難波さんは口を開く気配はない。沈黙がなにを意味するのかわからないけど、わたしはそのまま続けた。

「こんなことが頻繁にあると、結果として他の社員にも迷惑をかけることになりますし……」

実際、今日の午後一までという仕事を、急遽《きゅうきょ》水上ちゃんに助けてもらった。なにもなければ、余裕で期限前に終わる仕事だったのに。

「自分の都合でわたしを連れ回すのは、もうやめてもらえませんか。難波さんがCaro に思い入れがあるのはわかりますけど」

「俺は思い入れだけで仕事はしていない」

語気を強めた声が耳に入った。

調子に乗って言いすぎてしまったか、と体が強張る。

「……だが、悪かった」

意外な言葉に驚いて、わたしは思わず難波さんのほうを振り向いた。

まさか素直に謝られるとは思ってもみなかった。

彼はこちらを向くことはなく、テーブルに視線を落としている。

「俺は、現場の声をひと言でも漏らしたくないと焦っていたのかもしれない」

難波さんは一点を見つめながら続ける。

「以前、ファミリーレストランに出向していた時、モリヤの本部は売り上げのことばかり言うだけで、積極的にこちらの意向を汲《く》み取ろうとはしなかった。Caroは絶対にそういう状況にはしまいと決めていたのに、現状は当時とあまり変わっていない」

そう言って、難波さんはグラスのワインを一気にあおった。

「それでも、俺が店にいた時はまだよかったんだけどな……」

「だから、店舗マネージャーでいることにこだわっていたんですか?」

この人は、自分がマネージャーでいれば本部側に意見しやすい、連携もスムーズにいく、と思っていたのだろう。『思い入れだけで仕事はしていない』なんて言ったけど、結局はCaroを心底大事に思っているからこそ。でも、ひとりでなにもかもできるはずないのに。

「……難波さん。わたしだって、Caro に今以上にいいお店になってほしいと思っているんですよ」

難波さんは怪訝そうな顔をこちらに向けた。

「もう少し、部下たちを信用してもらえませんか。頼りないところもあるかもしれませんけど……」

居心地が悪くなったのか、彼は近くの店員を呼んでワインの追加を頼んでいる。

「モリヤは組織が大きくなりすぎて、行き届かない部分も多分にあったと思います。今もモリヤの時のように本部と店舗との連携がうまくいっていないのなら、改善策をみんなで考えるべきです」

難波さんは一点を見据えたまま、黙っている。

仮にも部長に対して偉そうに意見するなんて、なにやってるんだろう。

そう思いながらも、この話を今さら中途半端なところでやめることはできない。

「そういうことができる環境にしようと、フォレストフードを立ち上げたんじゃなかったんですか？」

「……それは、そうだが」

「大丈夫ですよ、フォレストの社員なら」

彼は、注がれた赤ワインを喉の奥に流し込んでから、少しだけこちらに顔を傾けた。

「久瀬《くぜ》さん……社長にも『お前は、よく知らない人間を自分より下に見る癖がある』と言われたことがあった。そんなつもりはないと思っていたが、桑原にも指摘されるということは、きっと無意識にそう見てしまっているところがあるのかもしれない」

淡々とした声にヒヤリとする。

「いえ、指摘だなんて……」

行きがかり上とはいえ、やっぱり部長相手に言いすぎだったかもしれない。あまりに気まずくて、わたしもワインを喉に流し込んだ。

「そしてそれが、俺の一番悪いところなんだろうな」

恐る恐る難波さんのほうを見ると、驚くことにこちらを向いて薄く笑みを浮かべていた。

……てっきり、わたしに腹を立てているかと思ったのに。

意外な状況に動揺する。

「だが、俺は決して周りを信用していないわけじゃない」

難波さんは硬い表情に戻り、真正面にある厨房のほうに顔を向けた。

「Caroは、メディアへの露出も増えた今が一番の踏ん張り時なんだ。土台を組んだ者が直接手助けしなければならないこともまだまだあると思っている。調子がいいから と高を括っていたら基礎が揺らいだなんて、シャレにならないだろう」

だから、と続けながら、彼はまっすぐわたしを見据えた。

「この仕事はこの課、この仕事はこの課、とすべてを事務的に線引きせず、Caroの発展のために桑原も力を貸してくれないか」

なんだかうまく丸め込まれたような気もするけど、難波さんの言うことも確かに一理ある。すべて事務的では、モリヤの時となにも変わらない。組織的に仕方がない部分もあったとはいえ、わたしもそういうモリヤの体質はあまり好きではなかった。

「……もちろん、わたしにできることがあれば」

そう返答すると、また難波さんは口元に薄く笑みを浮かべた。

「桑原とこういう話をすることができて、俺も悪口を言われた甲斐《かい》があったな」

「……すみません」

「いや。忌憚《きたん》のない意見が聞けて、いい機会になった」

この人、ただ横暴で自分勝手な人かと思っていたけど……。本人が言うように本当に焦りがあっただけで、もしかしたら相手がたとえ部下であっても、腹を割って話せばちゃんとそれを受け入れる懐の深さはある人なのかもしれない。

モリヤの上層部側から社長に推薦されたことも、今ならなんとなく頷《うなず》ける気がする。

「巡回の件は試しに以前の回数に戻してみて、あとは店舗マネージャーにこまめに詳細を報告させるようにしてみるか……。それから、次の会議あたりで意見を募ることにしよう」

急に話のわかる上司になった難波さんに、戸惑いを覚える。彼の口元はまだ笑みを浮かべたままだ。

「……ありがとうございます」

こちらの言い分がこんなにもあっさり受け入れられると、なにか裏があるんじゃないかと変に勘ぐりたくもなってくる。

難波さんの顔が、なにか企んでいるように見えなくもないし……。

「……だが」

ほら、思ったとおり。

「明日のヘルプは、予定どおりで頼む」

「……え？」

あまりに簡単なことで、ちょっと拍子抜けする。

「なんだよ、それも不服だっていうのか？」

「あ、いえ、そんなことは……」

もっと大変な交換条件を出されるかと思っていた。巡回の日はCaroで働け、とか。

「わかりました」と返答すると、隣から「ふ」と、笑ったのか息をついたのかわからない小さな声が聞こえた。

「ところで、桑原の目の前にあるのはなんだ？」

「え？　これですか？　洋風モツ煮、ですけど……」

「そんなの、この店のメニューにあったか？」

……あれ？　美桜ちゃんの話だと、叔父さんはほとんどの常連さんにこれを出していたようだけど……。

「いえ、これはわたしが叔父さんに特別に作ってもらっているもので……あ、よかったらどうぞ。もう冷めちゃってるかもしれませんけど」

器を難波さんのほうへ滑らせると、それを待っていたかのように、彼はモツ煮をフォークですくった。

「なんだよ、これ」

「だから洋風モツ煮って……」

「そうじゃなくて」

怒っているのだろうか。難波さんはモツ煮を見つめたまま、眉間に皺を寄せている。

この人は、表情から感情を読み取りにくくて困る。

「あの、叔父さんは常連さんには出していたみたいですよ、これ。難波さんは食べたことなかったんですか？」

「……は？」

「よう、おふたりさん。どうだ、和解した……か？」

難波さんが驚いたような声を上げたのと同時に、にやけ顔で叔父さんがこちらに顔を出した……が、難波さんの表情を見て、まずいところに来てしまったと思ったようだ。ばつが悪そうに視線をさまよわせている。

「高柳さん、なんで俺にはこれを出してくれなかったんですか。俺だって常連なのに」

叔父さんは一瞬きょとんとした顔をしてから、安心したようにため息を吐き出した。

「宗司はいつも必ずラムチョップ頼むだろうが。食べるもんが決まってるヤツに出しても、と思ったんだよ」

確かに難波さんの目の前には、この店の看板メニューのラムチョップグリルが置かれている。

「こんなうまいもんがあったなんて、長く通ってるのに今まで知らずにいたとは……

悔しい以外の何物でもないよ」

そう言って、珍しく本当に悔しそうだとわかる顔をしたものだから、わたしは思わず吹き出してしまった。

「……なんだよ」

笑われたのが気に食わなかったのか、難波さんはふて腐れたような声を出した。

「そんなにおいしかったんですか？」

「……ああ」

「叔父さん、難波さんにもモツ煮出してあげてよ」

まるで自分が褒められているように嬉《うれ》しくなって、幾分、声も弾んでしまう。それにひきかえ、私の耳に入ってきたのは……。

「いや、いい」

難波さんの平坦《へいたん》な声。

「えっ⁉　どうして」

拒否された意味がわからない。驚いて難波さんのほうを見れば、彼がこちらをじっと見つめていたから、ドキリとしてしまう。

「これをもらってもいいか？」

「……え?」

「桑原の分をまた頼めばいい」

自分が手をつけてしまったから悪いと思ったんだろうか。そんな、わたしの食べかけで、しかも冷めたものを食べなくてもいいのに。

「で、これをただもらうのもなんだから、ラムと交換しよう」

難波さんはそう言って、わたしの返答を聞くことなく自分の目の前のお皿を持ち上げ、わたしの前に置いた。

「まだ手をつけていないから、安心しろ」

……やっぱりこの人、根本は自分勝手な人なんだな。

「すみません難波さん、わたしラムチョップはちょっと……」

「なんだよ、この店のイチオシだろ?」

「万椰は俺がなにを言ってもどんなに勧めても、ラムチョップは絶対食わないんだよ」

叔父さんはそう言って苦笑する。

叔父さんには悪いと思っているけど、食べられないものは仕方がない。

小学生の頃、他のお店で親が頼んでいたラム肉を少しもらって食べてみた時、なんとも言えない臭みに気持ちが悪くなってしまったのだ。それからどんなに勧められても、あの時のラム肉独特の臭みが忘れられなくて、食べる気にはなれない。

「この店のラムを食わないのはもったいないと思うぞ。試しに食ってみろよ。それでダメなら仕方ないけど」

「いや、本当にダメなんで……お気持ちだけで」

「いいから。ひと口、騙《だま》されたと思って食ってみろ」

無理強いするなんて、この人やっぱり最悪！

「……勘弁してください」

恨めしく睨みつけると、彼はニヤリとなにかを企んだような顔をした。

「じゃ、俺が食わせてやる」

「えっ!?」

難波さんはラム肉の骨の部分をつまみ、わたしの口元へとそれを差し出した。

「ほら」

「ちょ、っ……やめてくださいっ」

「あーん、だ。黙って口を開けろ」

『あーん』だなんて、まさかこの人からそんな言葉が出てくるとは。でも、今はそんなことはどうでもいい。

「立派なパワハラですよ！」

「今は就業時間外だ」

「ねえ、見てないで助けてよ、叔父さん！」

叔父さんはと言えば、ニヤニヤと笑みを浮かべて、この光景をすっかりおもしろがっている。

「観念しろ、桑原」

避けても避けても、難波さんの手は追いかけてくる。

「……ああ、もう！」

こうなったら自棄《やけ》だ。

わたしは目の前のラムに思いきりかじりついてやった。本当は難波さんの手までかじってやりたいところだったけど。

かじったからには飲み込まなくてはいけない。気持ち悪くなるのを覚悟で、恐る恐る咀嚼《そしゃく》してみる……と、以前食べたラム肉のような臭さはまったく感じられなかった。

それどころか、噛《か》むほどに肉の旨みと甘みが口の中に広がっていく。

「……おいしい」

「だろ？」

隣の彼は、『ほらみろ』と言わんばかりの勝ち誇った顔。

憎たらしい。けど……これは思いきってかじってみてよかったかもしれない。

「万椰が……ラムを……」

わたしがラム肉を食べたことがそんなに嬉しかったんだろうか。叔父さんは今にも泣きそうな顔をしている。

「ちょっとやだ、そんな顔して……」

叔父さんはなにも言わず、顔を伏せながら厨房の奥へと引っ込んでしまった。

「もう……叔父さんってば、大げさ。嫌いな食べ物を残してた子供がやっと食べたみたいに」

「どんなに勧めても食べてもらえなかった店のイチオシを桑原に食べてもらえて、しかも『おいしい』って言ってもらえたんだ。料理人としても身内としても嬉しいだろうよ」

難波さんはおしぼりで手を拭きながら言った。

確かにそうなのかもしれないけど……今まで見たこともないような優しい顔をして、そんなこと言わないでよ。

それからわたしは、難波さんのプレートをそのまま引き取り、お皿の上にあったラムチョップを完食した。

正直言えば物足りなかった。そう思えるほどの味だった。でも、追加を頼めば難波さんと叔父さんにからかわれるのが目に見えて、仕方なくそれだけにしておいた。

しかし人気メニューとはいえ、この店のラム肉がこんなにおいしいものだったとは。

……悔しいけど、難波さんに感謝しなくちゃいけないかも。

ふと気がつけば、時計の針は〇時に差しかかろうとしている。

わたしは難波さんがトイレに立った隙に会計を済ませてしまおうと、近くを通りかかった美桜ちゃんをつかまえた。

「さっき宗司さんが、万椰さんの分も一緒に会計してくれましたよ」

「え？」

慌てて店内を見回す。もしかしてトイレのふりをして帰ってしまったかと焦っていると、店の奥にあるトイレから難波さんが出てきた。

「あの、難波さん」

「もう〇時だな。桑原の家はどの辺だ？」

「この近く、ですけど……」

「送っていく」

難波さんはわたしの返事を待たずに、店の出入り口付近へと歩いていく。わたしは傍《かたわ》らに置いていたスマホをバッグに放り込んで、叔父さんへの挨拶もそこそこに彼の後を追いかけた。

「本当に近くなんで、大丈夫ですから」

店を出たところでようやく追いつく。

愚痴を聞かれたことと、難波さんが叔父さんの店の常連だったというショックが先に立って今までそこに意識が向かなかったけど、見れば彼はワイシャツ姿のままだ。わたしよりも随分前に会社を出たはずなのに。会社からまっすぐここに来たのだろうか。

「こんな時間に女性をひとりで帰せるか」

難波さんはこちらに少し首を回しただけで、今にも歩き出そうとしている。

この人が叔父さんの店の常連だった事実もまだ受け止めきれていないというのに、その上自宅まで知られるのは不本意極まりない。

それだけはなんとか阻止しようと、わたしはその場に留まったまま声をかける。

「あの、それより……」

すると難波さんは怪訝な顔でこちらを振り返った。

「わたしの分、お支払いします」

いくら上司とはいえ、意味もなくごちそうになるわけにはいかない。

「いい」

「でも……」

「昼飯を奢ろうとしたのに逃げられたからな。ここは素直に奢られとけ」

難波さんはそう言って薄く笑みを浮かべた。

わたしが水上ちゃんみたいな人間だったら、どんな人にでもにっこり笑って『ごちそうさまです』とかわいく言えるんだろうけど……。

返答に困ってしまった。

「……なんだ。俺に奢られるのは嫌か？」

「……いえ」

「じゃ、そんな不服そうな顔するなよ」

顔に出てしまっていたか、と今さら俯く。

難波さんはわたしの肩をポンと叩いてから「さて、どっちに行くんだ？」と聞いてきた。

どうしてもこの状況からは逃れられないらしい。わたしは観念して「右です」と答え、難波さんの隣を一歩遅れて歩く。

仕方ない。さっきごちそうになったお礼も言いそびれてしまったし。

わたしの家は、ここから歩いて五分ほどの距離にある賃貸マンション。大学を出てひとり暮らしを始めようとした時、父親が『セキュリティのしっかりした物件にしろ』とうるさく言ったものだから、当時は探すのに苦労した。

去年、マンションの二軒隣にコンビニができたおかげで、今は他の道より人通りも明るさもあるし、万が一なにかあったら逃げ込めると思うと心強い。

……ああ、そうか。難波さんにはコンビニの前まで送ってもらえばいいのか。

ぼんやりそんなことを考えていると、「今日は桑原のおかげで、うまいものが食えた」と難波さんは真正面を向いたまま言った。

この人、今日はいったいどうしたのだろう。あまりに素直すぎて、かえって不気味だ。おいしいモツ煮が彼の毒気まで抜いた、なんてことは……ないか。

「それを言うなら……」

言いかけて、わたしは言葉を呑み込む。

あやうく難波さんの素直さにつられてしまうところだった。

「なんだ?」

口ごもったわたしを、難波さんは訝《いぶか》しげに見ている。

ここで素直にお礼を言ってしまうのは、これまでの彼のわたしに対する態度や、さっきの強引なやり方を考えると悔しすぎる。

とはいえ、感謝はしなくてはいけない。

「……わたしも、難波さんにラム肉のおいしさを教えていただけてよかったです。思いがけず叔父も喜んでくれたようですし。ありがとう、ございます」

わたしはせめてもの抵抗とばかりに、いささか儀礼的にお礼を言った。

「しかし、あの店に行くたびに俺は桑原を見かけているような気がするんだが、週何日通ってるんだ？」

「……予定がなければ……平日は、ほとんど毎日」

難波さんは驚いたような、呆れたような顔をしている。

それもそうだろう。いい歳の女性が、毎日外食だなんて。

「なるほどな」

「……は？」

「外食産業に携わっている身としては常にそういう場所に顔を出して、アンテナを張り巡らせておこうってことか。仕事熱心だな」

マジメなトーンで言われ、わたしはいたたまれず俯く。しばらくして、漏れ出たような笑い声を隣に聞いた。

やられた。本気で感心されたのかと思えば……いや、それはそれで気まずいけど。

難波さんはまだクスクスと笑っている。

わたしはおもしろくなくて、彼を睨み上げた。

「そんなに怒るなよ」

子供を宥めるように背中をポンポンとされて、余計に怒りが湧いてくる。

「バカにしないでください！」

わたしは立ち止まって、難波さんの手を振り払うように体をくるりとかわした。

「俺はバカになんかしてない」

振り払われて宙をさまよっていた彼の手が、わたしの頭の上に柔らかく乗せられた。

「あまりにしゅんとしてたから、かわいくてつい、からかいたくなった」

なにを言っているんだろう、この人は。

やっぱり、モツ煮を食べておかしくなってしまったんじゃないだろうか。

難波さんはわたしの頭からすぐに手を下ろすと、「行くぞ」と前を向いた。

見れば、いつの間にかコンビニの明かりが間近に見えている。

「……あの、もうここで大丈夫ですから」

わたしは、既に歩き出していた難波さんの背中に声をかけた。

「そうか」

深追いされるだろうと構えていたから、拍子抜けする。

多分、わたしがコンビニで買い物するとでも思ったのだろう。

「今日は、ごちそうさまでした。それと、ここまで送ってくださってありがとうございました」

深く頭を下げると、「ああ」といつもの素っ気ない声が頭の上に落ちてくる。

「では、また明日」

「遅刻するなよ」

去り際、余計なひと言を付け加えた難波さんが歩き出してから、俯き気味でいた体勢を元に戻す。

一瞬だけ彼の後ろ姿が視界に入ったけれど、それを振り切るように、わたしは足早に自宅へと向かった。

レモンライムハニー

目覚まし時計のアラーム音が、いつもより三十分早い時刻を告げた。

欠伸《あくび》をしながら上体を起こし、ベッド脇に置いているチョコマシュマロをひとつ口に放り込む。噛むと中のチョコがとろりと口の中に溶け出てきた。気温も上がってきたし、そろそろこれも冷蔵庫行きか。

わたしが三十分早く起きたのは、難波さんに『遅刻するなよ』と言われたからではない。昨夜、帰宅してから難波さんとのやり取りを思い返して、久しぶりにあるものを作ろうと思い立ったからだ。

パジャマのままでキッチンへ行き、いつも作り置いているレモンの蜂蜜漬けの瓶を冷蔵庫から取り出し味見をする。

うん、漬かり具合はちょうどいい感じ。

これには今まで、風邪の時や疲れた時に随分とお世話になった。

わたしは小さい頃から喉が弱く、風邪を引く時は決まって喉から痛くなる。それを聞いた母方の祖母が『喉に効くよ』と、この蜂蜜漬けのレシピを教えてくれたのだ。

喉が弱いのは、祖母からの隔世遺伝だったらしい。

「さて、と」

昨日のうちに棚の奥から発掘して洗っておいたウォーターボトルに瓶の中身をスプーンですくって入れ、ライムを絞ったものとミネラルウォーター、それにちょっとだけ蜂蜜を足して掻《か》き混ぜた。

漬けたものをそのまま食べるのもおいしいけど、暑い時にはこうしてドリンクにしたほうがいい。

「……よし」

今日もちゃんと〝合格の味〟だ。

キッチンの窓を開けると、久しぶりにからっとした空気が室内に滑り込んできた。

初めてこのドリンクを作った時も確か、今ぐらいの時期だったな、と思い出す。

——小学生の頃からサッカーを続けていた兄の千里は当然、大学でもサッカー部に入った。兄貴からしつこく誘われて初試合を観戦に行った時、手ぶらで行くのも、とこのドリンクを差し入れたのだ。

ライムを入れるのは、わたしのオリジナル。ライムのほうがレモンよりもクエン酸が多く、疲労回復効果があると聞いたことがあったから。

みんなのドリンクの感想を聞きたかったのに、帰宅した兄貴からは『お前の妹すげー美人だとか、紹介してくれだとか、先輩からなにから、もううるさくてうざかった』と、味についてのコメントはひとつもなく、心底がっかりした。

だけど思いきって聞いてみると、どうやらたったひとり、感想を言ってくれた人がいたらしい。

『バーサンが、もっと甘いほうがいい、ってさ』

兄貴がどうしてこれをお婆さんに飲ませたのか、いったいどこのお婆さんに飲ませたのかはわからない。それでも、感想をもらえたことがすごく嬉しかった。

次の試合の時、観戦には行かなかったけど、前回のにちょっと蜂蜜を足したそれを兄貴に持たせてやった。

『バーサン、〝合格〟だってよ。よかったな』

それからというもの、このレモンライムハニードリンクを作る時は、このお婆さんの〝合格の味〟にしている――。

『バーサン』はもしかしたら、兄貴の大学で働いていた人なのかもしれない。今度実家に帰ったら、どんな人だったのか聞いてみよう。忘れっぽい兄貴のことだから、もうちゃんと覚えていないかもしれないけど。

身支度を整え、冷蔵庫にしまっていたウォーターボトルを取り出す。専用のカバーにボトルを収め、隙間に保冷剤をいくつか突っ込んだ。

「わたしだって、これぐらいはできるんだから……」

なにをムキになっているんだろう、と自分でも思う。でも難波さんに〝なにもできない人〟というレッテルを貼られたままでいるのはどうしても嫌だった。

クローゼットからいつもより大きなバッグを引っぱり出して中身を入れ替え、それにウォーターボトルも入れた。

「よし、行くか」

今日は朝からCaroで仕事だ。昨日よりも人手が足りないらしい。

出社できるのはどうやら十五時ぐらいになりそうで、抱えている仕事を考えるとため息が出そうになる。

……ほんと、いい迷惑。

わたしは、電車の窓から見える景色をぼんやりと眺めた。

唯一よかったことと言えば、いつもの満員電車に乗らなくて済んだことぐらいだ。

こうして久しぶりに朝の電車で座れたのは、ちょっと嬉しい。

「お、早かったな」

わたしがCaroに着いたのは、八時ちょっと過ぎ。言われていた時間より三十分以上も早く到着したのに、難波さんは既に着替えて、店のカウンターに入っていた。

「難波さんこそ随分早かったんですね。開店は九時半ですよね？」

「少し離れていたせいで腕が鈍ってたから、練習させてもらおうかと思ってな」

難波さんは腕まくりをして、なんとなくはりきっているように見える。

昨日も思ったことだけど、やっぱり難波さんはオフィスにいる時よりも、ここにいる時のほうが生き生きしている気がする。それほど、Caroが好きなのだろう。

「練習って……コーヒー淹《い》れるのを、ですか？」

「そう。そもそも、ここのスタッフに淹れ方を教育したのは俺だからな。一番うまくないと、格好つかないだろう」

「まあ、それはそうですね」

でも機械で淹れるのに、淹れる人によってそんなに味に差が出るものなのだろうか？

「後で飲ませてやるよ。まずは着替えてこい」

「はい」

ロッカー室に入る前、店長とすれ違った。今、ただでさえきついシフトなのに、難波さんに言われて早く出勤せざるを得なかったのだろう。

彼も難波さんの被害者かと思うと、なんとなく同志的な気持ちになった。

着替えを済ませ、ロッカーに洋服をかけながらなにげなく辺りを見回すと、部屋の隅に置かれていた冷蔵庫が目に入った。

あれ、使わせてもらえないかな。

タイミングよくCaroの女性スタッフが出勤してきたので、冷蔵庫を使ってもいいか聞いてみると「名前を書いた付箋を貼っておいてくださいね」とのこと。差し入れでもらったものと勘違いして、誰かが手をつけてしまうのを防ぐためらしい。

わたしはケースからボトルを取り出し、名前を書いた付箋を貼って冷蔵庫にしまった。保冷剤は冷凍庫の端のほうに入れさせてもらう。

「難波さん、朝からカウンターに入ってましたね。はりきってるなぁ」

冷蔵庫の扉を閉めたタイミングで、女性スタッフが嬉しそうに言った。

「腕が鈍ったとかで、コーヒーを淹れる練習をしているみたいですよ」

「え、本当ですか⁉　やったー！　難波さんの淹れたコーヒー、久々に飲める！」

彼女は喜び勇んで、フロアへと駆け出していく。

普段は落ち着いているように見えていた彼女が、あんな子供みたいにはしゃぐなんて。

後を追うようにしてわたしもフロアへ行くと、彼女は既にカウンター席に腰かけて、難波さんと談笑していた。

……へえ。いつもは仏頂面のくせに。

「ちょうど今、淹れたところだ。桑原もそこへ座れ」

わたしが彼女の左隣に腰かけると、わたしたちの目の前にコーヒーが出された。

「わあ、ハートだ、かわいい！」

先に隣の彼女が驚嘆の声を上げたものだから、言葉を発するタイミングを失ってしまう。わたしはただ黙って、コーヒーの表面を見つめるしかなくなった。

「どうかしたか？」

わたしがなにも言わないのを、難波さんは不思議に思ったのだろう。

「いえ、ちょっとびっくりして……」

「ラテアートにか？」

「ええ……。難波さんって、こんなことまでできるんですね」

「基本的な模様だけ、だけどな」

難波さんを視線だけで窺《うかが》うと、彼はどこか勝ち誇ったような顔をしていた。なんとなくおもしろくなくて、すぐにコーヒーへと視線を戻す。

わたしの目の前に出されたコーヒーには、クリームで描かれた葉っぱが浮かんでいる。

……彼女にはハートで、わたしには葉っぱ、か。

「崩すのもったいないですよねー」

「え、あ……そ、うですね」

隣の彼女に突然話を振られて、動揺する。

葉っぱだからなんだというんだろう。そんなこと、どうでもいいのに。

わたしは動揺を悟られないように慌ててカップを持ち上げ、コーヒーに口をつけた。

「……おいしい」

隣の彼女があんなにはしゃいだ理由が、少しわかった気がする。

Caro の担当になってすぐ、ここのスタッフが淹れたコーヒーを飲ませてもらったことがあったけど、難波さんの淹れたコーヒーは明らかにそれより香り豊かでおいしい。それどころか、最近飲んだ有名なカフェのものよりもおいしく感じてしまった。

確かに、コーヒーは淹れる人で味に差が出てしまうものなのかもしれない。

隣の彼女も「やっぱりおいしい」と言いながら、難波さんの淹れたコーヒーを嬉しそうに飲んでいる。

その様子を見て、難波さんもどことなく満足げだ。

「それはよかった。モリヤが経営するカフェに凄腕と言われている人がいるんだが、その人の師匠を彼から紹介してもらって、淹れ方をみっちり教わったからな。海外までバリスタの修行にも行ってきたし」

「そう、だったんですか」

難波さん自らがそんなことまでしていたとは、知らなかった。

Caro は単に机上だけで進められた企画ではなかったということか。ならば、難波さんが Caro を大事に思うのは当然のことだ。

……やっぱりわたしは昨夜、ものすごく偉そうなことを言ってしまったかもしれない。

「そろそろ店を開ける準備をするぞ」

ぼんやりとしていたわたしは、難波さんの言葉に慌てて残りのコーヒーを飲み干した。

今日は、開店から客入りがよかった。

飲食目的の人もさることながら、商談や打ち合わせで来ているサラリーマンも目立つ。お店としてはありがたい状況でも、こういう仕事に不慣れなわたしにとっては、あまりありがたくない。

わたしに与えられた仕事は、昨日に引き続きテーブルの片づけ。ランチタイムが始まってからは、料理や飲み物も運んでほしいと店長から涙目で懇願された。

そんな顔で頼まれたら、嫌だとは言えない。もちろん、断る選択肢なんか端《はな》からないのだけど。

「おねーちゃん、美人だねぇ。歳いくつ？」

ふたりがけの席にコーヒーを持っていくと、わたしはふいに男性客に腕を掴《つか》まれた。

店長から料理を運ぶ仕事を頼まれた時から、なんとなく嫌な予感はしていた。

コーヒーをテーブルに置いた時、お酒の臭いがした。さしずめ、ゆうべの接待かなにかで飲みすぎたというところだろう。

わたしの手を掴んでいるのは五十代半ばぐらいの男性。もうひとりは、その人よりも幾分若く見える。

「すみません、ちょっとそういうことは……」

ここはその手の飲み屋じゃありませんから、と喉まで出かかる。危ない危ない。

「なんだよ、歳ぐらいいいだろう？」

わたしに話しかけているのは腕を掴んでいる男性のほう。でももうひとりもそれをたしなめる気配はなく、こちらを見てニヤついている。

以前、叔父さんの店を手伝った時も似たようなことがあった。わたしも若かったから、その時は後先を考えずぞんざいに扱ってしまった。結果、大きなクレームにまで発展し、叔父さんに迷惑をかけることになってしまったのだ。

苦い記憶が、じわじわと呼び起こされる。

トラブルになってはいけない。もう、絶対に間違えないようにしなくては。

「──お客様」

ぐるぐる考えを巡らせていると、ふいに後ろから声がかかった。

「こちらになにか、不手際でもありましたでしょうか？」

振り向けば、そこにはカウンター内にいたはずの難波さんが立っていた。

「……いや、別に」

おねーちゃんにちょっかいを出してただけだとはさすがに言えないだろう。男性はわたしの手を離し、ばつが悪そうに難波さんから視線を逸らした。

「なにかあれば、またお申しつけください。ではどうぞ、ごゆっくり」

難波さんに続いてわたしも頭を下げ、テーブルの前から移動する。

「あの……ありがとうございました」

誰にも会わないうちに、とフロアから出たところで難波さんの背中に声をかけた。

心臓がまだドキドキと大きな音を立てている。手首にはあの男性の手の感触が残っていて気持ちが悪い。いい歳して、ああいう場合の受け流し方もわからないなんて、本当に情けない。

難波さんは「こっちに」とわたしをロッカー室の手前にある倉庫へ誘導すると、自分も後に続き、後ろ手でぱたりと扉を閉めた。

「……すみません。ああいう時にどう対処したらいいのか、情けないことによくわからなくて……お手間をおかけしました」

深く頭を下げる。難波さんが来なかったら、わたしはあの後どうしたんだろうと考えると、また苦い記憶が胸をひりつかせた。

難波さんは口を開く気配もなく、いつもの仏頂面でこちらを見ている。もしかしたら、俺の手を煩わせやがって、とわたしの不甲斐《ふがい》なさを怒っているのかもしれない。

いずれにせよ、難波さんがだんまりを決め込んでいては動くに動けない。

忙しい時間帯に、これ以上ヘルプのふたりが抜けたらまずいんじゃないだろうか。

わたしは考えた末、仕方なく、無言のままの難波さんに「先にフロアに戻ります」と告げてから彼の脇を抜け、倉庫の扉に手をかけた。

「……桑原はもうフロアに出るな」

その言葉に振り向くと、難波さんは仏頂面に加えて、眉間に皺を寄せている。

やっぱりそれは、わたしが足を引っぱったということだろうか。

「でも、人手が……」

「その代わり、カウンターに入れ」

意外な言葉が耳を掠《かす》める。わたしはそれに納得できず、難波さんをまっすぐ見据えた。

「この忙しい時間帯に未経験の仕事なんて無理です。なおさらみんなの足を引っぱるだけです」

「俺が細かく、指示出すから」

「でも……」

難波さんにまっすぐ見つめ返され、居心地の悪さに目を逸らす。

「……桑原は俺の目の届く範囲にいろ」

「えっ？」

「行くぞ」

難波さんはわたしの右肩をポンと軽く叩いて、倉庫の扉を開け、先に出ていってしまった。

『目の届く範囲にいろ』って……どういうこと？

意味がわからないまま難波さんを追いかけてフロアに戻ると、さっきよりも店内は混雑していた。

すっかり疲弊している様子の店長に、難波さんはすれ違いざま、わたしがカウンターに入ることを話したようだ。

「大丈夫だ。心配するな」

わたしが不安を顔に出してしまっていたのか、目の前の彼はそう言って微笑む。

心細い時にそんな優しい顔をされると、横暴な人がいい人に見えてくるから困ってしまう。

それからのランチタイムは、さながら戦場のようだった。

ようやくカウンターから出られたのは、十四時過ぎ。ほぼ予定どおりとはいえ、この時間まで休憩が取れなかったのはさすがにきつかった。おかげで足がだるい。

そして……きつかったのが、休憩を取れなかったことだけなのがまた、悔しい。

今日は本当に、難波さんには助けられた。カウンター内で指示された仕事は未経験者でもやれることばかりで、なにかあればさりげなくフォローが来た。おかげで忙しい中でも失敗することなく、無事にヘルプとしての役割を果たすことができた。

Caro のスタッフが難波さんに絶大な信頼をおいていることも、発起人という理由だけではないと、今回のことでよくわかった。

「あ、お疲れさまです」

難波さんがロッカー室に現れたのは、わたしが入ってから五分ほど経った頃。彼はロッカー室に入るなりパイプ椅子をぞんざいに引くと、ガタリと大きな音を立てて座った。

「今日は随分とハードだったな」

彼の大きなため息が室内中に響く。

わたしのフォローまでしていたから、余計に疲れたのだろう。

すごく申し訳ない気持ちになる。

「腹減っただろ。すぐ飯食いに行くか」

「あ、あの……」

冷蔵庫を視界の隅に捉えながら、わたしは立ち上がりかけた難波さんを引き留めた。

「なんだ？」

普段ならさらりと言えることが、どうしてかなかなか言い出せない。

「汗を、かいたかと……」

「えっ、俺、汗臭い⁉」

難波さんは珍しく焦った表情で、自分の体の匂いをくんくんと嗅いでいる。

「いえ、そうじゃなくて……あの……喉、乾いてませんか？」

やっと口に出せたと思ったら、今度は一気に顔が熱くなった。

なぜこんなに緊張しているのか、自分でもよくわからない。

難波さんはおもしろいものでも見たかのように、ニヤリと笑みを浮かべている。

「そうだな、乾いてるかも」

わたしは小走りに冷蔵庫まで行き、中から付箋のついたボトルを取り出す。

……あ、そうだ、コップ！

大バカだ。肝心なものを持ってこないなんて。

「グラス借りてくるから待ってろ」

わたしの様子で察したらしく、難波さんは足早にキッチンのほうへと行ってしまった。

ああもう、なにやってるんだろう。これでは余計に疲れさせてしまう。

程なくして、難波さんはお店で使っているグラスをふたつ手にしてロッカー室に戻ってきた。

「すみません、わたしが取りに行けばよかったのに……」

「そんなことはどうでもいい。それより、飲ませてくれるんだろ？　それ」

彼はわざとらしく、既にテーブルに置いたコップをずずずとわたしの目の前まで押してくる。

「これ……レモンを蜂蜜で漬けたもので作ったドリンクです。疲労回復にも、いいかと、思って」

からかい顔でこちらを見ている難波さんを視界に入れないようにして、わたしはボトルの中身をコップに注いだ。

「いただきます」と難波さんにしては丁寧に挨拶をしてから、彼は一気に半分ほどコップを空けた。そして、なぜか嬉しそうに笑みを浮かべる。

「どう、ですか……？」

難波さんはわたしの問いには答えず、ニヤついたままだ。

バカにされているんだろうか。それとも……おいしくなかった？

慌ててドリンクをひと口飲み込んでみる。

よく冷えていておいしい。大丈夫、やっぱり間違いなくあの時の〝合格の味〟だ。

「うまいよ。でも……」

やっと感想を聞けたかと思えば、今度は微妙なニュアンスときた。

もしかして甘すぎるとか？　それとも、逆に甘さが足りない…？

「これは、料理とは言えないな」

真正面から来るかと構えていたら後ろから殴られたような衝撃が走る。一瞬で丸裸にされたような恥ずかしさが襲ってきて、一気に煮え上がった。

「も、もちろん、こんなの料理なんかじゃないですし！　別に、そんな意味で持ってきたんじゃないですから！　もう飲まないですよね。それ飲んだらコップ片づけます！」

早口でまくし立ててしまったこと自体、それを認めているようなものだと、流しでコップを洗っている最中に気がついた。

初めから見透かされていたんだろうか。

穴があったら入りたい、とはこういうことを言うのだと、身をもって知った。


十五時に来客の予定が入っていたことを難波さんはすっかり忘れていたらしく、それからわたしたちは慌ただしくCaroを後にした。

「桑原は昼飯食ってから帰れ」と言われたものの、自分ひとりだけ食べて帰るのも気が引けて、結局会社に着いてから近くのコンビニまで買い出しに行った。

「……あれ？　万椰さん戻ってたんですか？」

買ってきたサンドイッチをこっそり給湯室でパクついていると、水上ちゃんがひょっこり顔を出したものだから、驚いて噛まずに飲み込んでしまった。

「うっ……」

案の定、サンドイッチが喉に詰まる。慌てて、傍らに置いていたレモンライムハニーを喉に流し入れた。

「わ、大丈夫ですか⁉」

一気飲みしたから、どうにか流れてくれたようだ。咳払《せきばら》いをして、喉の調子を整える。

「……大丈夫。まっすぐオフィスに戻らなくて、ごめんね」

「いえ……ていうか、もしかしてお昼食べてないんですか……？」

「うん。ちょっと、食べそびれちゃって」

水上ちゃんはコーヒーメーカーにコーヒー豆をセッティングしながら、「信じられない！」と憤慨している。

「二日間も業務外のことで万椰さんをこき使った挙句、昼食も取らせないなんて。部長とはいえ、いくらなんでもひどすぎますよ！」

いつもなら水上ちゃんに乗っかって愚痴のひとつぐらいこぼすところだけど……。

「難波さんも食べてないから、文句言えないしね」

終始助けられっぱなしだった今日は、特に。

それに、ゆうべのこともある。ただ不満を言っただけのようなこちらの言い分をあっさり受け入れてくれて、その交換条件が今日のヘルプ業務だったのだから、どういう状況であれ文句は言えない。

「そういえば、なーんか変なんですよね、今回のこと」

コポコポとコーヒーメーカーが音を立て始めたと同時に、水上ちゃんはこちらへ向き直った。

「……なにが？」

「ヘルプ要請の連絡は、確かに二課にいったらしいんですよ。でもそれを難波さんに報告したら、『俺が行く』って。けっこう重要な仕事の予定もあったのに、全部キャンセルして自分が行くことにしたらしいんですよね」

「難波さんはCaroの仕事に慣れてるから、じゃない？　本人もそう言ってたし」

水上ちゃんは腕組みをして首をかしげ、「うーん」と唸《うな》っている。

「二課の人の話だと、ヘルプに行こうとしていたのは『Caro一号店』の初代店長と、以前出向していた社員だったみたいなんですよね。慣れているから、という理由なら、そのふたりのほうが適任だと思うんですけど……」

『さほど慣れていない者が来るより即戦力になる』

難波さんは昨日、確かにそう言っていた。だからてっきり、研修を受けたぐらいの社員がヘルプに入ろうとしていたんだと思ったのに……どういうこと？

「ところで、その脇にあるボトル、なんですか？　万椰さんがそういうもの持ってるなんて珍しい」

水上ちゃんはキラキラした目でボトルを見つめている。彼女のことだから、もしかしたら美肌になれるドリンクなんじゃないか、とか考えているのだろう。

「ああ、よかったら飲む？　レモンの蜂蜜漬けで作ったドリンクなんだけど」

「飲みます飲みます！」

思ったとおり、水上ちゃんは「やっぱり美容にはビタミンは欠かせないですよねー」などと感心した様子を見せている。『そういうんじゃないよ』と否定したところで、彼女の耳には届かなそうだ。

「うわ！　おいしい！」

「よかった」

難波さんもこんなふうに言ってくれれば……って、なに、今の。難波さんの感想なんて、どうだっていいのに。

わたしは妙な感情を、レモンライムハニーと共に喉の奥へと流し込んだ。


金曜だった今日、仕事が終わってから、わたしは実家に来ていた。なんの予定もない週末は、こうして実家に帰ってきていることのほうが多い。

「デートする男性はいないの？」

母親はわたしの顔を見るなり、そう言ってため息をついたが、本当にいないんだから仕方がない。

……まあ、積極的に作る気もないけど。

ただ、今回に限っては、予定がなかったから帰ってきたというわけではなかった。

「まーや、入るぞー」

自分の部屋で髪を乾かしていると、扉の向こうから兄貴の声がした。

兄貴がわたしを『まーや』と呼ぶ時は、大概厄介なお願いごとを持ってくる時だ。

入ってきた兄貴を見ると、案の定、気味悪いぐらいに笑みを浮かべていた。

兄貴は今年三十路《みそじ》を迎える。それでも歳など関係なく、この笑顔にまんまと釣られてしまう女性はきっとまだたくさんいるのだろう。

まじまじと見つめていると、兄貴は「なんだよ」と怪訝そうな顔で言って、ラグの上にとすんと腰を下ろした。

そういえば、週末に兄貴が家にいるのも珍しい。

「今回はなに?」

「ちょっとー、随分と冷たいんじゃない?　まーやちゃん。久しぶりに会ったんだから、こう兄妹らしい会話でもさー」

「兄妹らしいって言うなら、どうして直接連絡くれないの」

兄貴は「あー……」と言って、決まりの悪い顔をしている。

「高柳の叔父さんから『話したいことがあるから実家に帰ってこい』と兄貴が言ってたって、おとといの夜に聞いてびっくりしたんだから。叔父さんをいいように使うのはやめてよ」

「いやぁ……実は、スマホ壊しちゃって。まだ新しいの買えてなくてさ」

「また⁉」

じろりと横目で睨むと、兄貴はちっちゃくなった。

「仕方ないだろ、壊してしまったもんは」

「壊したんじゃなくて、壊されたんでしょ」

図星なのか、兄貴はふやふやと視線をさまよわせている。

「いい歳して、ふざけたことばかりしてるからだよ」

「……うるさいなー。今日は説教されたくてお前を呼んだんじゃねーんだよ」

不服そうな顔を一瞬でまた笑顔に変えて、兄貴はわたしの顔を覗《のぞ》き込んだ。

「お前さ、来週の土曜って予定ある？」

急にそう言われてもピンとこない。わたしは「ちょっと待って」とバッグからスマホを取り出し、スケジュールを確認した。

「んー……と、日曜はダメだけど、土曜は空いてる」

「おお！」

その喜びようが、なおさら怪しい。なにを企んでいるのやら。

「じゃあさ……土曜日、応援に来てくんない？」

「……なんの？」

「サッカーの試合に決まってんだろ」

そういえば、兄貴は社会人になってからも大学のサッカー部ＯＢでチームを作ってサッカーを続けていたんだった。

「でも、なんで急に？　今までそんなことひと言も言わなかったのに」

「……この前、ふとしたことでお前の話になったんだよ。大学でサッカーやってた時、万椰、一度だけ見に来ただろ？　で、先輩が『妹呼べ！』って言い出してさ……」

一気に脱力した。どうせそんなことだろうとは思っていたけど。

「いつもそういう話になったら流してるんだよ、俺だって。でもその先輩には世話になってるし、ちょっとした借りもあるし……どうしても拒否できなかったんだよ。な？　だから、頼む！」

兄貴はギュッと目を瞑《つむ》り、わたしに向かって手を合わせている。

まう。

「……仕方ないなぁ」

なんだかんだいっても、わたしは兄貴の押しに弱い。いつも最後にはこうなってし

「マジで⁉　来てくれるのか⁉」

両肩を思いきり掴まれた。

「ちょっと、痛いって！」

「おお、悪い」

「貸し、一、だからね」

「わかったわかった。いやー、安心したー！」

本当にほっとしたのか、兄貴はラグの上に大の字になった。

まったく。この無防備なお腹に、思いきりパンチでも繰り出したい気分だ。

「でも、こういうのは今回限りにして。見世物的に人から見られるのは嫌だから」

兄貴は起き上がって、ニヤリと笑みを浮かべた。

「それは万椰みたいな美人じゃないと言えないセリフだな」

「別に、そんな意味で言ったんじゃないってば」

ただ、わたしを知らない人から〝千里の妹はどんな人間なのか〟と好奇心丸出しで

見られるのが好きじゃないというだけだ。兄貴なのに、それぐらいわかってよ。

「否定しなくてもいいって。万椰は容姿のことを否定したら、なんにも残んないんだからさ」

兄貴は笑いながら、わたしの肩をバシバシと叩く。

「んじゃま、来週の土曜日、よろしく。明日にはスマホ買うから、後で詳細送るわ」

パタンと扉が閉まったのが、視界の隅に映った。

わたしはテーブルの上に置いていた鏡を見つめる。

「容姿を否定したら、なにも残らない……か」

美人だとかブスだとか、その線引きはいったいどこの誰が決めているんだろう。

兄貴が部屋を出ていってしばらくしてから、わたしは『バーサン』のことを聞き忘れたことに気がついた。とはいえ、今、兄貴の部屋まで行って改めて聞くのも、余計なことを言われそうでなかなかに面倒くさい。

「……あれ、作っていくか」

レモンライムハニードリンクを作っていけば、誰かから『バーサン』の話が聞けるかもしれない。

それに、やっぱりどうしても兄貴に認めさせたい。わたしがそこまで中身のない女じゃないということを。

「あれ、兄貴は？」

「もう出かけたわよ。車出したみたいだから、デートじゃないの」

翌朝、二階の部屋からリビングに下りると、そこには母親の姿しかなかった。父親は朝早くゴルフに出かけたらしい。

キッチンへ行き、自分の朝食の準備をしながら、冷蔵庫にあったアメリカンチェリーをひと粒こっそりつまみ食いする。

「兄貴も今年三十路なんだから、いい加減落ち着けばいいのに」

トレーにいつものパン屋のクロワッサンと、母が用意してくれていたサラダを乗せてテーブルに着く。ふと顔を上げると、母はなんとも言えない顔でこちらを見ていた。

「あんたが千里のこと言えた義理じゃないでしょ」

「それもそうだけど……」

そんなふうに納得してしまえるところが悲しい。

「でもそんなこと言って、万椰、あんた本当は千里が落ち着くのが嫌なんじゃないの？」

「……はぁ？　なにそれ」

意味がわからず、眉間に皺が寄る。

「だって、万椰はお兄ちゃんっ子でしょ？」

母はニヤニヤと、含みのある笑みを浮かべている。

「お兄ちゃんっ子？　わたしが？」

両親が共働きで忙しくしていたから、確かに小さい頃はいつも兄貴にくっついて回っていた。でも、〝お兄ちゃんっ子〟という認識はこれっぽっちもない。

「千里が小学校低学年の時だったか、千里のクラスの女の子が家に遊びに来ると、あんたは必ず『お兄ちゃんはわたしと結婚するんだから！』って、千里に抱きついて離れなかったのよ」

「嘘……」

自分ではすっかり忘れていた話を聞かされ、なんともいたたまれない気持ちになる。

「嘘じゃないわよ。忘れたの？」

「……そんな小さい頃の話なんか、覚えてないよ」

母にこれ以上からかわれたくなくて、なにかを取りに行くふりをして冷蔵庫へと向かう。アメリカンチェリーが入っている容器を取り出すと「お父さんがそれ楽しみにしてるから、五粒ぐらいでやめといてね」と素っ気なく言い残して、母は他の部屋に行ってしまった。

……お兄ちゃんっ子、ねえ。

周りの『ブラコン』と言われていた人たちを見ていて、自分は絶対にそうじゃないと思っていた。現に兄貴に何人彼女ができようとも、彼女への同情心はあれど、嫉妬心などというものは感じたことがなかった。

もし、そういう要素が自分の中に潜在的にあるのだとしたら……。わたしが兄貴の言葉に縛られ続けていることも、頷けてしまう。

「勘弁してよ……」

わたしがまともに恋愛できない理由が〝ブラコンだから〟なんて、全然笑えない。

ふと、キッチンに飾られている家族写真が視界に入る。

わたしはそれから目を逸らして、容器に入っていたアメリカンチェリーを八粒取り出し、冷蔵庫にしまった。

意外な事実

あれから、難波さんはわたしを強引に巡回に連れ出すことはなくなった。

では難波さんがおとなしくしているかといえば、そうではない。相変わらず部長としての細かい仕事は副部長に丸投げして、自分はふらりといなくなる日々が続いていた。

おそらく今日もCaroに行っているのだろうが、行き先を告げないことが多いから、いろいろと面倒なことが起こる。

「難波さん、どこに行ったんですかねー。もう！」

水上ちゃんはオフィスに戻ってくるなり憤慨している。

「どうしたの？」

「難波さん、十時半の来客予定を忘れてるんだと思うんですよ。『ちょっと早く着いてしまって』って、もうお客さんが見えちゃってるんですよね」

水上ちゃんの話によると、仕方なく副部長が対応に行ったらしい。

「まったくあの人は……。わかった、難波さんのスマホにかけてみる」

「忙しいとこすみません、万椰さん。わたし、お茶出し頼まれたんで……」

水上ちゃんはあたふたしながら、給湯室のほうに走っていった。

難波さんが予定を忘れるのは今に始まったことではないけど、いい加減、今日の予定ぐらいは覚えておいてほしい。

ため息を吐きながら難波さんに電話をしてみると、彼はワンコールで出た。

「桑原です。難波さん、今どこですか?」

《会社のロビーだが、どうした?》

「十時半に約束されていたお客様がいらしていますよ」

《間に合わなかったか……。悪い、今すぐ行く》

どうやら、今回は忘れていたわけではなかったようだ。

給湯室の水上ちゃんにそのことを告げに行く途中で、難波さんの姿がエレベーターホールに見えた。

「桑原、場所どこだ?」

「第二応接です」

「わかった」

わたしは給湯室から出てきた水上ちゃんに難波さんが来た旨を話して、席に戻った。

背もたれに寄りかかると同時に、ため息が漏れる。

難波さんは、そこまでしてCaroにいたいんだろうか。

会議で意見を募ると言っていた件も、あれからすぐ後の会議では特に議題に出されることもなかった。

会議と言えば……今日はこの後、リテール本部と月一の連絡会議がある。

憂鬱な気持ちを抱えながら、わたしは会議の資料を手にして立ち上がった。


「今日の日替わりランチはなにかなー」

「昨日は肉だったから、今日は魚じゃない？」

リテール本部との会議は、何事もなく無事に終わった。山西さんも特にこちらを気にしているような素振りもなく、ほっとする。

もう気にしなければいい。そう思いながらもやはり気になってしまう。前を歩く水上ちゃんと大貫課長の会話を聞きながらも、山西さんがいつ会議室から出てくるかと、気が気じゃなかった。

「……山西さん、まだ出てきてないですよ」

わたしの様子に気づいたのか、水上ちゃんはわたしに小声で言った。

さりげなく見ていたつもりだったのに、バレていたなんて恥ずかしい。

「心配しなくても大丈夫だよ。今は俺たちもいるから」

大貫課長の優しい口調が、じわりと心に沁《し》みていく。

ふたりとも、本当にいい人たちだ。

「……ありがとうございます。心配はしてないんですけど……あ、わたしちょっと同期のところに用事があったのを思い出したんで、先に社食に行っててください」

わたしは小走りに彼らを追い越した。先にオフィスに戻ることもできたけど、〝逃げている〟と悟られるのも嫌で嘘をついた。

ふたりにこれ以上、余計な心配も迷惑もかけたくない。それに、会議のようなやむを得ない状況以外で、山西さんと顔を合わせることになるのはどうしても避けたかった。

わたしは階段を使うふりをして、とりあえずトイレに駆け込んだ。この階はいくつかの会議室とホールだけだから、ここを使う人は少ない。きっと五分もすれば、山西さんも会議室から自分の部署に戻るだろう。

洗面台の辺りに寄りかかりながら腕時計を見ていると、急に外が騒がしくなった。どうやら誰かがトイレに入ってこようとしているらしい。

わたしは咄嗟《とっさ》に掃除用具置き場に身を隠した。

「てかさ、山西さんも気の毒だよねー」

「今日の〝姫〟の顔、見た？　ああいうのを、うぬぼれてるっていうんだろうね。顔だけじゃなく、わたしは仕事だってできますよ、的なオーラでさー」

ヒヤリと背筋に冷たいものが走る。

〝姫〟というのは、わたしのことだろうか……？

「だって、なんといっても〝姫〟だもん、桑原様は。山西さん、ちゃんと誠実に付き合おうとしたらしいのにさー。やっぱ、自分にすべてを捧《ささ》げるような奉仕男子じゃなきゃ、お姫様としては嫌なんじゃないの？」

「やっぱり？　掃いて捨てるほど男がいる人はいいよねー。たとえひとりふたりいなくなっても、美人はちょっと色目使えばまた新しい男が寄ってくるだろうし」

「でも、中身はスッカスカだけど」

ゲラゲラと、トイレ中に大きな笑い声が響く。

彼女たちが誰なのか、声でなんとなく察しはついた。

ひとりは以前の部署で一緒だった、ひとつ年下の辻《つじ》さんだろう。いつも中途半端な仕事しかしなくて、そのことをやんわりと指摘したら不服そうな顔をされたことがあった。もうひとりはおそらく、フォレストの面接に落ちたと聞いた、リテール本部の人。

……私怨《しえん》も混じると、ここまでの悪意になるんだ。

「まったく、この世で美人が一番偉いわけじゃないっての」

どうやら彼女たちは、この悪口が他人に聞かれないようにとトイレに入ってきただ
けだったらしい。その言葉を最後に、ふたりはここを出ていった。

「……わたしが、なにしたっていうのよ」

どれだけ他人に気を遣っても、なにかのきっかけで悪意は容赦なく向けられる。昔
から、ずっとそうだった。

わたしはそれから二分ほど経過してから、恐る恐るトイレを出た。

『でも、中身はスッカスカだけど』

『万椰は容姿のことを否定したら、なんにも残んないんだからさ』

さっきの言葉と、この前の兄貴の言葉が、頭の中で交互に響く。

喉の奥がギュッと苦しくなった。立ち止まり、慌てて深呼吸する。

こんな些細《ささい》なことでいちいち泣いてなんかいられない。絶対に傷つくもんか。

嫌な言葉が頭に響くたび、そう心で唱えて打ち消す。

今までもそうして乗り越えてきたんだから、大丈夫。

「――桑原？」

呼ばれた声に顔を上げると、そこにいたのは難波さんだった。一緒にいたリテール本部の部長に頭を下げ、こちらに近づいてくる。

「どうした？」

「……いえ、別に。お疲れさまです」

難波さんが気にするほど、わたしは妙な顔をしていたんだろうか。

会釈をして足早に難波さんの脇を抜けると、彼は後ろから追いかけてきた。

「ちょっと待て」

後ろから腕を引かれ、強引に足止めされる。

「な……なんですか」

振り返って難波さんの顔を見た途端、なぜか涙が堰《せき》を切ったように溢《あふ》れてきた。

どうしよう。なんで、よりにもよってこの人の前で……。

難波さんはわたしが泣いたことに驚いているようだ。

無理もない。泣いているわたし自身も、この状況に驚いているのだから。

「やだ……ごめんなさ……」

俯いた視線の先に、きちんとプレスされたグレーのハンカチが差し出される。

「ハンカチぐらい、あります」

泣き顔を見られていることが恥ずかしくて、上司だというのにつっけんどんな物言いをしてしまった。もう、なにをやってるんだろう。失礼極まりない。

ポケットから自分のハンカチを取り出して目元に当てていると、難波さんの手が柔らかくわたしの肩に触れた。

「俺が泣かせているみたいだな」

幸い人通りはない。会議室にいた人たちも、もういい加減戻っただろう。

「……ひどい男、ですね」

誰もいないのをいいことにそう言ってみる。冗談の中に、少しだけ日頃の不満を混ぜ合わせて。

「悪かったよ」

肩に置いていた手を外すと、彼は子供をあやすようにわたしの頭をポンポンと叩いた。

難波さんがわたしの冗談に乗ってくれたことがおかしくて、思わず笑ってしまう。

「泣かせたお詫《わ》びに、昼飯奢ってやる。行くぞ」

「えっ、ちょっ……難波さん！」

難波さんはわたしの右腕を掴んで、わたしを引きずるようにして歩いていく。もはや強制連行状態だ。

「他に予定があるなら断れ。なんせ、部長様直々のお誘いなんだからな」

こういう時だけ『部長』という単語を引っぱり出すなんて、卑怯《ひきょう》だ。

「……パワハラ」

「なんか言ったか？」

「……いえ」

本当はちゃんと聞こえていたのだろう。難波さんはいつかの夜のように、企みを孕んだ笑みを浮かべている。

わたしは仕方なく、水上ちゃんにＬＩＮＥのメッセージを送った。

【難波さんにつかまった。ごめん！】

彼女から来た返事は、【ご愁傷様です】というなんとも救いのない言葉だった。

会社を出てから、わたしは難波さんに近くのガード下まで連れてこられた。

ガード下なんて、わたし的には中年のサラリーマンが飲みに来る場所という認識しかない。もしかして、居酒屋のランチにでも連れていこうとしているのだろうか。

少し歩くと、目の前に突然、異国情緒溢れる建物が現れた。

どうやらイタリアンレストランらしい。店先の赤い座面の椅子に立てかけられた黒板には、パスタ、ピザと書かれている。

「ここだ」

難波さんの後に続いてお店に入ると、三十にも満たないほどの席はほとんどお客さんで埋まっていた。客層は、若い女性から年配の男性までさまざまだ。

こんなところに、こんなお店があったなんて……。

かろうじて奥のテーブル席が空いていたようで、わたしたちはそこに通された。外観も赤を基調としていてポップだなとは思ったけど、内装もわりとカジュアルな感じだ。

「なに、頼む?」

店内を見回していると、難波さんはメニュー表をこちらに広げて見せた。

「普通にランチでもいいけど」

「普通に、って……他になにかあるんですか?」

わたしがメニュー表を覗き込んだところで、難波さんはそれをパタリと閉じた。

「俺に合わせてみるか？」

難波さんはまたなにかを企んでいるように、意味ありげな笑みを浮かべている。

「……じゃ、お任せします」

いささか警戒しながらも、彼がなぜわたしをこの店のランチに連れてきたのかを探るために、思いきって合わせてみることにした。

まずテーブルに運ばれてきたのは、前菜の盛り合わせのようなもの。

わたしは驚いて、難波さんを見た。

「もしかして、コース料理を頼んだんですか？」

「いや……まあ、細かいことは気にするな。時間もないし、食うぞ」

曖昧な表現に、本当はどっちなんだろう、とモヤモヤを抱えたまま、とりあえず一番手前にあったものからいただいてみる。

「うわ！　なにこれ⁉」

わたしが思わず感嘆の声を上げると、難波さんは「うまいだろ？」としたり顔。

「悔しいけど……すごくおいしい」

つい勢いで本音を漏らしてしまった。驚きのあまり敬語が抜けたことも、言った後で気づいた。

難波さんは声を上げて笑っている。

「こんなところにあるし外観も外観だから、味もそう大したことないと思っただろ？　俺も正直、最初ここに来た時はそう思ったんだよ」

悔しいのは、それだけじゃないけど。

そう心の中で独りごちながら他の前菜も食べてみる。

ランチだからか、特別高価な食材は使われていないように見えたけど、盛りつけられていたすべてがとにかくおいしかった。

その後は、パスタ。少なめに盛られたセミドライトマトのフジッリと、ジェノベーゼのリングイネッテをふたりでシェアして食べ、最後は牛肉のタリアータ。ミディアムレア程度に焼いた薄切りステーキに野菜が添えられたものだ。

「あー、午後の仕事を放棄して、もうワイン飲んじゃいたい！」

タリアータをひと口食べ終えたところで身悶《みもだ》えしてしまう。だってこんなの、ワイン好きには拷問だもの。

ふと見ると、難波さんはこちらを見て微笑を浮かべている。

……しまった。あまりにおいしい料理ばかりだったから、今誰といてどういう状況かなんて、すっかり吹っ飛んでしまっていた。

いたたまれず、水に手を伸ばす。

「仕事は放棄するなよ」

「……わかってます。ただ、そういう気分になっただけで……」

俯いて、モゴモゴと口の中で言葉を濁した。難波さんがまだこちらを見ているのが気配でわかる。ひたすら恥ずかしい。

でもよく考えれば、叔父さんの店での醜態も見られていたようだし、さっきは不覚にも泣き顔まで見られてしまった。焦って取り繕ったところで、もう今さらかもしれない。……そういえば、難波さんはわたしがどうして泣いたのか、聞くつもりはないんだろうか。

「どうかしたか？」

わたしがナイフとフォークをお皿に置いたのが気になったのか、難波さんはグラスに伸ばした手を止め、こちらを見て不思議そうな顔をしている。

「いえ……」

わたしだって、無思慮に相手の事情を聞き出そうとは思わない。大人なんだから、そういう配慮はあって当然だ。

でも……どういうわけか、少し息苦しい。普段なら、理由を聞かれないほうが助かるというのに。

「あの」

わたしは小さく深呼吸してから、思いきって切り出した。

難波さんは水を飲みながら、じっとこちらを見つめている。

「聞かないんですね。さっき、わたしがなんで泣いたのか」

「聞いてほしければ聞くけど」

言葉が、冷ややかに聞こえた。

胸の奥に、小さいけれど尖《とが》った痛みがちくりと走る。

どう返せばいいのかわからず、ただ目の前の皿を見つめていると、そこになぜかひと切れの肉が置かれた。驚いて、彼のほうを見る。

「まだ手をつけてないから、安心しろ」

難波さんはそう言って、困ったように微笑んだ。

「そんなことより、難波さんの分が……」

「いいから食え」

難波さんはナイフで肉をひと口大に切って、付け合わせのルッコラと一緒に口に運び、噛みしめながら「やっぱりうまいな」と頷いている。そしてそれを飲み込むと、ひと呼吸置いてから口を開いた。

「うまいものを食ってる時は、こんなふうに誰でも幸せになれる。さっきこれをひと口食った時、桑原は泣いたことなんて忘れてたんじゃないか？」

まったくそのとおりだった。

わたしは決まりの悪さを感じて、目を伏せたまま小さく頷く。

「この料理で桑原の口からうまいという言葉が出ないようなら、無理にでも聞き出すつもりだったけどな。ワインまで飲みたいと言えたんだ。そのことはもう自分の中で消化できてるんだろ？」

難波さんはそれを見極めるために、あえてこの店を選んだの……？

「……すみません」

「謝ることなんてなにもないだろ。せっかくの幸せな気分を、わざわざ自分から台なしにすることもないんじゃないかと思っただけだよ」

難波さんは「早く食え、冷めるぞ」とわたしを急かした。

「ありがとうございます。……じゃ、遠慮なくいただきます」

わたしは難波さんがくれたタリアータを噛みしめた。

やっぱりおいしい。幸せだ。

「俺になにか聞いてほしいことがあるなら、いつでも聞いてやるよ」

難波さんはこちらを見据えてそう言った。さっきとはまるで違う、彼の穏やかな声が耳の奥に沈む。

急に、そんな優しい目でわたしを見ないでよ。

難波宗司という人は、いったいどんな人間なんだろう。今日のランチで、わたしは余計にわからなくなった。

ただ……いろんな意味で〝厄介な人〟であることは間違いない。


わたしは仕事帰りに、いつものラーボ・デ・バッカに来ていた。

「お前にしては珍しく、ゆうべは顔を見せなかったな」

叔父さんはそう言いながら、わたしのグラスにワインを注いでいる。

「昨日は仕事が忙しくて、帰るのが二十三時過ぎになっちゃったから」

「そうか、遅くまで大変だな。で、今日もいつものだろ？」

確認するまでもないと思ったのだろう。そう言ってさっさと厨房に戻ろうとしていた叔父さんを、わたしは慌てて引き留めた。

「あと……ラムチョップも」

叔父さんは一瞬驚いたような顔をしてから、クシャリと思いきり表情を崩した。

「万椰があれを気に入ってくれたとは、本当に嬉しいねぇ」

「だって、今まで記憶にあった味と違ったから……」

恥ずかしさで顔が熱くなる。

叔父さんはきっと、難波さんに勧められたものだから気に入ったんじゃないかとか、妙なことを考えているに違いない。現にいやらしい笑みを浮かべている。

「もう、そんな顔しないでよ！　わたしがラムを頼んでもいいじゃないっ」

恥ずかしさをごまかそうとしたせいで、つい口調がきつくなってしまった。

「……いや。昨日、宗司もモツ煮とラムを頼んでたなー、と思ってさ」

ニヤニヤしていた理由はそれか……って、難波さん、昨日ここに来てたんだ。

「味覚が合う人とは、男女の相性もいいらしいぞ」

「なによ、それ……！」

高らかに笑う叔父さんの後ろ姿を睨みつけた格好で、わたしは昼間飲めなかった分とばかりに、心おきなく喉にワインを流し込んだ。

結局あの後、わたしはまた難波さんに奢られてしまった。

『コースみたいだったたし、奢ってもらうのはさすがに申し訳ないです』

そう言ったのに、難波さんは頑なにわたしからお金を受け取ろうとはしなかった。

『じゃあ今度、高柳さんの店でワインを奢ってくれよ。もちろん、ボトルでな』

わたしが納得いかない顔をしていたからか、難波さんは去り際、仕方ないなとばかりにそんな妥協案を出してきた。

叔父さんの店のワインなら、一番高いものでもたかが知れている。多分、難波さんもそれをわかっていて言ったのだろう。

お金、下ろしてきたんだけどな。

昨日現れていたのであれば、今日彼がここに来る可能性は低いかもしれない。

今日、来るかと思ったのに……。

「誰かと待ち合わせなんですか？」

「……え？」

「だって、さっきから万椰さん、店の入り口のほうばかり気にしてるから」

美桜ちゃんに言われて初めて、自分がそうしていたことに気がついた。

「美桜ちゃん、そんなの聞くだけ野暮ってもんだよ」

叔父さんはモツ煮をわたしの前に置きながら、そう言ってまたニヤついている。

「ああ、そういうことですか！」

「もう、勝手に納得しないでよ美桜ちゃん。違うから！」

「なにが違うんだ？　万椰。俺たちはなーんにも言ってないけど？」

見れば、叔父さんだけでなく美桜ちゃんまでニヤニヤしている。

……墓穴、掘ったかも。

「別に待ち合わせしてるんじゃないってば。ただ今日、随分と豪華なお昼をごちそうになっちゃったもんだから、来たらお返ししなきゃと思って。あの人に、あまり借りを作りたくないの」

そう言い訳してみたものの、叔父さんは素直に受け取ってくれず、意味ありげに「ふうん」と言って、厨房の奥へと消えていってしまった。

一方、美桜ちゃんはといえば……。

「昨日、『今日は来ないな』って宗司さんも万椰さんのことを気にしてたんですよ」

うふふ、と嬉しそうに笑みまでこぼして、そんな余計なことをわたしに耳打ちした。

「……なんなのよ、ふたりして」

どうして彼らがわたしと難波さんをそういう関係に持っていきたがるのかはわからない。でも、ふたりの意のままになってたまるか。

わたしはそう決心しながら、モツ煮を頬張った。

兄の千里と約束した、土曜日。

わたしは仕事疲れでだるい体に鞭《むち》を打ちながら、出かける準備を進めていた。もちろんレモンライムハニーは起きてすぐに作り、忘れないよう既にバッグに入れてある。天気予報によると、どうやら今日は暑くなるらしい。念のため、保冷剤はこの前より多めに入れておいた。

会場はここから電車で三駅先の球技場。そこには一度、兄貴とJリーグの試合を観戦しに行ったことがあるから、場所はなんとなくわかる。

とはいえ、ひとりで行くのは心許なくて、何人かの友人に声をかけてはみたものの、あえなく全滅。よく考えてみれば、仲間内で土曜日に予定もなく、残念な週末を過ごしているのはわたしぐらいなものだった。

球技場に着くと、既に会場は応援に来た人たちで賑わっていた。雰囲気に圧倒されながらも、会場内の階段を上がって観客席へと向かう。

「千里ー！」

どこに座ろうか迷っていると、右手側から兄貴の名前を呼ぶ女性の声が聞こえてきた。見ればそこだけ、ひときわ女性の密度が濃い。

「なるほど、わかりやすい」

わたしはその女性集団から少しだけ距離を取った席に座ることにした。

この球技場はフィールドとの距離が近いせいか、選手の顔が中段の席からでもはっきりと見える。

兄貴は試合前だというのに緊張感もなく、学生時代と変わらず女性に無駄に愛想を振りまいている。その光景を呆れながら見ていると、兄貴はすぐにこちらに気がついた。

「おお、万椰ー!」

お願いだから大声で呼ばないでほしい。案の定、女性陣はすごい形相でこちらを見ている。

兄貴はそんな状況などお構いなしに、営業スマイルばりの笑みを浮かべながらわたしのほうへ近づいてきた。

わたしも女性たちの視線を受け流しながら、フェンスに近づく。

「来てくれて嬉しいよ、兄ちゃんは」

「まあ、約束だからね。ああ、これ差し入れ」

バッグの中からボトルを取り出し、フェンスの隙間を通す。ここは芝生から高さがあるため、できる限り手を伸ばして兄貴の立っている場所へポトリとうまく落としてやった。

「これ！　〝バーサン〟がえらく気に入ってたやつだな？」

「ねえ、その『バーサン』っていったい……」

「バーサンなら今日、一緒に試合出るよ。あ、噂をすれば」

兄貴は、選手の控室なのか、観客席の下のほうにある部屋へ向かって「バーサン！」と呼んでいる。

程なくして、その人の頭がチラリと見えた。

兄貴の身長は、確か一七八センチだったはず。その人もだいたい同じぐらいだ。

兄貴がなにやら彼に話すと、その人はこちらを振り返った。

……え？

眩《まぶ》しいのか、その人は眉間に皺を寄せた。目を細めているけれど……間違いなく彼は……。

「……難波、さん？」

「おう、桑原。今日は兄貴の応援に来たのか？」

難波さんは額に手をかざして、こちらを見ている。

あまりに驚きすぎて、言葉が続かない。

「あれ？　……ああ、そっか。そういえば、バーサンと万椰っておんなじ会社なんだっけ」

兄貴は状況が呑み込めたようで、納得したという顔をしている。

「ああ。お前の妹は今、俺の部下だ」

「えー、マジでー⁉」

兄貴が「ちゃんと務まってんのかよー」などと騒いでいるのを、わたしはぼんやりと遠くに聞いていた。

〝バーサン〟の正体が、難波さん……？　ダメだ。頭の中がグルグルと渦を巻いててなにがなんだか……。

「桑原」

「……えっ」

ふいに名前を呼ばれ、わたしは慌てて難波さんのほうを向いた。

「これ、後でみんなで飲ませてもらうから」

難波さんが手にしていたのは、わたしが差し入れたレモンライムハニーのボトル。

「あ……はい」

「兄貴だけじゃなく、今日は俺のことも少しは応援してくれよ」

そう言って同じチームのスタッフらしき人物へボトルを渡すと、彼は円陣の中へと交ざっていった。

わたしはぼんやりしたまま、さっき座ったところまで戻り、力が抜けたようにかくりと腰を下ろす。

どうやらそろそろ試合が始まるらしい。二チームともピッチに整列している。

さっきまで薄曇りだった空は、試合開始のホイッスルが鳴ったところで雲間から太陽がギラリと顔を出した。日差しは容赦なくジリジリと肌に照りつけてくる。

もう暑さは夏そのものだ。今日は日焼け止めをしっかり塗ってきて正解だった。

そんな他愛もないことを努めて考えているうち、ようやく心が落ち着いてきた。冷静になったところで考えてみると、いろいろと合点がいく。

難波さんが叔父さんの店の常連だったのは、こうして兄貴と繋《つな》がっていたから。レモンライムハニーを飲んで意味ありげな笑みを浮かべたのは、以前飲んだことがあったから。

唯一納得がいかないのは、その事実を隠されていたことだ。最初から『兄貴と繋がりがある』と言ってくれればよかったのに。

「千里ー！」

相変わらず、観客席からは兄貴に黄色い声援が飛んでいる。

サッカーのことはあまり詳しくはないけど、難波さんはどうやら守備と攻撃を兼ね備えたポジションのようだ。兄貴は完全に攻撃的ポジション。兄貴がゴールを狙いにいくたびに、さっきのような黄色い声が上がる。

「きゃあ、難波さーん！」

ふいに聞こえてきた声援に驚いて、右側に視線を向けた。

彼女たちは席から立ち上がり、キラキラと目を輝かせている。

難波さんも、意外と人気あるんだな。

意外というのは失礼かもしれないけど、驚いたのだから仕方がない。

よく聞いていると、女性陣の声援は兄貴と難波さんに向けてがほとんどだった。

それもそのはず、素人目《しろうとめ》に見ても、サッカーのテクニックはふたりがチームの中で抜きん出ていた。誰しもがそこに視線を向けるのは、当然のことだと思える。

悔しいけど、すごく格好よかった。

試合は、兄貴たちのチームが圧勝という形で終わりを迎えた。

「万梛ー！　祝勝会、叔父貴の店だから！」

フェンス寄りに立って選手を見送っていたわたしに向かって、兄貴が叫ぶ。

「えっ、わたしも？」

「当然だろ……と言ったところで、万梛は逃げそうだな。よし、今すぐ下に来い！」

兄貴は観客席の下の部屋を指さしている。

「そういうところに部外者は入れないんじゃないの？」

「だーいじょうぶだよ。あ、第二更衣室のほうだからな！　間違って相手チームのほうに行くなよ」

そう言って兄貴は笑いながら、奥の部屋へと消えていってしまった。

祝勝会までが約束だってこと？　まったく、兄貴はどこまでも勝手なんだから。

ため息をつきながら、心の中で独りごちる。

その一方で、少しほっとしている自分もいた。

今このまま帰ってしまったら、間違いなく週明けまでモヤモヤすることになる。どういうことなのか、難波さんに問いただされば。

わたしは観客席の階段を下りて、一度球技場の外へ出てから、球技場のスタッフらしき人に更衣室の場所を聞いた。どうやらここから左側に回った場所に入口があるらしい。

外を回り、恐る恐るそのドアを開けると、廊下で荷物の片づけをしていた選手数人と目が合った。明らかにわたしは場違いで、あちらも怪訝な顔をしている。怯みながらも第二更衣室を探すと、手前から二番目にあった。

「おお、来たな」

兄貴は傍らに女性ふたりをはべらせながら、スポーツドリンクを飲んでいた。

なんとも、いいご身分ですこと。

「もしかして、千里妹?」

室内を軽く見回していると、そばにいた三十代前半ぐらいの男性から声をかけられた。

「ええ……そうです」

「おー!　本当に呼んでくれたのか、千里!」

「当たり前じゃないっすか」

兄貴の様子から、この人が例の〝先輩〟だと悟る。

「いやあ、今日は来てくれてありがとう!」

「いえ……」

握手でもされそうな勢いに圧倒され、少し笑顔が引きつってしまった。わたしを呼んでどうしたいのかはわからないけど、兄貴の手前、無下にもできない。

わたしはその先輩に軽く頭を下げてから、兄貴のところへ近づいた。そばにいた女性たちもわたしが千里の妹とわかったからか、さっきまでの敵意剥き出しの視線はもう引っ込めている。

「……難波さんは？」

なんとなく一瞬、難波さんの名前を出すのをためらってしまった。

でも、兄貴は些細なことに気づく人ではないから、こういう時は助かる。

「バーサンは今、シャワー中。シャワー室あそこだから、覗いてくれば？」

ニヒヒ、と兄貴はわたしをからかうように笑いながら、斜め後ろに視線を向ける。

そこには確かに【シャワー室】と書かれた、カーテンで区切られた場所があった。

「な、なに言ってんの。覗くわけないでしょ！」

「バーカ、冗談だろ。ムキになんなって」

「ムキになんか、なってない」

兄貴とそんなくだらないやり取りをしているうちに、シャワー室のカーテンが勢いよく開いた。中から出てきたのはもちろん、難波さん。

「桑原も来てたのか」

難波さんはわたしを見るなりそう言って、濡《ぬ》れた髪をガシガシと雑にタオルで拭きながらこちらに近づいてくる。

「この後の祝勝会、来るだろ？」

髪からしたたる雫《しずく》に、上気した顔。

見てはいけない上司の姿を見てしまっているようで、落ち着かない。

「……ええ。兄貴……兄に『来い』と言われたので」

「ああ、そういや、さっきそんな話してたな」

わたしの真横にあったベンチに難波さんの荷物が置いてあったらしく、彼は「ちょっと失礼」と言ってそれに手を伸ばす。その瞬間、彼のシャンプーかなにかの香りがふわりと鼻を掠めた。

なぜか胸の辺りが小さく、さわさわと騒ぐ。

「……あの、どうして言ってくれなかったんですか？」

わたしはその妙なざわめきを消そうと、気を取り直して難波さんに本題をぶつけた。

「ん？」

「兄と、一緒にサッカーしてたこと……」

すると彼は「ああ」と言って、居心地の悪そうな顔をする。

「桑原が、仕事がやりづらくなるんじゃないかって、俺が勝手に気を回したんだ。別にやましいことがあって隠していたんじゃないよ」

難波さんは頭を拭いていたスポーツタオルを首にかけ、わたしから視線を逸らすように荷物整理を始めた。

「あのドリンクだって……まさか、難波さんが兄の話していた〝バーサン〟だったなんて思わなかったから」

バーサンの〝合格の味〟をそのバーサン本人にドヤ顔で出していたかと思うと、恥ずかしくて穴にでも潜りたい気持ちになる。

「そのあだ名は千里がつけたんだよ。難波の〝バ〟を取って〝バーサン〟らしい。俺は千里と同学年だけど一浪しているから、呼び捨てなのも、とあいつなりに気を遣ってくれたんだろうな」

兄貴が人に気を遣えるとは思えない。多分、響きがおもしろいから、とか単純な理由に違いない。

しかし、難波さんが一浪していたなんて知らなかった。今までまったくの苦労知らずで、自分の思うままに生きてきた人だと思っていた。

「次の予定もあるから、あと十五分でここ出ろってー！」

どこかから、そんな声が聞こえてきた。みんなそれに反応して、すぐさまキビキビと動き出している。

「俺らもすぐ行くから、万椰はこいつらと球技場の正面で待ってて」

兄貴に後ろから声をかけられ、わたしは難波さんに「じゃ、また後ほど」と挨拶してから、兄貴がはべらせていた女性たちと更衣室を後にした。


「じゃ、今日は存分に勝利の美酒に酔いしれましょう！　カンパーイ‼」

みんな高々とグラスを突き上げ、店中に「乾杯！」という声が響き渡る。

今、叔父さんの店にいるのは二十人ちょっと。選手と応援に来ていた人たちで、わらわらとここまで移動してきた。当然、お店は本日貸切。

兄貴に聞いたところによると、どうやら試合の後は勝っても負けてもここで打ち上げをするのが恒例になっているらしい。土曜日は叔父さんの店にはほとんど来ないから、そんなことをしていたのも知らなかった。

わたしは、テーブル席へと勧められたのを、落ち着かないからという理由で丁重に断り、いつもの定位置であるカウンター席に座った。

こういう男女入り乱れての、しかも見ず知らずの人間がたくさんいる場に交じるのはどうしても苦手だ。それは人見知りということではなく、過去に何度も嫌な思いをしたから。

『○○君に色目を使った』だの『男にちやほやされていい気になってる』だのと言われるのはまだかわいいほう。女性からは嫌がらせで飲み物をわざと膝にこぼされたこともあるし、男性からはやたら触られたりつきまとわれたり、今まで本当に散々な目に遭ってきた。

「ほら、これは万椰の分」

「ありがとう、叔父さん」

各テーブルには大皿で料理が出されていたが、叔父さんはそこからあらかじめ小皿に取り分けた料理をわたしの前に出してくれた。

これまで叔父さんにはいろいろな話をしてきたから、わたしがカウンター席に座った理由もよくわかっているのだろう。祝勝会がここで、本当に助かった。

飲み始めてからなにげなくテーブル席のほうを振り返ってみると、兄貴の隣にはもちろん、難波さんの隣にも女性が座っていた。ミディアムロングにゆるふわパーマをかけた清楚《せいそ》なイメージのその女性は、難波さんのために大皿から料理を取り分けている。

もしかして、難波さんの彼女？　……そっか。彼の歳を考えると、彼女がいないほうがおかしいもんね。

その光景を見ているのがなんだか癪《しゃく》に障って、わたしはくるりと厨房のほうに向き直った。

自分は彼氏がいないから、きっとただの僻《ひが》みだ。


「千里妹、飲んでるー？」

宴会も山場を迎えた頃、ひとりカウンターで飲んでいたわたしの右隣に例の先輩が座ってきた。様子を探るまでもなく、先輩は完全にでき上がっている。

「ええ、おいしくいただいてます」

酔っ払いには淡々と冷静に対応したほうがいいと、この前のCaroでの一件で学習した。そうすれば角が立つこともない。

「なんだ、つれないなぁ。俺みたいなおっさんは好みじゃない？」

「別に、そういうわけじゃ……」

だらりと寄りかかられ、わたしは思わず身を縮めた。

「原田《はらだ》センパーイ、万椰は年上好きですから、大丈夫っすよ！」

テーブル席から兄貴がとんでもなく余計なことを叫んでくれる。

いつわたしが年上好きだって言ったんだ！　このバカ兄貴め。

「マヤちゃんっていうんだ。見た目も美しいけど、名前も美しいねぇ」

「……それは、ありがとうございます」

原田先輩の酒臭い息が頬にかかる。『くっつかないで』と叫びたい衝動に駆られたが、兄貴の手前、ここは我慢するしかない。

「おい、原田。お前、奥さんも子供もいるだろ。万椰にちょっかい出すなよ」

叔父さんがカウンター越しに原田先輩をたしなめてくれたが、馬の耳に念仏、酔っぱらいに説教。聞く耳など持っていない。

ていうかこの人、妻帯者なのか。声も大きくて外ではリーダーシップを発揮してそうなタイプだけど、案外、家では奥さんの尻に敷かれて弱い立場だったりして。経験からいえば、そういう人ほど、酒癖が悪い。

「ほらほら、離れて離れて」

わたしが固まっているのがわかったのか、見かねて叔父さんがもう一度、彼をたしなめてくれた。

「わかりましたよーだ」

原田先輩は渋々といった感じでわたしから離れる。

ほっとしたのも束の間、今度は先輩側にあった肩に手がかけられて嫌悪感が増した。肩を抱かれなかっただけましだと、なんとか必死で自分を宥める。

「うちの奥さんなんて、マヤちゃんに比べたら塵《ちり》だよ塵！　宝石のように輝いているマヤちゃんがそばにいてくれたら、きっと幸せだろうなぁ」

原田先輩は体をくねらせながら、にやけ顔をこちらに向けた。

『あなたは塵と結婚したんですか』と喉まで出かかった。仮にも自分の奥さんを塵扱いするなんて、たとえその場のノリで言っただけだとしても、気分が悪い。さすがにもう笑顔は作れない。

よほどわたしの顔が引きつっていたのか、叔父さんはわたしを見て苦笑している。

しかし原田先輩はこちらの様子などお構いなしに、グラスの赤ワインをあおってから話を続けた。

「でもなぁ。マヤちゃんは経験豊富そうだからなぁ。俺なんか一発で捻りつぶされそう。『お前のなんかじゃ満足できねーんだよ』とか言われてさぁ」

ただでさえ地声が大きいのに、酔ったことによってそれが倍になっているものだから、先輩のその言葉はみんなに聞こえたようだ。

店内は一瞬にして笑いに包まれる。

「先輩、別に卑屈になるような感じじゃないでしょう」

「もしかして、逆に自慢かぁ？」

笑いの中に交じる下品な会話を意識の端に聞きながら、わたしはもやもやと黒いものが湧き上がるのを感じていた。

捻りつぶすどころかこっちはまったく経験がないんだから、あなたのがどうかなんてわからないし、わかりたくもないよ！

言いたい言葉を、心の中で思いきり叫ぶ。実際に言えたらスカッとするんだろうけど、そんなの自分の恥をさらすだけだ。

「原田先輩、そういうのは初対面の女性に言うことじゃないでしょう」

笑い声が収まったあたりで、男性のまっすぐな声が聞こえた。わたしのよく知っている声だ。

「会社でそんなことを言ったら、セクハラだって訴えられるレベルですよ」

「なんだよ難波ぁ！　マヤちゃんが美人だからって、俺をダシにして点数稼ごうとしてるのかぁ？」

原田先輩を見ると、かろうじて口元は笑っているが目はまったく笑っていない。

「点数もなにも、彼女は俺の部下ですし」

難波さんはCaroで酔っ払いを相手にした時のように、冷静に淡々と話す。

「はぁっ、部下⁉　でも上司だからって部下にまったく下心を持たないってわけじゃないだろーが。なんだよ、俺と同い年だからって生意気に……っ」

一触即発の状態に、場の空気はすっかり凍りついた。

兄貴が「まあまあ先輩、飲みましょう飲みましょう」と宥めると、原田先輩も矛を収めたようで、兄貴に注がれたワインを喉に流している。

「そういやさぁ。難波って大学時代、付き合ってた女の子にフラれたよなぁ！　もしかしてあっちが〝ヘタクソ〟なんじゃねーの？」

やっぱり気持ちは収まらなかったのか、先輩は笑いながらも悪意たっぷりにそう言った。周りで聞いていた人たちもその話をおもしろがっている。

「上手いのはサッカーだけかよ！」

ゲスな笑い声が、店内に響き渡った。

……ダメだ、もう限界。

ここから逃げようと、立ち上がりかけたその時……。

「少し飲みすぎたんで、夜風に当たってきます」

そう言って、難波さんがわたしより先に立ち上がった。

「なんだ難波、逃げんのかぁ？」

原田先輩はまだからかう態勢だ。しかしその挑発には乗らず、難波さんは無言のままカウンターへと近づいてくる。

まさか、殴ろうとしているんじゃ……？

緊張していると、難波さんはわたしのそばまで来て「付き合え」と耳打ちした。

「えっ」

「高柳さん、ちょっと桑原を借りていきます」

叔父さんの「おう」という返事と、原田先輩の「おい、難波ぁ！」という声が重なる。

わたしは原田先輩に「すみません」と小さく頭を下げてから、ありがたく難波さんの誘いに乗った。

「はー……」

店の外壁にもたれると、もやもやを吐き出すようなため息が出た。

原田先輩の態度が不愉快だったこともあったけど、それよりも……なんとなくあれ以上、難波さんの過去が透けて見えそうな話は聞きたくなかった。

「大丈夫か？」

難波さんはわたしからひとり分くらいの距離を取って同じように壁にもたれ、夜空を見上げながら言った。

こんな時まで人を気遣わなくてもいいのに。

「難波さんこそ、大丈夫なんですか。先輩、随分怒ってましたけど」

彼はわたしの言葉に、「ふ」と小さく笑みを漏らす。

「大丈夫だ。今頃、千里が白ワインだと言って原田先輩に水を飲ませているだろうから。戻る頃には少し冷静さを取り戻しているだろうよ」

「よくあることなんですか？」

「まあ、ここまでひどいのは久しぶりだが」

すうと夜風が頬を撫《な》でる。風は生ぬるいけれど、少し火照った頬には充分気持ちがいい。

「嫌な思いをさせて悪かったな」

声が、優しい。カサカサした心にしんと滲みていく。

「別に……難波さんが謝ることはないですよ」

「原田先輩は、酒を飲まなければいい人なんだがな。酒の席でのことだと、許してやってくれないか」

難波さんだってさっき嫌な思いをしただろうに、わざわざ先輩を擁護するなんて。この人はお人よしなところもあるんだろうか。

チラリと隣を窺えば、難波さんはまだ夜空を見上げている。

わたしもつられて見上げると、飛行機が一機、光を点滅させながら飛んでいた。

「……あの、ありがとうございました」

わたしは難波さんにお礼を言った。

さっき助けてもらわなければ、もしかしたら感情を抑えられなくなっていたかもしれない。叔父さんの店で以前、酔っ払いの対応で大きく失敗しているだけに、もう叔父さんの迷惑になるようなことだけは避けたかった。だから、本当に助かった。

「俺は当たり前のことを言っただけだ」

「それでも、ありがとうございます」

こうして連れ出してくれたことも感謝しなくてはいけない。

今度はちゃんと難波さんのほうを向くと、彼もこちらを見た。

目を合わせているのが気恥ずかしくなって、慌てて地面に視線を逃がす。わたしは無理やり話題を変えた。

「そういえば、同い年でも〝先輩づけ〟して敬語で話してるんですね」

「体育会系なんて、どこもそんなもんだろ。上下関係は年齢じゃなく、学年で決まるものだからな」

確かに兄貴もあんないい加減なヤツだけど、上下関係だけはちゃんとしているように見える。体育会系の世界はなにかと大変そうだ。

「それじゃ、そろそろ戻らないと、先輩たちに怒られちゃいますね」

「ん？　まあ、大丈夫なんじゃないか？」

腕組みをしながら呑気な顔でまた空を見上げる難波さんを見ていたら、彼の隣に座っていた彼女のことが、ふと頭に浮かんだ。

「でも、戻ったほうがいいですよ。わたしは店の裏口に回りますから。いろいろと誤解されてもなんですし……」

一緒に店に戻れば、妙な詮索をされかねない。美桜ちゃんに荷物を持ってきてもらって、わたしはそのまま帰ろう。兄貴との約束はきっちり果たしたのだから、ここで帰っても文句は言われないだろう。

「誤解って、誰に、なにを？」

「隣に座っていた方、彼女さん、ですよね？」

難波さんはきょとんとした顔でこちらを見ている。ややあって「は？」と驚いたような声を上げた。

「隣に座っていたのは、大学のサッカー部のマネージャーだった女性だ。別に今も昔も、彼女とは付き合っていない」

それが本当であれば、彼女の片思い、ということか。彼女が難波さんに気があることは、傍目《はた》で見ていてすぐに気づいた。

難波さんは気づいていないのか、それとも気づかないふりをしているのだろうか。

「そうなんですか。でも、わたしが難波さんを独り占めしていたら、妬まれそうだし」

「妬むヤツなんかいないだろ。逆に俺のほうが、今頃原田先輩に妬まれてるよ」

難波さんは笑い交じりに言った。

「試合の時だって、たくさん声援を受けてたじゃないですか」

「長い付き合いのヤツが多いからだろ」

どうしても認めないつもりなのか、この人は。

ちょっと、ムカついてきた。

「いいじゃないですか、モテると認めたって。モテないよりいいと思いますよ」

なにをムキになっているのだろう。別に難波さんがモテようがモテまいが、そんなのどっちだっていいのに。

「……やきもちか？」

「はぁっ⁉」

わけのわからない切り返しに、思わず素っ頓狂な声を上げてしまった
「な、なんでわたしがやきもちを焼かなくちゃいけないんですか！　わたしは事実を言っただけで……！」

言いながら顔が熱くなってくる。わたしは難波さんから顔を逸らした。

「そこまで必死に否定しなくても」

「べ、別に必死じゃ……」

「ただ俺は、そうだったらいい、と思っただけだ」

「……えっ」

驚いて、難波さんのほうを振り向く。

しかし彼は、『この話は終わり』とばかりに「さてと」と言って、壁から体を離した。

「じゃ、中入るか」

「え……いや、わたし、もう、帰るつもりで裏口に……」

動揺していて、今ちゃんと話せているのかすらわからない。大丈夫だろうか。

「今帰ったら、後悔することになるぞ」

「……どうして？」

難波さんはニヤリと笑みを浮かべた。

「桑原はこの店のパーティーメニューにしか出てこないデザート、食べたことあるか？」

「ないです、けど」

「びっくりするぞ、うまくて」

難波さんは「ほら、とにかく入るぞ」とわたしの背中を押して、強引に店に戻した。

背中に触れた彼の大きな手のひらに、わたしはざわざわと胸がざわめくのを感じていた。

振り回さないで

パソコンの画面から視線を上げ、ふうと軽く息を吐き出す。見れば、時計はまもなく十九時を指そうとしていた。

「今日もまだ仕事するんですか？」

冷え切ってしまったコーヒーを口にしていると、すっかり帰り支度が終わった水上ちゃんがわたしの顔を覗き込んだ。

「今やってるのが終わったら帰ろうと思ってるよ。大貫課長にも十九時半までしか残業の許可とってないし」

外回りの頻度が減ったことで残業も減るかと思いきや、オフィスにいるならこれ幸いとばかりに次から次へと仕事を回され、結局、状況は以前となにも変わっていなかった。

「みんな、万椰さんが仕事熱心なのをいいことに、気軽に回しすぎですよね」

「そんなことも、ないんだけどね……」

熱心なんて言われると、どうにも居心地が悪い。

そもそもわたしがフォレストフードへ異動したいと思ったのは、スキルアップのためでもなんでもなかった。ただ〝逃げたかった〟のだ。

「わたしもなにかお手伝いできればいいんですけど……」

水上ちゃんは伏し目がちにそう言って、本当に申し訳なさそうにしている。

「ありがとう。その気持ちだけで嬉しいよ」

水上ちゃんが口先だけの人間じゃないことぐらい、これまでの付き合いでよくわかっている。わたしは彼女に向かって微笑んでみせた。

「その格好、これから予定あるんでしょ？」

白いワンピースに小さめモチーフのネックレス。大人かわいい装いが、水上ちゃんによく似合っている。さっきまで着ていた服からわざわざ着替えているところを見ると、随分と気合が入っているようだ。デートなのだろうか
「実は、合コンなんです。幹事の子が頑張ってくれて、相手はお医者さんなんですよ」

「へえ、お医者さんかぁ。それはすごいね」

「はい」

はにかんだ顔がかわいい。

頑張らなくとも水上ちゃんならすぐに彼氏できるよ、と言いたいところを呑み込む。

わたしがそんなことを言えば、こちらの気持ちとはまったく違うふうに捉えられるのがオチだ。わたしは「頑張って」とだけ言って、彼女を笑顔で送り出した。

再び画面とにらめっこしながらマウスを動かす。そろそろ仕事も終わりに近づいてきた頃、わたしはふと視線を感じて顔を上げた。

「お疲れ」

「わ！　お、お疲れさま、です……」

自分の声の反響具合に驚いて室内を見回すと、既にわたしと声をかけてきた彼しかいなかった。

いつの間に……。

「すごい集中力だったな。仕事、そろそろ終わりそうか？」

難波さんは自分のデスクに腰かけた状態でこちらを見下ろしている。

彼と会うのはあの試合の日以来。難波さんはここ数日、出張で海外に行っていた。

「は、はい。あとは保存して、印刷すれば完了です」

「じゃ、それが終わったら行くか」

「えっ……どこに、ですか」

「ラーボ・デ・バッカに決まってるだろ。あの約束、忘れたとは言わせないからな」

約束とは、叔父さんの店でボトルワインを奢ると言ったことだろう。

もちろん覚えてはいたけど、まさかこのタイミングで言われるとは……。

「……忘れてはいません、けど」

「なんだ、歯切れが悪いな。他に予定でもあるのか？」

ここで『予定がある』と言うのは、あまりにも不自然だ。どうにか断れないかと頭をフル回転させるも、なかなかていのいい断り文句が見つからない。

黙っていると、痺《しび》れを切らしたのか、難波さんのほうが先に口を開いた。

「単に、俺と飲みたくないってことか」

「いえっ、そうじゃなくて……」

「じゃ、いいだろ。早く終わらせて行くぞ」

強引なところは、相変わらずだ。

仕方なくわたしは急いで仕事を終わらせ、ロッカーに置いていたバッグを掴んで、難波さんの待つエレベーターホールへと向かった。

『……やきもちか？』

『ただ俺は、そうだったらいい、と思っただけだ』

実は、あの時の難波さんの言葉が気になって、あれから落ち着かない日々を過ごしていた。

難波さんは、いったいどういう意味で言ったのだろう。

考えても答えなんて出るはずないのに、気がつけば考えてしまっている自分がいる。ありとあらゆる可能性を探っては否定して、最終的には『やめよう』と思考を強制終了させる、の繰り返しだ。

そのことだけじゃない。これまでもずっとそうだった。わたしはいつも難波さんに振り回されている。

だから、今はふたりで飲みになんか行きたくなかった。彼の言葉の端々を無駄に気にしてしまいそうで……。もう、わたしを振り回さないでほしいのに。

「――どうかしたか?」

「えっ?」

もうそろそろ叔父さんの店に着くという時、ふいに難波さんが問いかけてきた。

「いや、今日は随分と静かだから。もしかして、体調が悪いんじゃないだろうな?」

言うが早いか、難波さんはわたしの額に手を当てた。

「熱はないようだが……」

突然の出来事に、わたしは目を見開いたままその場で固まってしまう。わたしの様子で自分がしていたことに気づいたのか、難波さんは慌てて額から手を離した。

「……悪い。女性の額に気安く触るなんて、失礼だな」

「い、いえ……」

本当に、なんの気なしに手が出てしまったのだろう。彼はばつが悪そうに視線をさまよわせている。

「つい、癖で……いや、姪っ子がよく熱を出すもんだから」

……姪っ子？　わたしは、姪っ子と同じ扱いってこと？　へえ。

わたしは難波さんを置いて歩き出した。

「なんだ、怒ってるのか？　確かに触ったのは悪かったが……」

「いいえ。別に怒ってませんから。行きましょう」

怒ってなんかいない。ああでもないこうでもないとずっと考えていたことが、一気にバカらしくなっただけだ。

わたしは難波さんを待たずにそのまま先を歩き、叔父さんの店の扉を開けた。

「ふたりで来るとはねぇ」

叔父さんはニヤニヤしながら、それぞれの目の前にモツ煮を置いた。

「だから、わたしが難波さんに奢る約束してたからだって、さっき言ったでしょう?」

叔父さんの挑発に乗ってたまるかと思っているのに、口調はどうしてもきつくなってしまう。

「同じ職場なんだから、ふたりで来るのは全然不自然じゃないですよ?」

そう言いながらも、美桜ちゃんはやはりそれぞれの前にラムチョップの皿を置いて
ニヤニヤしている。

隣からは小さなため息が聞こえてきた。

「随分と嫌がられているようだな、俺は。とりあえず、乾杯ぐらいはしてくれよ」

「別に嫌がっているわけでは……」

「万椰は照れてるだけだから」

おもしろがっているのか、横から叔父さんが余計なことを言ってくれる。

わたしはいたたまれず、視線を逸らしたまま難波さんとグラスを合わせた。

難波さんの選んだワインは、お店で出している赤ワインの中では中間クラスの金額
のもの。

さしずめ、一番高いのを頼むのも負担をかけるだろうし、一番安いものを頼むのも

バカにしているようだと考えてそれにしたんだろう。でも実はこのワイン、この店で出している銘柄の中でわたしの一番好きなワインだったりする。

普段わたしは、給料日直後にしかこのワインは頼まない。お気に入りのものを日常にするのは〝特別感〟が失われてしまいそうで嫌なのだ。

だから、月の真ん中の今日これを飲むのは、自分の中で少しだけ禁忌を犯しているような気分になる。

それでも好きなものが目の前にあるなら、手を出さない道理はない。こくりと喉に流し入れると、花のような果実のような甘い香りが口の中に広がった。

やっぱり、おいしい。

「うまそうに飲むよな、桑原は」

余韻に浸っていると、ふいに難波さんがそんなことを言った。

「えっ？」

「よっぽど好きなんだな、ワイン」

彼はこちらを向いて、薄く笑みを浮かべている。しかもまた、普段は見せないような優しい顔で。

まさか、飲んでいるところを見られていたとは……。

「そ、そりゃ、叔父さんのところにずっと通ってますから……って、それより」

動揺したことを悟られないように、わたしは慌てて叔父さんに話を振った。

「ちょっと叔父さん！　どうして黙ってたのよ、難波さんが兄貴とサッカーやってたこと」

難波さんが黙っていた理由は先日聞いた。

わたしは、他のお客さんを送り出してちょうどこちらに戻ってきた叔父さんに向かって、恨み半分に問いかけた。

「それは……」

叔父さんは難波さんのほうをチラリと窺っている。その様子から察するに、難波さんが口止めしていたのだろう。

まあ、予想どおりといえばそうだけど。

「しかも打ち上げに必ずこの店を使ってたなんて……わたしひとり知らないで、バカみたいだったじゃない」

「バカにしていたつもりなんかない。この前も言っただろ。俺が勝手に気を回しただけだ。それに、高柳さんもK大サッカー部の出身だってことぐらいは桑原も知っていると思っていたんだ」

難波さんは諭すようにわたしに説明する。

……ちょっと待って。

「叔父さんもK大サッカー部だったの⁉」

叔父さんとは長い付き合いなのに、今までそんな話、一度も聞いたことがなかった。

「あれ、言ってなかったか？　俺もK大サッカー部のOBなんだよ、宗司や千里と同じくな。だからここの店名にも、サッカーにちなんだ名前をつけたぐらいだし」

「ラーボ・デ・バッカが？　〝牛のしっぽ〟っていう意味だと前に聞いたけど」

すると叔父さんは、「ふふん」と得意げに鼻を鳴らす。

「もちろん意味はそうだけどな、ラーボ・デ・バッカといえば、ロマーリオの足技だよ。あのフェイントは何度観てもかっこいいよ、なぁ？」

話を振られて、難波さんは「そうですね」と笑っている。

ロマーリオ？　有名な選手だろうか。

わたしはサッカーをよく知らないから、それがどんな人かもわからない。

叔父さんと難波さんは、にわかにサッカーの話で盛り上がっている。すっかり置いていかれたわたしは、モツ煮よりも先にラム肉を口にした。

実は自分でも、この状況に奇妙さを感じている。少し前まではラム肉を見るのも嫌だったのに、今ではこの肉の甘さとわずかな〝癖〟さえも気に入ってしまっている。

「すっかりラム肉にハマったみたいだな」

グラスのワインを飲み干したタイミングで、叔父さんとの話を終えたらしい難波さんが言った。

決まりの悪さに、わたしは難波さんのほうは見ずに「ええ……まあ」と答える。

「ここのラム肉は、本当にうまいからな。無理やりにでも食ってよかっただろ」

勝ち誇ったような声が癪に障る。でも、そのとおりだから否定できないのが悔しい。

「この前のデザートだって、『おいしい』って本当に幸せそうな顔で食ってたしな。あの時、帰らなくて正解だったろ?」

「そうだ、クレームブリュレ！」

難波さんが店の外でわたしに話した、パーティーメニューにしか出てこないデザートとは、アールグレイのクレームブリュレだった。

表面のパリッとしたカラメルを割ると中はとろりと柔らかく、口に入れるとあっという間に溶けた。後に残ったのはアールグレイの濃厚な、それでいてまったく嫌味のない香り。

「あんなにおいしいのに、どうして普段から出さないの?」

わたしのグラスにワインを注ぎながら、叔父さんは困ったような顔をする。

「普段出すにはいろいろと手間なんだよ。だから、あらかじめ個数がわかっているパーティーメニューでしか出せないんだ」

「そうなんだ……でも、残念だな。いつでも食べたいのに」

わたしががっかりした声を出すと、叔父さんは難波さんのグラスにもワインを注ぎながら、不敵な笑みを浮かべた。

「おもしろいぐらいにおんなじだなぁ、お前らは」

「……なにが？」

叔父さんはもう、からかう態勢だ。わたしは牽制《けんせい》の意味を込めて、言い方に少し棘《とげ》を散らしてやる。

「あれを通常メニューには載せられないって聞いた時の反応だよ。宗司もものすごくがっかりしてたよなぁ？」

「そう、でしたっけ？」

難波さん本人は、『知らないな』という顔をしているつもりなのだろうが、動揺が隠しきれていない。うっすら顔も赤らんでいる。

「そういえば、いつも宗司は必ず最後にデザートを頼むのに、万椰の隣に来た時は頼まなかったよなぁ。万椰に甘いもの好きを知られるのが恥ずかしいのか？」

どうやら、叔父さんのからかいの矛先は難波さんに移ったようだ。

難波さんが、甘いもの好き？

意外な素顔に、思わず横顔をまじまじと見つめてしまう。

難波さんは、いよいよ耳まで赤くなっている。

「あ、の時は、たまたま頼まなかっただけでっ……」

「えっ、本当に甘いもの好きなんですか？」

「……悪いか」

隣の彼はすっかりふて腐れて、ワインをあおっている。

なあんだ。この人、けっこうかわいいところもあるんじゃない。

「ふふふふ」

「笑うな！」

言われても簡単には止められずそのまま笑っていると、「バカにしてるだろ！」と難波さんの手がこちらに伸びてくる。反射的に身を縮めたが、その手はわたしではなく、目の前の皿に伸ばされた。

「ちょ、っ……わたしのラム肉！」

「人をバカにするヤツにはお仕置きが必要だ」

難波さんは掴んだラム肉にワイルドにかじりついている。それがまた似合うから、怒りよりもおかしくなってしまった。

「バカになんかしてないですよ。ただ、難波さんも意外とかわいいところあるんだなって」

「かわいい、ってなんだよ。やっぱりバカにしてるんじゃないか」

子供じみたようなやり取りを終え、ふと視線を感じて目の前を見ると……。

「ふふーん」

どうやら一部始終を見ていたらしい叔父さんが、ものすごくいい笑顔を見せていた。

「仲よしだねぇ。ごちそうさん」

いたたまれず、黙って俯く。チラリと横目で隣を伺うと、彼はこちらとは反対側を向いて頬杖《ほおづえ》をついていた。

ちょっと、この空気どうしてくれんのよ、叔父さん。

しかし当の本人は言いっぱなしで、厨房の奥へと引っ込んでしまった。

……沈黙が、気まずい。

この空気をなんとかしたいのに、こういう時に限って仕事の話題も浮かんでこない。

「……あの。別に、甘いもの好きでもいいと思いますよ。男性が甘いもの好きじゃいけないってことはないんだし」

結局、気の利いた話題は思いつかず、さっきのフォローをする形になってしまった。

難波さんは特にそれに返事をすることはなく、ただ黙って聞いている。

「むしろ親近感、というか……だって難波さん、最初は随分と取っつきにくかったから」

「取っつきにくくて悪かったな」

ふて腐れたような口調ではあったけど、口元は笑っている。

妙な空気を少しは変えられただろうか。

それからは、初めこそぎこちなかったものの、仕事の話やら他愛もない話をしているうち、自然と元の状態に戻ってほっとする。

ボトルのワインもふたりですべて飲み干し、最後は難波さんおすすめのカシスのソルベを頼んだ。

ここ最近メニューに並んだばかりだというそれは、さっぱりとしていて締めにちょうどよかった。

「ごちそうさん。今日は急で悪かったな」

店を出てすぐ、難波さんはわたしにワインのお礼を言った。

「遠慮しなくても、もっと高いのでも大丈夫でしたよ」

「いや、遠慮したんじゃない。俺はここではあのワインが一番好きなんだ」

……この店で、一番好きなワイン。

俯いて黙ったわたしに彼はなにを思ったのか、右手をわたしの頭に乗せた。ポンポンとされて、心臓がドキリと反応する。

「海外に行くと、ここの料理が無性に恋しくなるんだよな。おかげで満足した。ありがとう」

「……いえ」

わたしはどうかしている。この人の手に心臓が反応するなんて。……多分、お酒のせいだ。今日は調子に乗って少し飲みすぎてしまったし。

頭から彼の手が離れると、夏だというのに、まるで隙間風が吹いたような冷たさを感じた。そのことに、また動揺する。

「じゃ、また明日」

「お疲れさまです」

この前と同じくコンビニの前までわたしを送ると、難波さんは駅のほうへと歩いていく。

わたしは彼が暗闇に溶けて消えるまで、その後ろ姿を見送っていた。

翌日。わたしが打ち合わせからオフィスに戻ると、なぜか水上ちゃんの席の辺りに人が群がっていた。

「どうしたの？」

「ああ、万椰さん！　これ、取引先の方にいただいたんですよ。見てください、あの『Queue《キュー》』のダックワーズですよ！」

水上ちゃんの声がいつもよりもワントーン高い。

Queueといえば、有名なチョコレートの高級ブランドだ。記憶が確かなら、そこのダックワーズは数量限定品だったはず。水上ちゃんが興奮するのも頷ける。

「これは十二個入りだから、おそらく五千円超えかなぁ」

周りにいた人たちは、水上ちゃんの言葉にどよめいている。高級ブランドで限定品なら、その金額でもおかしくはないだろう。

「さあ、万椰さんも揃ったし、配りますかー！」

歓声と共に、水上ちゃんの前に一斉に手が差し出される。わたしは、余ったらでいいや、とその様子を水上ちゃんの背後から静観していた。

「ああ、万椰さんももらってくださいよ。はい」

水上ちゃんは振り向いて、わたしの手にもダックワーズを乗せた。シンプルなパッケージの中に、チョコレートクリームを挟んだそれがころりと入っている。

「あ、一個余っちゃった」

「それなら、水上ちゃんがもらっちゃえばいいよ」

今、オフィスにいる若手社員にはもうみんな行き渡っている。水上ちゃんが一個多くもらうことに文句を言う人間はいないだろう。

するると彼女は、なぜか「うーん」と唸っている。

「これ、万椰さんがもらってください」

「ええ!?」

「いつも仕事を頑張っている万椰さんには、もらう権利があると思うんで」

意外な理由を並べられて、一瞬、言葉に詰まった。

「……権利って言うなら、取引先の人にもらった水上ちゃんのほうがあるでしょう」

「いいえ、万椰さんがもらってください。万椰さんがもらうことに文句を言う人は、このオフィスの中には誰もいないと思うんですよ」

強引に水上ちゃんからダックワーズをもうひとつ、手に乗せられる。

水上ちゃんの気持ちはありがたいし嬉しい。でもやっぱり水上ちゃんが取引先からもらったものを、わたしが多くもらうのはなにか違う気がする。

困ったな……と思っていたところに、ふとある考えが浮かんだ。

「わかった。じゃ、このひとつはわたしの好きにさせてもらってもいい？」

「煮るなり焼くなり、万椰さんの好きにしていいですよ」

「そんなことしたら溶けちゃうよ」と冗談に常識的なことを返して、ふたりで笑う。

わたしはそれを、とりあえずデスクの引き出しにしまった。


外に出ると、むっと暑さがまとわりつく。もう完全に夏だ。暦よりも、滲み出す汗がそう教えている。

わたしはポケットからハンカチを取り出し、首筋に流れた汗を拭った。

ところで、バッグの中に潜ませたあれは大丈夫だろうか。こんなに暑いなら、保冷材でも巻きつけてくれればよかった。

「暑いな」

難波さんはそう言って、日差しに目を細めている。

わたしたちはこれから二週間ぶりにCaroへ巡回に向かう。二週間ぶりなんて、以前と比べたら嘘のようだ。

運転席のドアを開けると、サンシェードを付けていたにもかかわらず社用車はサウナのような暑さだった。ハンドルも、このままじゃ触ることすらままならない。わたしたちはまずすべてのドアを全開にして、熱い空気を抜いてから車に乗り込んだ。

……やっぱり、この暑さじゃまずいな。

「あの……難波さん」

仕事中にルール違反なのは承知の上。咎《とが》められても仕方がないけれど……でも。

「出発前に、これ」

難波さんは怪訝そうな顔をしている。わたしはバッグから、水上ちゃんにもらったダックワーズを取り出した。

「チョコレートが溶けちゃいそうなので、先にどうかと思って」

「これは、なんだ?」

難波さんはわたしから手渡されたダックワーズを見つめている。

「水上さんが取引先の方からQueueのダックワーズをいただいたんです。それでひとつ余ったので、難波さんに、と思って……」

「なるほど。余り物を部長の俺に持ってきたんだ」

「いえ、そんな……！」

難波さんを見ると、口元に笑みを漏らしている。どうやら、わたしをからかっただけだったらしい。

「Queue か。その取引先は随分と景気がいいもんだな」

「さすが、Queue をご存知なんですね、難波さん」

もう開き直ったのか、わたしのからかい半分の言葉にも動じず、難波さんは「もちろん」と答えた。

「滅多に口にできないものだからな。で、桑原はもう食ったのか？」

「いえ、まだです。ここにあります」

わたしの分もバッグから取り出す。チョコレートはなんとか溶けていないようだ。

「じゃあ、後で一緒に食おう。今はこれにエアコンの風でも当てとけば大丈夫だろ」

難波さんはわたしからダックワーズを受け取り、エアコンの風が当たる場所へそれを置いた。

Caroに着いてから、わたしは以前と同じくスタッフ用の冷蔵庫を借りることにした。これで店を出るまではダックワーズのチョコが溶けることもない。

店長と店舗マネージャーとの打ち合わせを終え、いつものように店内の様子を見ていると、前に難波さんの淹れたコーヒーを一緒に飲んだ彼女——美杉《みすぎ》さんが難波さんを呼んだ。

「……向こうで」

難波さんは倉庫のほうへ目配せする。

わたしは、ふたりが倉庫に消えていくのをぼんやりと見送った。

なんだろう？　ふたりの間には、わたしに聞かれたくない話でもあるのだろうか。

一スタッフが他に聞かれたくない用件って……。

「——桑原さん」

「……え？　あ、はい？」

ふいに呼ばれて振り返る。見れば、声の主は店長だった。

「どうかしたんですか？　何度か呼んだんですけど、倉庫のほうをじっと見つめていたから」

「え、そ、そうだったんですか？　すみません、気がつかなくて……」

動揺が抑えられず、わたしは不自然にならないように書類を見るふりをして、店長から目を逸らした。

「この前コーヒー豆の仕入れ先を変えてから、本社で試飲会はしましたが……」

「ええ、以前のと比べて香りがよくなった気がしました」

「今日はぜひ、実際に店で出しているものを抜き打ちチェックしてもらおうかと思いまして。バリスタたちにも話はしていません」

そう言って、店長は辺りを見回している。

「難波さんは、どちらに？」

「ああ……ちょっと今、電話があって」

咄嗟に嘘をついた。正直に言ってもよかったはずなのに、なぜ嘘を言ってしまったのか自分でもよくわからない。

「そうですか。では難波さんの電話が終わったらその時に」

「はい……」

店長が接客のためにその場からいなくなってすぐ、難波さんがこちらに戻ってきた。特に、ニヤけている様子はない。

そんなの、当然といえばそうだ。この人がそんな隙を見せたことなんて、わたしの知る限りでは一度もない。ましてや今は仕事中。難波さんが彼女とどういう関係であれ、公私のけじめはつけるに決まっている。

「……どうした？」

難波さんは怪訝そうな顔でわたしの顔を覗き込んだ。

「なにが、ですか？」

「いや、なんだか怖い顔してるから」

「えっ、怖い顔⁉　……ああ、そうだ。店長がわたしたちにコーヒーの抜き打ちチェックをしてほしいそうです」

怖い顔をしていた理由を探られそうな空気に、わたしはすぐさま話題を変えた。

この人に今、心の奥を覗き込まれたらなにかが崩れてしまいそうで、怖い。

「じゃ、ロッカー室を借りるか。今ならスタッフは誰も使ってないだろう」

わたしたちは店長にそのことを伝えると、ロッカー室に移動した。


店長が持ってきたのは、氷の入っていないアイスコーヒー。試飲はホットですることが多いけど、今日の暑さを考えて、あえてアイスにしてくれたらしい。

「んー、アイスも悪くないな。本社で試飲した時と比べても、質は落ちてないと思うよ」

難波さんが感想を言うと、店長は「よかった」と胸を撫で下ろしている。

わたしもひと口飲んでみると、程よい冷たさの後にコーヒーのいい香りが広がった。ホットで飲んだ時とはもちろん違うけど、香りのよさはアイスでも変わらないように感じる。

「やっぱり以前のものと比べて香りがいいですね。仕入れ先を変えて正解だったと思います」

突然、上層部から『仕入れ先を変える』という一方的な話が出た時は、以前よりもコストがかかるのになぜ、と疑問だったけど、ある意味では納得だ。

「そうですか。おふたりに太鼓判を押してもらえて安心しました。では、わたしはこれで戻りますね」

そう言って店長が出ていこうとしたところを、難波さんが呼び止めた。

「くれぐれも……」

「……ええ。わかりました」

なにかの暗号のように、言葉がかわされる。

怪訝に思ったのが顔に出てしまっていたのか、難波さんはこちらを見て、ふっと表情を緩めた。

「売り上げのことだ」

「ああ……そうでしたか」

「それより、さっきの。今にしないか？」

唐突に言われて、一瞬なんのことかわからずきょとんとしていると、難波さんはやや言いにくそうに「Queue の」と言った。

コーヒーもあるし、確かにタイミング的にはちょうどいい。

わたしは冷蔵庫から、使っていないハンカチにくるんでいたダックワーズを取り出し、ひとつを難波さんに手渡した。

早速パッケージを開けて、ひと口かじる。

「うわ……」

表面のサクッとした部分と中のふわふわが合わさり、口の中でほろほろ崩れて溶ける。チョコレートクリームは言わずもがな、さすがチョコレート専門店といったところ。もう『おいしい』とか、そんな言葉だけでは表せない。

「……すごいな」

難波さんも言葉を失っているようだ。

アイスコーヒーで口の中をクリアにしてしまうのも、もったいない気さえする。でも、これとコーヒーとの相性にも興味がある。

難波さんがコーヒーを口にしたのに続いて、わたしもひと口飲み込んだ。

「上質なカフェモカを飲んでるような気分だな」

難波さんは驚いたような顔をしている。

それ、わたしが今、まさに言おうとしていたことだ……。

「そう、ですね」

でも『同じことを思いました』とは言いたくなくて、わたしは当たり障りのない返答をした。

どうして素直に言いたくないんだろう。

理由は自分でもよくわからない。今の感情を強いて表すなら、どうしても負けを認めたくない時と似ているかもしれない。

「わざわざ持ってきてくれて、ありがとうな」

難波さんはアイスコーヒーを飲み干すと、改まって言った。

「……いえ。でも、本当においしかったですね」

「ああ。滅多に食えないもんだから、なおのことうまかったな」

いつもとは違う無邪気な笑顔を向けられて、ドキリとした。それと同時に、胸の奥から嬉しさがじわりと染み出てくる。

わたしは、彼のこの笑顔が見たかったのかもしれない。

そう思ったら口元まで緩みそうになって、我に返った。慌てて口を引き結ぶ。

わたしは、人が喜ぶ姿を見るのが嬉しいだけ。ただそれだけ、だ。

「さ、社に戻るか」

難波さんが椅子から立ち上がる。

残りのコーヒーを慌てて飲み干して、わたしも立ち上がった。

「帰りは俺が運転するから」

「えっ、いいんですか」

「たまにはな」

難波さんの後をついて歩く。彼の後ろ姿を見ていたら、さっき美杉さんと一緒に、倉庫に消えた時のことを思い出した。

なぜだろう。今度は胸がぎしぎしと軋《きし》む。

「桑原は甘いもの好きか？」

難波さんは振り返って、唐突にそんなことを聞いた。

「……ええ」

難波さんほどじゃないかもしれませんが、というからかいの言葉も浮かんだけど、口には出さなかった。

「じゃあ今度、その手の店に付き合ってくれないか。桑原のおすすめの店でいい。男ひとりではどうも、入りにくくてな……」

いざ言葉にしたら恥ずかしくなったのか、難波さんは口元に拳を当てて、頬もほのかに赤らんでいる。

その様子に思わず吹き出してしまった。

「……笑うなよ」

「ごめんなさい。いいですよ。どこがいいか、考えておきますね」

そう言ってから、美杉さんとは行かないのだろうか、とそんな考えが浮かんだ。

やっぱりわたしは、難波さんに振り回されている。

ばらされた秘密

　本格的な夏を迎えて、店舗営業部では恒例の暑気払いの飲み会を行うことになった。〝恒例〟といっても、カンパニーが設立されてまだ一年ちょっと。暑気払いも二度目なのだけど、回覧には目立つ文字でそう書かれていた。

　暑気払いの会費だけは、ありがたいことに会社が半分持ってくれることになっている。それで幹事が調子に乗ったのか、今回は前回よりちょっと贅沢な場所を押さえたらしい。

「今日、楽しみですねー、飲み会」

　開口一番、水上ちゃんがその話題を口にした。

「回覧にあった料理の写真、見た？」

　大貫課長もそれに続く。

「見ました見ました！」

「あのフィレ肉、めちゃくちゃうまそうだったよねー！」

　わたしはいつものメンバーとランチを食べに社食に来ていた。目の前のふたりは、今夜の飲み会のことで盛り上がっている。……が、わたしはその盛り上がりには交ざれないでいた。

「『綾村《あやむら》』って、モリヤご用達でしたよね？　ふたりとも、行ったことなかったですか？」

わたしがモリヤにいた頃、今夜行く店には一度だけ行ったことがあった。今では、その時のことが苦い記憶になってしまっているけれど。

「えっ、万椰さんがいた部署って、いつもあんな高級なお店を使ってたんですか⁉」

水上ちゃんは驚いた顔をこちらに向ける。

「俺も店の名前は聞いたことがあったけど、行ったことはなかったなぁ」

大貫課長のいた外食事業部でも使っていなかったんだ。

以前の部署は、三人バラバラ。わたしがいた部署だけが、特別にあの店を使っていたということだろうか。

「わたしは一回しか行ったことないんですけど、うちの部署はよく使ってましたよ」

「ああそっか。万椰さんのいた部署は青柳《あおやぎ》さんがいたから、成績よかったですもんね。接待に高級店を使っても文句言われなさそう」

水上ちゃんに言われて、その人の顔がはっきりと頭に浮かんだ。

青柳拓実《たくみ》。わたしが在籍していた当時、営業で常に成績トップを叩きだしていた人物だ。そして……わたしの元カレでもある。

忘れもしない、あれは『綾村』に行った帰りのことだった。

――取引先の要望で、珍しくわたしも接待に同席することになった夜、家まで送っていくと言ってくれた彼に、タクシープールまでの道すがら告白された。

彼に思いを寄せていた女性もたくさん知っていたし、最初は酔っぱらった上での冗談かと思った。……が、意外にも彼は本気だった。

彼のことは同じグループの一員として信頼していた。少し強引なところはあれど難題もたやすくこなす仕事ぶりに、少なからず尊敬の念も抱いていた。

でも、それと恋愛感情は違う。わたしはいつもと同じように丁重に断るつもりだった。

それなのに、なぜ付き合うことになったのか。理由は彼の言った言葉にある。

『俺は、桑原のいいところをたくさん知っているつもりだよ』

その数日前、兄貴にまた『中身がない』と言われて、心が弱っていたこともあったと思う。彼の言葉は、わたしの心の隙間にそっと入り込んだ。

それからの青柳さんは、関係を強引に進めることなく、わたしの心が追いつくまで待っていてくれた。わたしは処女で、兄の言葉に縛られているせいもあり、怖さが先に立ってその行為になかなか踏み切れないことを正直に話した時も、受け止めてくれた。誠実な人だった。

だから、彼となら……と一線を越える決意をしたのに、やっぱりどうしても踏み切れず、最低にも途中で引き返してしまった。

わたしはわかっていなかったのだ。失う怖さは、彼との関わりが深くなるほどに増していくのだということを。

その翌日からわたしたちはなんとなくぎくしゃくし始め、結局、彼との関係は約一年前、半年足らずで終わりを迎えてしまった。

今思えば、彼は努めて何事もなかったようにしてくれていたんだと思う。罪悪感に押し潰されて関係を壊したのは、わたしのほうだ。

彼の誠実さがただ、痛かった。『こんなにもまっすぐな俺をどうして信じられないのか』と責め立てられているようで。

とにかくわたしは、彼から逃げたかったのだ。

フォレストへの異動を決めたのも、それが大きな理由だった——。

「——椰さん、ちょっと、万椰さん聞いてます?」

「えっ、な、なに?」

気がつけば、ふたりの食器の中は空っぽになっている。わたしは慌てて、残りを口の中に放り込んだ。

「だからー、去年は課長止まりだったんですけど、今回は部長も出席するって言ってたらしいですよ、飲み会。部長まで来ると、みんな羽目外せないですよねー」

「おいおい、課長なら羽目外してもいいのか？」

大貫課長はすかさず水上ちゃんにツッコミをいれている。

わたしはちょうどお茶を飲んでいたところで、水上ちゃんの慌てっぷりに吹き出しそうになってしまった。頑張って飲み込んでから、笑う。

……難波さんも、来るのか。

以前だったら『嫌だ』と愚痴のひとつもこぼしていたのに、今は彼が来ることを受け入れている自分がいる。

この短期間で随分と変わったもんだと、わたしは自分のことがおかしくなって、その笑いに紛れさせて笑った。

「それでは皆さん、夏の暑さに負けることなく頑張っていきましょう、かんぱーい！」

幹事が立ち上がり、乾杯の音頭を取る。

各々グラスを合わせ、まさに宴会が始まろうとしたその時……事件は起きた。

なにやら外が騒がしいなと思っていると、三十人ほど入るこの和個室の襖《ふすま》が突然、スターンと大きな音を立てて横にスライドした。

場は、一瞬にして静まり返る。

店員が勢い余ったのかと誰しもがそこへ視線を向けると、よく見知った顔がわたしの視界に飛び込んできて、心臓が止まりそうになった。

「フォレストの店舗営業部の宴会場ってのは、ここかぁ?」

どうやら相当酔っているようで、まともに立ってもいられないらしい。その乱入者は柱に手をついた状態で上半身を半分折り曲げながら、そう叫んだ。

「なんだお前は。どこの社の者だ?」

すかさず二課の課長が声を上げる。

その乱入者の後ろから「すみません、すみません」と連れの男性ふたりが顔を出し、彼を柱から引き剥がそうとしている。

「どこの社の者ー? 俺らは天下のモリヤコーポレーションですよ、あんたらの上ですよ、知らないのか!」

二課の課長に「元サービス事業部の青柳ですよ。今はマーケティングですけど」と誰かが説明している声が聞こえてきた。

尋常じゃない速度で鼓動が打ちつける。もう彼のほうは見られない。

騒ぎを聞いて、店の従業員も駆けつけてきたようだ。

「あの、青柳様、他のお客様のご迷惑になるようなことは……」

店員の制止も空しく、彼はまたこちらに向かって叫んだ。

「ああ！　見つけたぞ、万椰っ！」

名前を呼ばれて、心臓が縮み上がった。みんな、わたしのほうを見ている気配がする。

「お前……っ、俺から逃げやがってっ！　まだ処女なのかよ、誰ともヤってねーのかよ、なあぁっ」

人に決して聞かれたくないことが、彼の口から容赦なく吐き出された。

「俺は本当に、お前のことが……好きで……好きで……っ」

「本当にすみません！　桑原もごめん！　すぐ連れていきますから」

連れのひとりが焦った口調で詫びる。彼もまた以前の部署の人間だ。顔はよく見なかったけど、声で誰かわかった。

「俺の人生、あれから狂いっぱなしだ……っ！」

最後に青柳さんは振り絞るように叫んで、ここから立ち去っていった。厳密に言えば、強制的に引きずり出されたのだろうが。

和個室は、一気に静まりかえった。

「万椰さん……」

隣にいた水上ちゃんが、心配そうにわたしの名前を呼ぶ。

ダメだ……もうこの場にはいられない。

「……ごめん、ちょっと」

わたしは立ち上がり、近くに置いていたバッグを掴む。人の横を通り抜け、襖を開けた。

彼はもう店の外に出ていったようだ。声はまったく聞こえてこない。勢いよく立ち上がったのに、また席に戻るなんて、そんな間抜けなことにならずに済んでよかった。

「桑原」

わたしを呼んだ声が誰なのかは、すぐにわかった。わかったけど、振り向けない。

「……すみません」

その人に聞こえたかはわからないけど、充分声は出ていたと思う。わたしはそのまま後ろ手で襖を閉め、店の外に出た。

あの場に居続けられるほど、わたしは図太い神経は持ち合わせていない。きっとみんなだって、わたしの扱いに困る。

店を出たらなにかしらの感情が溢れてくるかと思ったのに、わたしはいたって冷静だった。いや、冷静というより、真っ白に塗りつぶされた中にいるような感覚だ。

わたしは暑さを振り払うように、風を切って歩く。真っ白な世界の中を。

「桑原……！」

背後からわたしを呼ぶ声がした。さっきと、同じ声。

まさか、追いかけてくるとは思わなかった。

「桑原！」

後ろから腕を引かれ、バランスを崩す。よろけた拍子に体が後ろを向いた。

見れば、眉間に深く皺を寄せて、難波さんがわたしを見ていた。

走ってきたようなのに、まったく息は切れていない。さすがサッカーをやっているだけはあるな。……なんて、わたしはやっぱり冷静だ。

「どこに行くつもりだ」

低い声が、わたしを問いつめる。

「仕事を思い出したんで、会社に」

「嘘つけ」

難波さんはわたしの言葉にかぶせ気味に言った。

「なんで嘘だって決めつけるんですか」

「嘘だとわかるからだ」

このままじゃ埒が明かなそうだ。

「……叔父さんの店です」

正直に言うと、難波さんはひとつ、「はぁ」と息を吐き出した。

「今日は、高柳さんの店はやめろ」

「……なんですか、それ。仕事でもないのに指図しないでくださいよ……っ。難波さんこそ飲み会を抜けてきて、なにしてるんですか」

声を荒らげた瞬間、一気に感情が昂《たか》ぶった。

まずい、泣きそうだ。

涙が出ないようにぐっと下唇を噛みしめる。

もう、この人の前で不用意に泣くもんか。

本当は、難波さんがわたしを心配して追いかけてきてくれたのだということぐらい、ちゃんとわかっている。だからこそ、ここで泣きたくない。泣いたら、まるでわたしがそれを望んでいたように思われてしまう。

そこまでわたしは脆《もろ》い人間じゃない。これまでの経験で、随分と鍛えられた。

「あんな堅っ苦しそうな店、俺の性に合わない」

「……は？」

「どうせ他で飯を食うつもりなら付き合えよ」

難波さんは掴んでいたわたしの腕を引いて、どんどん歩き出す。

「あの、腕、痛いです……っ」

「ああ、悪い」

難波さんは立ち止まって、わたしの腕を離した。眉間に皺を寄せ、横目でこちらを睨んでいる。

「逃げるなよ？」

「……逃げませんよ。そんな顔しなくても、ちゃんと一緒に行きますから」

「ならいいけど」

ここで逃げたら、かえって厄介なことになるのが目に見えている。わたしは黙って難波さんの一歩後ろを歩いた。

しばらく歩いて辿《たど》り着いたのは、ビルの上階にある小洒落《こじゃれ》た居酒屋。難波さんが途中でお店に電話を入れていたこともあり、すんなりと個室に案内された。

「わ、キレイ……」

その部屋には大きな窓があり、夜景を眺めながら食事ができるようになっていた。オフィス街の高層ビル群が、まるでイルミネーションのように明るく煌《きら》めいている。

「いい店だろ。ここは洒落《しゃれ》てはいるけど、さっきの店みたいに肩肘張ることもない」

席について、難波さんが広げてくれたメニューを見る。居酒屋らしいメニューではあるけど、要所要所、この店のこだわりが窺える。

「ここは焼酎の種類が豊富なのが売りだが、ワインもそこそこいいものを揃えてある」

彼はそう言ってくれたけど、わたしは難波さんと同じ焼酎のソーダ割りにした。せっかくこういう店に来たのだから、どうせなら店が売りにしているものを飲んでみたい。

ホタルイカの沖漬け、京水菜と大根のサラダ、鮭《さけ》のはらす炭火焼きを頼み、乾杯して落ち着いたところで……訪れた、静けさ。

おそらく難波さんからはなにも聞いてこないだろう。この人は変人で強引で勝手な人ではあるけど、他人のことに土足でずかずかと踏み込んでくるような人ではない。以前だって、そうだった。

「これ、飲みやすいですね。芋焼酎は癖が強いっていうイメージがあったんでソーダ割りにしてみたんですけど、これならロックでもいけるかも」

居心地の悪さに、とりあえず焼酎の感想でこの場を取り繕っておく。

「これは芋焼酎の中でも癖がないほうだからな」

そう言って、難波さんも焼酎の水割りを喉に流し入れた。

なにかを食べる気分ではなかったけど、わたしは間をもたせるために仕方なくお通しをつついた。こんな時でも、生姜《しょうが》風味の冷えたナスがおいしく感じる。

難波さんはといえば、お通しと一緒に来た沖漬けに箸を伸ばしている。普段なら、わたしも真っ先にそれに箸を伸ばしていたに違いない。でもこんな時に食べて、自分の好物に嫌な記憶を刻みつけるようなことはしたくなかった。

しばらくして、なにげなく時計を確認すると、ここに来てから三十分ほどが経過しようとしていた。

その間、交わされた言葉は「うまいな」とか「次、なに飲みますか」とか、当り障りのない短い単語ばかり。

やっぱり難波さんは、わたしから話すのを待っているんだろうか。

ひと口分残っていた焼酎を飲み干し、グラスをテーブルに置く。わたしはテーブルの上のグラスに視線を向けたまま、思いきって口を開いた。

「……さっきの店でのこと、ですけど」

「別に、無理に話さなくていい」

じゃあなんで？と視線を上げると、目の前の彼は肘をついて窓の外を見つめていた。

「俺はただ、桑原をひとりで泣かせたくなかっただけだ」

思わず『ドラマみたい』と言いたくなるようなクサいセリフに、吹き出しそうになる。

「なんですか……それ。もしかして、格好つけてます？」

結局我慢しきれず、言葉にからかいと笑いが混じってしまう。

難波さんはわたしの態度にムッとした様子もなく、黙ったまま窓の外を見ている。

ややあってから、彼はわたしをまっすぐ見据えた。

「俺が格好つけなら、桑原は意地っぱりだな」

「……反撃、ですか」

仮にも心配して追いかけてきてくれた人にこんな態度を取るなんて、本当にひどい女だと思う。でもこうでもしなければ、自分が保てない気がしていた。

「今、自分がどんな顔してるのか、気づいてないのか？」

そんなことを言われても、自分で自分の顔が見られないのだから知る由もない。

「どんな顔って……」と笑ってみせると、難波さんは無表情で窓の方に顎をしゃくった。

「……見てみろ」

言われて、窓の方を見る。そこには、泣きそうな顔で笑っている不自然な顔の自分が映し出されていた。

「わかっただろ。今、自分がどんな顔をしているのか」

「……別に、普通ですよ」

素直じゃない。もうひとりわたしがいるとしたら、間違いなくそう自分をたしなめているだろう。

でも、この人はただの上司。そう、ただの上司だ。それ以外のなにものでもない。だから……もう絶対に気を緩ませてはいけない。

「桑原は今までもそうやって、人に弱みを見せないように生きてきたのか？」

彼のまっすぐな双眸《そうぼう》がわたしを捉える。

「……え？」

「いつか俺の前で泣いた時も、必死に取り繕おうとしてたし」

そんなの、上司の前で不用意に泣いたのだから取り繕いもする。

「別に弱みを見せたくないとか、そんなんじゃないですよ。だって恥ずかしいじゃないですか、上司に泣き顔を見られたなんて」

冗談っぽく切り返そうとしたら、わざとらしいぐらいの明るい声になってしまった。

さっきからなにやってるんだろう。ことごとくおかしな方向に行っているのは、自分でもよくわかっている。

難波さんはグラスの中身をあおってから、長いため息をついた。

「上司の前で泣きたくないというなら、俺を上司だと思わなければいい」

その提案は、いきなり斜め上から降ってきた。

「……なに言ってるんですか。そんなの、無理ですよ」

わたしは難波さんから視線を逸らす。

「じゃ、これならどうだ？」

彼が小さく笑ったのが視界の隅に映る。なにを企んでいるのだろう。

「俺は桑原の兄の友人で、難波宗司という、ただの男だ」

ただの男。その言葉に、なぜか胸がざわめく。顔を上げていられなくなる。

「……難波さんは、そんなにわたしを泣かせたいんですか」

俯いて吐き出した言葉が、テーブルの上を這《は》う。

うまくやり過ごそうとしているのに、見逃してはくれないのか。

「こうでもしなければ、桑原はひとりで泣くんだろ？」

「……別に、ひとりでも泣きませんよ」

「本当に意地っぱりだな」

もう意地っぱりでもなんでもいい。放っておいてほしい。

「ひとりでじっくり考えることも、もちろん大事だ。でもひとりでばかり泣いていると、負った傷はどんどん深く抉《えぐ》れていくもんだ」

そう言われた瞬間、刺さっていたナイフを引き抜かれたような鋭い痛みが走った。そこから血が溢れ出るみたいに、わたしの目から雫がぽたぽたと落ちた。

塗り固めた壁が崩れていく。せっかく、ここまで我慢したのに。

「……なんにも、知らないくせに……っ」

傷を負ったのは、わたしじゃない。

「わたしは、誰かに慰められる資格なんかないんですよ……。わたしが傷ついたんじゃなくて、傷つけたんですから……」

「今日に限って言えば、桑原が傷つけられたんだろ。あんな人前で……常識に欠けるようなこと」

一度言葉を呑み込み、わたしを気遣って当たり障りのないものを選び直したのだとわかった。

やっぱり元彼の言ったことは、難波さんにもすべて聞こえていたんだ。あんな大きな声で言ったのだから、当たり前だ。

それなのに〝難波さんに聞かれていたという事実〟にショックを受けているのは、なぜなのだろう。

感情の昂ぶりが抑えられず、しゃくり上げて泣いてしまっている。ここまで来ると、もう簡単には止められない。

「わたしが……っ、あれを、彼に言わせたも、同然……」

「たとえ桑原が本当に傷つけた側だとしても、ああいうことを公衆の面前で言っていいことにはならない」

「言われても、仕方ないぐらいに……彼を傷つけた、から……」

ヒックヒックと、子供みたいに泣いている自分が恥ずかしい。

難波さんはふと立ち上がり、こちらに歩いてくると、少し隙間を空けてわたしの隣に腰を下ろした。

「あまり、自分を責めるな」

だって、責めたくもなる。わたしと誠実に向き合ってくれていた人を、あんなことを言わせるまでに傷つけていたなんて……最低だ。

彼は、酔っても乱れるような人じゃなかったのに……。どれだけ、深く傷つけてしまったのだろう。彼の心中を思うと、胸が締めつけられるように痛い。

「俺は、桑原はわけもなく人を傷つけるような人間じゃないと思ってる」

難波さんの声が、優しい。そんな声を聞いたら、ますます涙が溢れてきてしまう。

でも、その優しさに流されてはダメだ。

「……難波さんは、わたしのなにを、知っているっていうんですか」

わたしは臆病で、いや臆病すぎて、自分を守りすぎるが故に固い殻で人を傷つけてしまう人間だ。今だって、難波さんにこうしてひどいことを言ってしまっている。

「なあ。そういうのは、自分のことを知ってほしいと思う人間に言うセリフだって、気づいてるか？」

「……は？　なに言って――」

「俺は、思ってる」

わたしは、難波さんの不完全な言葉に弾かれて、顔を上げた。

「桑原のこと、もっと知りたいと思ってるよ」

それはどういう意味で……。

頭が混乱しているこの状況で、よくそんな問いかけが頭に浮かんできたものだと自分でも驚いてしまう。でも今は、そんなことを問いかけられる余裕はない。

「俺はなにを聞いても、ちょっとやそっとのことじゃ動じない」

混乱していた頭を、難波さんの強気の断言が貫いた。

「無理には聞かないとは言ったが、そんなになるぐらい溜め込んでいるなら、この際思いきり吐き出してみたらどうだ。どうせ今まで誰にも話せずに、ずっと自分の中にしまい込んできたんだろ」

荒れ果てた大地に水がしんと滲みていくように、荒んだ心に難波さんの言葉が滲みていく。心に滲み渡って溢れた水は、また瞳からこぼれ落ちた。

本当はずっと、誰かに聞いてほしかったのかもしれない。人を傷つけた苦しみを。あれからますます前に進むのが怖くなった自分の不甲斐なさを。

「……さっき」

思いきって口を開いたものの、やっぱり躊躇《ちゅうちょ》してしまう。隣にいる難波さんを目で窺うと、彼は『心配するな』とでも言うように微笑んで、小さく頷いた。

大丈夫。この人なら、きっとちゃんと聞いてくれる。

わたしは一度息を吐き出してから、改めて口を開いた。

「……あの人が言ったことは、本当なんです。付き合っても……今まで怖くて先に進めなくて」

わたしは、兄貴の言葉に縛られ続けていること、どうしても踏み切れず元カレを傷つけたこと、とにかく今までの出来事や思いを洗いざらいぶちまけた。

特に元彼とのことは誰にも相談できず、ずっとひとりで抱え込んでいた。溜まりに溜まった思いが堰を切ったように溢れ出し、もう自分では制御できなかった。叔父さんのところで少しは発散できていただろうと思っていたのに、どうやらそれぐらいではどうにもならなかったらしい。

「ああもう……なんでこんなこと難波さんに話しちゃってるんだろう、わたし……恥ずかしい」

すべて話し終えた時、ふと我に返って、一気に恥ずかしさが込み上げてきた。

『わたしは処女です』なんて、付き合ってるわけでもない男の人に、ましてや上司にぶっちゃける話じゃないのに。しかも、元カレとの赤裸々な話までも。

「なにも恥ずかしいことはないだろ」

難波さんは薄く笑みを浮かべる。

「だって、こんな生々しい話……男の人に聞いてもらうようなことじゃないですよ」

頬が熱い。わたしはもう既に乾いていた涙を拭くふりをしてハンカチを目元に押しつけ、赤くなっている顔を隠した。

「でも、笑っちゃいますよね。世間では恋愛経験豊富に見られている女が、経験豊富どころか、実はいい歳して未経験だなんて……」

恥ずかしさをごまかすために、自嘲してみせる。

難波さんは眉根を寄せた。

「未経験でなにがおかしい？」

「え……だって、この歳で――」

「歳は関係ないだろう」

難波さんは掘りごたつ式のテーブルから足を抜き、こちらに体ごと向ける。諭す構えか胡座《あぐら》をかき、膝の上に手をついた。

「早く経験したヤツが偉いわけでも、すごいわけでもない。早く経験しなきゃとよく考えもせず適当にして後悔するより、自分を大事にしているほうがいいとは思わないか？　世の中の風潮に踊らされすぎなんだよ」

それは、そうだけど……。でも実際、この歳で処女なんだと言えば、男女問わず大抵の人たちは引くだろう。

世の中の風潮に毒されているのはわたしだけじゃない。みんな、流れに乗らなくちゃいけないと思っている。流れに動じず自分を貫けるのは、よっぽど心が強い人か、鈍感な人だけだ。

「……みんな、難波さんみたいに〝踊らない人〟ばかりだったら、こんなことで悩まなくても済むんでしょうけど。多分、わたしぐらいの年齢で未経験の人は、厄介なものを背負ってしまったと思っている人がほとんどなんじゃないですか」

少しだけ言葉に嫌味を混ぜてしまった。

わたしは脆くはないけど、難波さんほど、強くもない。

「そもそも、そういう行為は、厄介なものを捨てるためにするものじゃないだろ。相手のことが愛しくて、もっと触れたいと思うから、自ずとそうしたくなるのであって……」

自分で言ったことに照れたのか、難波さんはすべて言い終える前に「飲み物頼むか」と言って店員さんを呼んだ。

メニューを見る横顔を、チラリと盗み見てみる。

この人も、誰かを愛おしいと思ったりするのかな。

ふと、Caro スタッフの美杉さんの顔が頭に浮かんだ。

「黒糖焼酎、ロックで」

急に本気モードで飲みたくなったわたしは、部屋に来た店員さんに難波さんよりも先に注文する。

「おいおい、急にロックで大丈夫か？」

「大丈夫です。店員さん、ロックで構いませんから」

店員さんの目を見ながら強気の口調で言うと、二十代半ばかと思われる男の店員さんは「わかりました」とわたしに笑顔を向けた。

よく考えたらわたし泣き顔じゃないの、と慌てて顔を逸らしたが、時既に遅し。店員さんたちのいい話のネタになってしまいそうだ。

「……あー、失敗した。店員さんとうっかり目を合わせちゃった。きっと難波さんがわたしを泣かせたと思ってますよ、今の店員さん」

「別に、いいんじゃないか？」

余裕の顔でサラダをつついているのが、また憎らしい。たった三歳差なのに、この人のこの余裕はどこから来るんだろう。

「難波さんのせいじゃないのに、二度も被害を被ってますよね……すみません」

「そんなの気にしなくていい」

彼を見れば「食い物も頼めばよかったな」とメニューに手を伸ばしている。

少し日に焼けた大きな手……。その手がメニューではなくこちらに伸びてくればいいのに。そして、わたしの頭を撫でてくれればいいのに。

そう思ってしまった。

なにを考えているんだろう、わたしは。

それから、わたしたちはひたすら飲んだ。

わたしたち、というより、わたしに難波さんが付き合ってくれた、と言ったほうが正しいかもしれない。彼はわたしの横でわたしの話を聞きながら、顔色ひとつ変えずに淡々と飲んでいた。

傍から見た自分や、帰りの心配、そういうものをいっさい考えずに飲んだのは、いつぶりだろう。ものすごく癪だけど……わたしは多分、難波さんに気を許したんだと思う。

あんな話を茶化すことなくマジメに聞いてくれて、その上、この歳で処女でもおかしくないと言ってもらえて、救われたからなのか。ついタガが緩んでしまった。

帰り、難波さんと一緒にタクシーに乗ったところまでは覚えてる。その後、どうやって部屋まで辿り着いたのか、頑張って思い返してみても記憶がない。

……怖い。

今まで、どれだけ飲んでも記憶をなくしたりしなかったから、記憶がないということが、こんなにも怖いことだとは思わなかった。

でも今、確かにわたしはベッドの上にいる。この感触は間違いなくベッドだ。床でもソファーでもない。

恐る恐る目を開けると、見知らぬ白い天井が目に入った。

「え……」

待って待って。

わたしはもう一度、目を瞑る。次に目を開けたらきっと、自分の家の天井が見えるはずだ。

「……嘘」

さっきとなにも変わりない、同じ天井が目に入る。

上体を起こすと、わたしの体にはグレーに黒の模様が入っているタオルケットがかけられていた。着ているものを確認すれば、ゆうべのまま。

全体的にモノトーンでまとめられているこの八畳ほどの部屋には、目覚まし時計とノートパソコン、ひとりがけのソファーが置いてある。

いったい、ここはどこなんだろう。まったく見覚えがない。

あまりのことに思考が停止してぼんやりしていると、なんの前触れもなくガチャリと扉が開いた。

「……起きてたのか」

わたしがまだ寝ていると思っていたのだろう。その人は一瞬、驚いた表情を見せた。

「どうして……難波さんが」

動揺して、状況がうまく呑み込めない。

「その様子じゃ、ゆうべのことはまったく覚えてないんだな」

難波さんは小さくため息を漏らした。

「あの、ゆうべのこと、って……」

もう一度、自分の服を確認する。

……乱れてはいないようだ。

「言っとくけど、なにもしてないからな」

「う、疑ってはいませんけど……」

顔が熱くなった。

難波さんがそんなことをするはずがないことぐらいわかっている。わかってはいるけど、万が一ということもあるから、一応確認しただけで……。

「今日はなにか予定入ってるか？」

「……え？　あ、会社……！」

「安心しろ、今日は土曜日だ。特に予定がないなら、まずはコーヒーでも飲んで落ち着いたらどうだ」

さっきはただ状況を把握するのに必死だったから、今が何時かまでは見ていなかった。慌てて確認すると、デジタル時計が八時五分と表示している。

土曜に予定がないのはいつものこと。でも素直に『予定がない』と言ってしまうのは、いろんなことを暴露した後でも、なんとなくおもしろくない。

「予定は、なくはないですけど……まだ余裕がありますから」

「じゃあ、今コーヒーを淹れるから、こっちの部屋に来てソファーに座ってろ。……ああ、その前に顔洗うか？　確か、メイクも落とせるっていう洗顔料があったはずだけど……」

それは誰のもの、なんだろう。

ゆうべ散々泣いた自分の顔が今どんな悲惨なことになっているのかを考える前に、頭にはその疑問が浮かんだ。

誰のものでも、わたしには関係のないことなのに。

難波さんの後について部屋を出ると、隣はすぐにリビングだった。ソファーを見ればクッションが肘掛け辺りで不自然にひしゃげている。

難波さんはゆうべ、ここで寝たんだろうか。そもそも、どうしてわたしは難波さんの家に泊まったんだろう。

「これ使え。洗面所はその扉を出て右だから」

難波さんからタオルと洗顔料を受け取る。

洗顔料は難波さんが言っていたとおり、確かにメイクも落とせるものだった。旅行用のミニサイズということは、〝その人〟は頻繁にこの家に来ているわけではないんだろうか……？

わたしはもう一度さっきの部屋に戻り、自分のバッグから化粧品の入ったポーチを取り出して、洗面所に向かった。顔を整えられるものは最低限持ち歩いているから、洗顔してもノーメイクになる心配はない。

洗面所は扉を出てすぐのところにあった。明かりをつけ、自分の顔を鏡で見て……

愕然《がくぜん》とした。

マスカラもアイライナーもウォータープルーフのはずなのに、泣いたせいか下瞼《したまぶた》の辺りが黒くパンダ目になっていた。ファンデーションも斑に剥げているし、当然、上瞼も少し腫れていて、これは人前に出ていい顔ではない。

……こんなひどい顔を見せてしまっていたのか。

容赦なく現実を突きつけられて、へこむ。

もう一度目を瞑ったら、すべてなかったことになればいいのに。

でも残念ながら、この世界はゲームのように便利なリセットボタンは付いていない。

誰のものかわからない洗顔料を使うのは一瞬躊躇したけれど、この顔をさらし続けることと天秤《てんびん》にかけたら、ためらいはすぐに消えた。

メイクを落とし、小瓶に入った化粧水をつけファンデーションを塗る。なんとか人に見せられる顔になってから、わたしはそろそろとリビングに戻った。

「……これ、ありがとうございました」

さっきまでの醜態を思い出すといたたまれず、俯き気味にタオルと洗顔料を渡す。

「ああ」

彼は特になにか言うでもなく、態度もいたって普通だ。

わたしのひどい顔を見て、難波さんはどう思ったんだろう。わたしが気にしないように普通にしてくれているのかもしれないけど、その気遣いが今は痛い。

バッグを置いていた部屋に入り、なにげなく自分が寝ていたベッドに視線が向いた。

さっきは混乱していて余裕がなかったから気がつかなかったけど、このベッド、シングルサイズじゃない。

やっぱり誰か、ここに来ている人がいるんだろうか。

「だから、なんだっていうの……」

小声で、自分に言い聞かせるようにあえて口に出した。

洗顔料のことといい、ベッドのことといい、難波さんが誰とどうしようがわたしには関係のないことだ。

そう思うたび、心の中がモヤモヤする。

頭を切り替えなきゃ。

ポーチをしまおうとバッグを開けると、スマホが目に入った。見れば、誰かからメールが来ていた。

【桑原、久しぶり。さっきは悪いことしたな。あいつ、今の部署に異動してから仕事がトラブル続きで腐っててさ、励ましてやろうとあそこで飲んでたんだ。

桑原と青柳が付き合ってたことは知らなかったから、不用意にそっちの宴会の話を出したらあんなことになってしまって……本当にごめん。でもあいつも今、辛い立場なんだ。今回のことは、勘弁してやってくれないか】

それは昨日青柳さんと一緒にいた、あの時『桑原もごめん』と言った元同僚の柴田《しばた》さんからのものだった。

勘弁してやってくれ……か。

そもそも、わたしは彼のことをどうこう言える立場じゃない。難波さんはああ言ってくれたけど、やっぱり責められるべきはわたしのほうなのだから。

「どうした？」

リビングに戻ってこないことを不思議に思ったのか、難波さんがこちらの部屋に顔を出した。

急いでスマホをバッグにしまう。

「ごめんなさい。昨日あの人と一緒にいた人から、メールが入っていて……」

「メールにはなんて？」

じっくり聞く構えなのか、難波さんはわたしの横を通り過ぎ、ベッドに腰をかけた。

「このところ仕事がトラブル続きでうまくいってなかったらしくて……だから、昨日のことは勘弁してやってくれって」

わたしは難波さんの問いに素直に答えた。

以前なら『なんでそんなことを言わなければいけないんですか』とか言って、突っぱねていたかもしれない。でももう、難波さんには赤裸々にいろいろなことを話してしまった。今さら、この件だけを隠したところで、どうにかなるものでもない。

難波さんは「座ったら」と自分が座っている左隣に視線を落とした。

わたしは持っていたバッグをまた床に置き、ひとり分の間隔を空けてベッドの端っこのほうに座った。

「桑原のことだから、そいつの仕事がうまくいっていないのも自分のせいだとか思ってるんだろ……違うか？」

まったくそのとおりだった。あまりに図星で恥ずかしくて、返答しないまま黙って俯いていると「やっぱりな」という声が隣から聞こえた。

「そんなのは驕《おご》りだ」

言われた言葉が今ひとつ納得できず、難波さんを見る。

「自分の存在が、未だに相手に絶大な影響を及ぼしている。それぐらい自分はすごい人間だとでも思ってるのか？」

「そんなことは……思ってないですけど」

そんなきつい言い方をしなくてもいいじゃない。

そう喉まで出かかって、やめた。また俯いてしまう。

「トラブルはそいつ本人のせいじゃない場合もあるが、仮にそいつに原因があるとしてだ、桑原がなにか責められるようなことをしたのか？　桑原とのことが気になって仕事が手につかないというなら、きちんと公私を切り替えられないそいつが悪いんだろう」

理屈はそうかもしれない。わたしだってプライベートでなにかあったとしても、仕事に支障が出ないようにはしているつもりだ。

「……でも、わかってても簡単には切り替えられない場合もあるじゃないですか」

まるで自分が責められているような気になって、つい語尾を強めてしまった。

「俺は小学生の頃からサッカーをやっているが、プライベートなことでプレーに影響が出れば、それは集中できない自分のせいだと思っている」

真っ向から正論を突きつけられて、反駁《はんばく》の言葉も出てこない。

「なあ。桑原はゆうべ、気まずくなって別れたと言ってたよな？」

俯いたまま頷いてみせる。自分のこめかみ辺りに視線を感じて、わたしは恐る恐る難波さんのほうを向いた。

「なぜ、気まずくなった？」

濁しても会話が成立する部分を切り込まれると、さすがに躊躇する。

「それは……彼に対して申し訳なくて、どうしたらいいかわからなくなって……」

「だったら、桑原が気にしなくなるまで『気にするな』と男が言ってやればいいだけの話じゃないのか」

とことん正論なのは、体育会系だからなのか、それとも難波さんの性格なのか。

「多分、そいつは桑原に拒否されたことが相当ショックだったんだろうな。さしずめ〝悲劇のヒロイン〟ならぬ〝ヒーロー〟ってところか。プライドをへし折られた自分がかわいそうなだけなんだよ。本当に彼女を大事に思っているなら、まずは彼女のことを一番に考えるはずだ」

強い語調で難波さんは言う。

「でもわたしが気づけなかっただけで、彼は充分気遣ってくれていたと思うし……」

「当人が気まずさを解消できない気遣いって、そんなの気遣いと言えるのか？」

そう言われて、本当のところはどうだったんだろう、と自分の記憶に自信がなくなってきていた。

わたしが状況に耐え切れず、別れる選択をした時、彼はわたしを引き止めたりはしなかった。それも彼なりの気遣いだと思っていたけど、本当に気遣ってくれていたなら、確かにわたしは最初からそういう選択はしなかったんじゃないだろうか……。

難波さんは、彼は自分のことをかわいそうだと思っているだけだと言った。

冷静に考えてみたら、思い当たる節もある。誠実だと思っていたことも、もしかしたら、わたしに嫌われないようにさえしていれば最終的には自分の思いどおりの展開になると計算してのことだったのかもしれない。

本当にそこまで計算していたとしたら、土壇場で拒否されたのは本当にショックだっただろう。

『お前のことが、好きで……好きで……』

もう、あれが彼の本心かどうかもよくわからなくなってきた。そう言うなら、どうしてあの時わたしを引き止めなかったのか。

「そもそも、そういう行為は無理にするもんじゃない」

ぼんやり考えていると、隣から低く力強い声が聞こえた。

「踏み切れなかったからなんだっていうんだ」

まっすぐに注がれた、視線。

難波さんから目が離せなくなる。

「俺だったら、別れない。そんなことぐらいで手放したりはしない」

ドクンと、全身に心臓の音が響き渡った。

どうして反応するの。たとえばの話を聞かされているだけだというのに。

「本当に桑原が好きでずっと一緒にいたいと思うなら、無理なことはさせないだろうし、離れないと信用してもらえるように精一杯大事にすると思う」

鼓動は速まり、ドクンドクンと大きな音を立てている。

なにか言わなくては、と思うのに、言葉が頭にひとつも浮かんでこない。

しばしの間、お互いに視線を逸らすことも、言葉を発することもしなかった。

「……なんてな」

先に静寂を破ったのは、彼のほう。難波さんは大きく息をついてから、「さてと」と言って立ち上がった。

「リビングに行くか。もうお湯も沸いてるだろうし」

そう言いながら、もう既に彼の体はリビングの方に向かっている。

「ソファーに座って待ってろ。今コーヒー淹れるから」

わたしは難波さんがリビングに消えるまで、彼の後ろ姿をぼんやり見つめていた。

部屋には、再び静寂が満ちる。

……どうしよう。

何度も何度も打ち消してきた。違う、そんなはずはない、と。そうしなければ、また失う辛さと闘わなければいけなかったから。

でも、もうごまかせない。意識してしまったら終わりだ。

わたしは難波さんのことが……好きだ。

「桑原、なにやってんだー?」

リビングからわたしを呼ぶ声がした。

「は、はい、今行きますっ」

「変なことしてんじゃないだろうな?」

「してませんよ!」

彼の笑い声が聞こえてきた。

いつものようなやり取りに救われる。わたしは二度ほど深呼吸してから、バッグを拾い上げてリビングに向かった。

ソファーの前のテーブルには既にコーヒーが用意されていた。挽《ひ》き立ての豆の香りが鼻をくすぐる。

「熱いから気をつけて飲めよ」

「いただきます」

わたしは難波さんの顔を見ないようにして、カップを手にした。

コーヒーを口にする。丁寧に淹れたとわかる味がした。

「おいしい……」

「それはよかった」

もうひと口飲んで落ち着いたところで、わたしは肝心なことを聞いていないことにふと気がついた。

「あの、そういえば、わたしどうして……」

「俺の家に泊まったのか、だろ?」

「……はい」

恋心を自覚したばかりで気まずいこともあって、難波さんの顔を見られない。手にしていたコーヒーカップに視線を落としてごまかす。

「本当に、覚えてないんだな」

難波さんは呆れたように、深くため息をついた。

もう呆れられても仕方がない。

「ゆうべ、桑原を送っていこうと一緒にタクシーに乗ったんだが、桑原が頑なに拒んで自分の家を教えなかったんだ。前に送っていったコンビニはわかるけど、泥酔状態に近い桑原をまさかコンビニ前に放置して帰るわけにもいかないだろ」

酔っていてもその辺はしっかりしていたのか、わたし。

なんだかおかしくなって、口元が緩んでしまう。

「千里に電話して実家のほうに送り届けようかとも思ったんだが、親御さんに余計な心配をさせるかもしれないし、娘はどうしたんだと聞かれた時、どう答えていいもんか、と思ってな」

そこまで考えてくれたんだと思うと、心底申し訳ない気持ちになる。

「でも一応、桑原に聞いたんだよ。『じゃ、実家に行くか?』って。そしたら……」

なにか言いにくいことでもあるのだろうか。難波さんは『しまった』という顔をして話を区切ると、コーヒーを口に流し込んだ。

「そしたら、なんですか……?」

恐る恐る、尋ねる。

暴れたのか、はたまた泣き喚いたのか。

続きを聞くのは怖かったけど、聞かないで悶々《もんもん》としているよりはましだ。それに、なにかしでかしていたのなら、難波さんにそのことも謝らなくてはいけない。

「……腹減ってないか？」

「は？」

「いや。もう九時も過ぎたし、腹減ってるんじゃないかと思って」

急に話を変えられたことで、確信する。これは相当まずいことをしてしまったに違いない。

「とはいえ、パスタぐらいしか作れないしなぁ。朝からパスタっていうのも――」

「あの、気を遣わなくても大丈夫ですから。わたしが酔ってなにをしたのか、はっきり言ってくださって構いません。むしろ、言ってほしいです」

難波さんの家に泊まったこと自体、既に〝やらかしている〟のだから、今さらジタバタしてもしょうがない。

上目遣いで難波さんを窺うと、渋い表情をしている。

もう腹は括った。わたしは小さく息をついてから、顔を上げた。

「……『そばにいてほしい』と」

「えっ？」

「『帰りたくない』『そばにいてほしい』って潤んだ瞳を向けられたら、ここに連れてくるしかないだろ」

思いがけない言葉に、ガツンと頭を殴られた。

「他の男なら間違いなく襲ってただろうな。俺の理性に感謝しろよ」

気まずくなったのか、難波さんはキッチンのほうへと行ってしまった。

爪先から頭のてっぺんまで一気に熱が走る。

嘘でしょ？　酔っていたとはいえ、難波さんにそんなことを言ったなんて……！

いよいよ身の置き所がなくなって、それからわたしはキッチンにいた難波さんにお詫びとお礼を言って、逃げるように彼の家を後にした。

逃げられない

どうして休日は、平日よりも時間が過ぎるのが早く感じられるのだろう。

そういうのは大概、楽しい週末を過ごした時に思うことだけど、今回は違う。月曜日がやってくるのが憂鬱だったからだ。

「……会社、行きたくないな」

今日はその、待ち望んでいなかった月曜日。いつもより一時間半も早く家を出たわたしは、会社近くの公園のベンチに座っていた。

週末は、実家には帰らなかった。現実逃避するために帰ろうかとも思ったけど、どうしても泊まりの準備をする気力が湧かなかった。

ひとりでいれば、おのずと思考がうるさくなる。

どんな顔で部署の人たちに会えばいいのか。どんな顔で……難波さんに会えばいいのか。

わからなくて、悩んで、喚いて、ヤケ酒して。しまいには逃げたくなった。今だって、逃げられるものなら逃げたい。

さっきテイクアウトしたアイスコーヒーを喉に流し込む。難波さんの淹れたコーヒーを飲んだせいか、以前ほどおいしく感じなかったけど、冷たさは気持ちいい。

難波さんへの気持ちも、このコーヒーのように何度も呑み込んでしまおうとした。でもそうしようとすればするほど、喉につかえたように苦しくなってくる。

『やることヤッて目的を達成したら、中身がないことに気づいて離れていくだろうよ』

兄貴の言葉が頭の中心に腰を据えている限り、たとえ想いが通じたとしても、わたしはきっと失うことを考えてしまうだろう。

もちろん、難波さんは体目的で女性と付き合うような人じゃないと思っている。それよりも、ありのままのわたしを知られたその先が怖いのだ。

普通に恋愛できる人がうらやましい。人からは『万椰は美人でうらやましい』と言われることもあるけど、少なくともわたしは人からうらやましがられるような人生は送っていない。

腕時計に視線を移す。わたしはため息をついて立ち上がった。

早く出社すれば、少なくとも一斉に視線を向けられることはない。難波さんとも、なんとか普通にやり過ごせる。

飲み終わったコーヒーのカップをコーヒーショップの紙袋にしまい、わたしは会社までの道を重い足どりで歩く。

会社のビルに入り、エレベーターに乗ろうとボタンを押したところで、わたしは誰かに後ろから肩を叩かれた。

「ひ……っ」

「おはよう」

振り向けば、そこには難波さんが立っていた。いつもと同じ仏頂面でこちらを見ている。

「おはよう……ございます……」

ありえない展開に動揺する。

わたしは目を見開いたままで、でもなんとか挨拶は返した。

いつもは朝礼十分前に来るのにどうして……。

「エレベーター来たぞ」

「え？　あ……」

「なにぼーっとしてんだ……お、っと」

いきなりわたしの顔の横からぬっと手が出てきて、心臓が跳ね上がった。その手は閉まりそうになった扉を押さえている。

わたしは真後ろの気配に押し出されるようにしてエレベーターに乗った。無論、わたしたちの他には誰もいない。

この状況、どうしたらいいのか。気まずすぎる。

「……土曜日」

「へっ⁉」

話しかけられて、思いきり素っ頓狂な声を上げてしまった。

挙動不審もいいところだ。これでは難波さんにおかしく思われてしまう。

わたしは小さく息を吐き出し、冷静に冷静に、と心の中で自分に言い聞かせた。

「駅まで迷わず辿り着けたか？　送っていけばよかったのに、そこまで気が回らなくて悪かったな」

「あ……いえ、案内の看板をすぐに見つけたので大丈夫でした。わたしこそ、いろいろとご迷惑をおかけして、すみませんでした……」

わたしは難波さんの顔を見ないように、深々と頭を下げた。

本当は頭が混乱していたせいで、あの後住宅街をしばらくさまよってしまった。スマホの地図アプリの存在を思い出していなかったら、帰れなかったかもしれない。

「気にするな。それより、今日は随分早いんじゃないか？」

それはこっちのセリフですよ、と言いたいところを堪える。

「……先に来ていたほうが、まだ気が楽かと思って」

「なるほどな。まあ、桑原ならそう考えるだろうとは思っていたけど」

思考が単純だとでも言いたいのだろうか。難波さんは、ふっと小さく嘲笑にも似た笑みを漏らしている。

「しれっとしてろ。どうせ本当のことなんて誰もわからないんだ。桑原が平然としていれば、周りもそのうち忘れるだろう。大丈夫だ、人の噂も七十五日って言うし」

難波さんにそう言われると、本当に大丈夫なような気がしてくる。

俯いていたわたしの頭に彼の手がふわりと乗せられた。その瞬間、到着を知らせるアナウンスが流れる。温かい大きな手は、エレベーターの扉が開く前に離されてしまった。

当然の如く、オフィスにはまだ誰も来ていなかった。

そのことにはほっとしたものの、難波さんとこのまましばらくふたりきりだと思うと、違う緊張が体を強張らせる。

わたしは居心地の悪さに「コーヒーでも淹れてきますね」と、給湯室へ向かおうとしたところで、難波さんにすぐ呼び止められてしまった。

「コーヒーは今はいい。今日はCaroの巡回の日だろ、向こうで飲むかもしれないし」

難波さんにそれを言われるまで、わたしは今日が巡回の日だということをすっかり忘れていた。

いつもなら、週明けの予定は日曜の夜にちゃんとチェックしておくのに。仕事のことを考える隙間もなかったのか、と情けなくなる。

しかし、なんてタイミングが悪いんだろう。よりにもよって、今日が巡回日だとは。

「朝礼の後、すぐにCaroに向かうから。準備しておけよ」

「えっ。朝礼の後すぐ、ですか？」

「そうすれば、なぜ早く来たのかと聞かれた時の口実にもなるだろ？」

そう言って少しだけ口角を上げた難波さんの顔を見たら、言葉が出なくなった。

もしかして、わたしが早く来ることを見越して、その口実を作るためだけに難波さんも早く出社してくれた……？　まさか、ね。

同情したのだとしても、彼がそこまでする理由はどこにもない。

わたしはなにを考えているんだろう。そうだったらいいと、自分の都合のいいように解釈している。……この気持ちは、心の奥底に封じ込めなければいけないのに。

程なくして、ひとりふたりと社員が出社してきた。わたしの顔を見て気まずそうな表情を見せる人や視線を逸らす人も何人かはいたけど、大半はいつもと変わらない態度で接してくれた。みんなの大人な対応に、こちらの緊張も徐々にほぐれてくる。

「万椰さん……！」

でもひとり、みんなとはまったく違う反応をした人がいた。水上ちゃんだ。

わたしの顔を見るなり、名前を叫びながら駆け寄ってきた。

「ごめんなさい！　週末に何度も連絡しようと思ったんですけどっ」

「なんで水上ちゃんが謝るの」

「だって……！」

くしゃりと顔を歪《ゆが》めて、今にも泣きそうになっている。

その後ろから大貫課長が「おはよう」とこちらに顔を出した。彼はいつもと変わりなく爽やかな笑顔を見せている。

「わたし、万椰さんになんて言えばいいのかわからなくて……」

そんなぐしゃぐしゃになるまで一生懸命考えてくれたのかと思ったら、胸の奥がじんわりと熱を帯びた。

俯き気味でいる水上ちゃんの背中を宥めるようにさすっていると、急に彼女が勢いよく顔を上げたものだから、びっくりして仰け反ってしまった。

「万椰さん、今夜空いてます?」

「……空いてる、けど」

「じゃ、暑気払い! 改めて暑気払いに行きましょう! 大貫課長も!」

巻き添えをくった格好になって、さぞや困惑しているだろうと大貫課長を見れば、彼は予想に反して微笑んでいた。

「そうだね。行こうか」

このふたりは、本当に……。

「わたし、後でお店探して予約しておきますね!」

わたしは込み上げてくるものを堪えるのに必死で、ふたりに向かって「ありがとう」と小さく発するのが精一杯だった。

どうも先週末から涙腺が緩くなっている気がする。

チラリと難波さんのほうを窺うと、驚いたことに彼もこちらを見ていた。慌てて視線をパソコンの画面に逸らす。

「あ、そうだ! 万椰さん、ちょっと……」

水上ちゃんはそう言うや否や、わたしの腕を引っぱって廊下のほうへと引きずっていく。

「ちょ……っ、今度はどうしたの⁉」

柱の陰まで連れてこられると、水上ちゃんは持っていたバッグからなにやら封筒のようなものを取り出した。

「はい、これ」

「え……なに？」

「暑気払いの、万椰さんの分の会費です」

驚いて、水上ちゃんを見つめる。

「難波さんが『これを桑原に返してやれ』って、あの晩お店を出る前にわたしのところへ置いていったんですよ」

「難波さんが……？」

水上ちゃんはわたしの手を取り、無理やり手のひらに封筒を押しつける。困惑していると、彼女はわたしの耳元に顔を寄せた。

「難波さん、やっぱり万椰さんを追いかけていったんですか？」

「えっ？」

虚をつかれて、動揺する。

「『仕事を思い出したから社に戻る』って言って、いなくなったんですけど、ちょっと言い訳っぽかったんですよねぇ」

水上ちゃんにしては珍しく、言葉の端々にからかいのニュアンスを含んでいる。

「……来てないよ。わたしはあの後ひとりで家に帰ったし。難波さんは本当に仕事だったんじゃないかな」

気を取り直し、わたしは努めて冷静に答えた。

赤裸々な告白をして、泣いて、酔い潰れて、目を覚ましたら難波さんの家だった、とはとても言えない。しかも……『帰りたくない』『そばにいてほしい』なんて、とんでもないことを口走ったという、余計なおまけつきで。

「えー、そうだったんですか。絶対、万椰さんを追いかけていったと思ったんだけどなぁ」

当てが外れたのか、水上ちゃんは明らかにつまらなそうにしている。

わたしは苦笑しながら「さ、戻るよ」と彼女を促した。

朝は天気がよかったのに、Caro へ出かける直前になって急に雨が降り出した。

視界の悪い中を運転するのは大変だろうと気遣ってくれたのか、それともわたしの運転に不安があるのか、今日は難波さんが運転してくれている。

今、出発してから十分が経過したところ。車内にはガッガッとワイパーの音だけが響いている。

……静けさが、息苦しい。

難波さんは、仕事中は自分からペラペラ話すほうではない。だから、この状況はいつものことだとわかっている。

そもそも会話がないのが嫌なら自分から話せばいいだけだ。それもわかっているけど、どういうことか言葉が一文字も頭に浮かんでこない。

耐えかねて、難波さんの方をチラリと窺ってみる……と、すぐに気づかれ、彼もこちらに視線を振った。

「なに？」

問われてやっと、ワインの栓が開いたように頭に言葉が流れ込んできた。

「……あの、朝に水上さんからお金を渡されたんですけど」

わたしは膝に置いていた仕事用のバッグから、お金が入った封筒を取り出す。

「これは、受け取れません」

タイミングよく車が信号で止まり、難波さんはわたしが手にしていたものに視線を向けた。

「どうして」

「どうして、って……週末、散々迷惑をかけたのに、そこまでしてもらったら……」

「週末のことは気にするなって朝言っただろ」

怒ったような口調で言われ、固まってしまう。なにを言えばいいのかわからず黙っていると、難波さんは大きくため息を吐き出した。

「……俺は、桑原に迷惑をかけられたなんて思っていない。桑原のほうが俺のことを迷惑だと思っていたんじゃないか？」

「そんなことない！　あの晩いろいろ難波さんに聞いてもらえてよかったし……」

興奮して、ついタメ口になってしまった。ごまかそうと「救われたんです」と付け足して、敬語に戻しておく。

思わず本音を漏らしてしまったことが恥ずかしくなって、自分が手にしていた封筒に視線を落とす。

刹那《せつな》、難波さんの左手がハンドルから離されたのが視界の隅に映り、その手がわたしの右手に触れた。

「だったら、お互いによかったということでいいじゃないか」

難波さんの言葉になにかしらの引っかかりを覚えたものの、それよりも彼に触れられている右手が気になって仕方がない。今はそこに全神経が集中してしまっている。

「違うか？」

同意を求めるようにキュッと握られて、心臓が跳ね上がる。

「……違わない、です」

悟られたくないのに、口から出た言葉には明らかに動揺の色が滲んでしまっていた。こういう時、自分の恋愛経験値の低さを恨めしく思う。

難波さんは小さく笑みを漏らして、今度はポンとわたしの手の甲を軽く叩いた。手を引っ込めたいような、このまま重ねていてほしいような、複雑な気持ちに翻弄されているうちに彼の手は離されて、そのままわたしの持っていた封筒を掴んだ。

ひらりと舞ったそれは、ダッシュボードの上に置かれる。

「桑原がそんなに気にするなら、これは引っ込めておく。俺にしてみれば不本意だけど」

そう言って、難波さんは苦笑する。

「桑原は、常に対等でいたいみたいだからな」

……対等？

言葉の意味がよく理解できないうちに「そういえば」と難波さんが続けた。

「今日、水上と飲みに行くみたいだな」

「聞いていたんですか」

わたしの席から部長席までは少し距離がある。普段なら静かな時以外、部長席での会話はわたしの席からは聞こえない。逆も同じだろうから、おそらく聞こえないはず。きっと水上ちゃんが興奮して大声で話していたせいで、騒がしくても聞こえてしまったのだろう。

「大貫課長も一緒か？」

「ええ……三人で」

なんでメンバーまで確認するんだろう。

訝しく思いながら難波さんを見ると、彼は眉根を寄せていた。

「くれぐれも、飲みすぎるなよ」

「わかってます。この前のような飲み方はもうしませんよ」

そう言った途端、週末の出来事が一気に頭に蘇《よみがえ》ってきて、どうにもいたたまれなくなってしまった。

難波さんがなにやら言いかけたところでわたしのスマホが鳴り、話が中断する。

結局、彼がなにを言おうとしたのかわからないまま、その日の終業を迎えてしまった。

仕事を定時で上がったわたしたちは、会社から程近い歓楽街ではなく、少し歩いた場所にあるハワイアンダイニングと銘打たれたお店に来ていた。

この店は人気店のようで、水上ちゃんが以前、満席で泣く泣く諦めたことがあったらしい。彼女は「やっと入れたー!」と喜びをあらわにしている。

個室の壁にはヤシの木やハワイの言葉で『ホヌ』と呼ばれるウミガメのモチーフが描かれていて、そのポップさとは裏腹に、間接照明が大人の雰囲気を醸し出している。

「かんぱーい‼」

落ち着いた空間の中に、明るい声が響いた。よほど嬉しいのか、水上ちゃんはいつもよりもはしゃいでいる。

「飲み放題のドリンクメニューで、こんなにカクテルの種類が多いところってめったにないですよ!」

彼女が手にしているのは、ブルーハワイ。わたしも南国の雰囲気を味わおうと、マイタイにした。大貫課長はビールを頼み、水上ちゃんに「こういうところに来てまでビールなんて、オヤジくさい」とからかわれている。

注文したものがひととおり揃い、各々が箸を伸ばす。水上ちゃんが取り分けてくれたコブサラダは【当店イチオシ】と書かれていただけあっておいしい。

「――ええっ、お金返しちゃったんですか⁉」

難波さんにお金を返したことを話すと、水上ちゃんは信じられないという顔をした。

「うん……さすがに出してもらうわけにはいかないでしょ」

「えーもったいないなぁ。わたしならありがたく頂戴して、今夜の軍資金にするのにー」

そう軽く言われて、戸惑う。

今どきの二十代前半の女の子たちはみんなそう思うのか、それともわたしが考えすぎなのか。

水上ちゃんはエビの殻を剥いた手をおしぼりで拭っている。

「だって管理職はわたしたちよりお給料もらってて、しかも難波さんは独身だし、あのぐらいならなんてことない金額ですよ」

「おいおい、今ここに独身の管理職がいるってことを完全に忘れてるだろう？」

あっけらかんと話す水上ちゃんに、さすがの大貫課長も苦笑している。

水上ちゃんは一瞬、まずいという顔をしたものの、その後「それじゃ今日のお会計、よろしくお願いしまーす」なんて、めげずに言っている。

「まあ、俺もそういう時は素直に受け取ってもらえたほうが助かるかな。一度出したものを引っ込めることほど、上司としても男としても格好悪いことはないからね」

「そういうものですか……」

『桑原は、常に対等でいたいみたいだからな』と、あの時の難波さんの言葉が頭に浮かんだ。

……そうか、わたしは難波さんに格好悪いことをさせてしまったのか。

「万椰さんは奢られ慣れしてると思ってたんですけど、意外と固いんですねー」

水上ちゃんにもそんなふうに見られていたのか、と苦笑する。

「固いっていうか……わたしは元々、人に奢られるのは好きじゃないから」

『万椰ちゃんばっかりずるーい！』

子供の頃、わたしだけが特別扱いされた時に言われた言葉がふと蘇る。

なんせ子供だから、最初は特別扱いされたことを隠さなければいけないことも知らなかったし、特別扱いした大人もそれを教えてはくれなかった。相手ももちろん子供だから、その辺の追及は遠慮がない。そのうち『ずるい万椰ちゃんとは遊ばない』と、理不尽に仲間外れにされてしまった。

過剰に『奢られたくない』『特別扱いされたくない』と思ってしまうのは、その時のことがトラウマになっているんだろうと思う。

もう子供ではなく社会人なんだから、空気を読まなければかえって失礼なことになると頭では理解しているのに、最終的にはトラウマのほうが勝ってしまうことも多くて、自分でも困ってしまう。

「うわ！　やっぱり万椰さんかっこいい！」

隣に座っていた水上ちゃんは、そう言ってわたしの腕に抱きついた。

「ちょ、ちょっと水上ちゃん、もう酔ってるの？」

「酔ってませんよぅ。そんなかっこいいセリフを聞いたら、抱きつきたくもなりますって」

今まで自分の周りに水上ちゃんのような人がいなかったから、こういうことをされると戸惑ってしまう。

「別にかっこよくなんかないでしょ。男の人からすれば、かわいげのない女だろうし」

「いえ！　男に媚《こ》びない感じがかっこいいです！」

あまりにもまっすぐな言葉に、それ以上なにも言えなくなってしまった。

わたしは水上ちゃんに憧れてもらえるような人間じゃない。傷つくのが怖くて、自分の殻に閉じこもっている臆病な人間だ。

でも『かっこいい』と言ってもらえたことは純粋に嬉しくて、言葉の代わりに水上ちゃんの頭をポンポンとしたら、なにかと重なって胸が小さく騒いだ。

そこそこお酒も進み、話題は恋愛のことに移った。とはいっても、水上ちゃんの恋愛相談がメインで、大貫課長とわたしは聞き役に回っている。

「この前の合コンの時も、気合入れて行ったんですけどー」

お医者さんとの合コンだと言っていたあの日の水上ちゃんは、確かにいつもよりも気合が入っていたな、と思い出す。白いワンピースが彼女によく似合っていた。

「よさそうな人、いなかったの？」

「それが、聞いてくださいよー！」

彼女が長々と説明してくれた話を要約すると、その場に集まっていた男性たちは遊び慣れている軽い人ばかりで、その日もひと晩限りの後腐れない女の子を探しに来ていたらしい。

水上ちゃんは「女をバカにすんなって感じですよね」と、グラスに半分ほどあったマンゴーモヒートを一気飲みした。

「俺は合コンに行ったことがないからよくわからないけど、合コンって、そもそもそんな感じじゃないの？」

大貫課長の身も蓋もない言い方に、水上ちゃんはすぐさま反論する。

「合コンにだって健全な出会いもあるんですよっ」

「水上ちゃんならそんなに必死にならなくても、すぐにいい人が見つかるんじゃない？」

酔っているせいか、いつもは呑み込んでいた言葉がつい口をついて出てしまった。まずいと思ったところで、一度口から出てしまったものはもう取り消せない。

水上ちゃんは押し黙っている。

「……万椰さんならそうかもしれないけど」

ややあって水上ちゃんが発した言葉に、ドクリと心臓が嫌な音を立てた。

「わたしは必死に探さないと見つからないんですよ……」

どう答えればいいのか、なにも思い浮かばない。

空気を察した大貫課長が「そんなことないだろう」とフォローしてくれている。

「万椰さんだから、そんなふうに簡単に言えるんです」

水上ちゃんは俯いて、ボソリと言った。

「簡単に言ったわけじゃ……」

他の人なら社交辞令で流してもらえても、わたしが言えばこういう空気になると、過去の経験で散々身に染みてわかっていたはずだ。

だから呑み込んできたのに……。

「わたしは万椰さんみたいに人に好かれることはそうそうないから、チャンスを一瞬でも逃すまいと必死なんです。いい人がいたらその人に好きになってもらうために必死で、付き合うことができたらもう次はないんだって、とにかくいつも必死なんです」

水上ちゃんは顔を上げて、こちらを向いた。

「万椰さんは〝愛され慣れ〟してるんですよ」

「……愛され慣れ？」

「この人を逃しても、また次があるだろうって。誰かに好意を持たれるのが当たり前だと思ってる」

彼女の視線には、嫌悪でも侮蔑でも嫉妬でもなく、悲しげな色が滲んでいた。

「誰かが自分を好きになってくれるって、それだけでもすごいことだと思うんです。さらにその人が自分の好きな人だったら、もうそれは奇跡ですよ」

一気に言い切ると、水上ちゃんは小さく息を吐き出して、一瞬ためらうような素振りを見せてから、また口を開いた。

「万椰さんに好意を持った人たちがあんな……おかしな行動をとってしまうのは、万椰さんがその〝すごいこと〟に気づいていないせいもあるんじゃないですか」

わたしは、なにも言い返せなかった。

それからすぐ、飲み放題の時間も終わり、わたしたちは微妙な空気のまま解散した。

駅を出てなにげなく見上げると、珍しく漆黒の空には星がふたつ浮かんでいた。もっと山寄りの田舎のほうに行かなければ、この辺では一等星すら怪しい。昼間、雨が降ったというのに。空気が澄んでいるのだろうか。

わたしは電車に揺られながら、ずっと水上ちゃんに言われたことを考えていた。

『万椰さんは〝愛され慣れ〟してるんですよ』

それを聞いた時は、そんなことはないと思っていた。

でも、本当にそうだろうか。

リテール本部の山西さんとの一件の時、わたしは断ることだけを考えて、彼の話をちゃんと聞こうとはしなかった。好意を持ってくれたことに、ありがたいという気持ちも湧かなかった。その上、『モテるなら、イケメンで優しくて、外見だけじゃなくわたしのことをちゃんと見てくれる男にモテたいわよ』と、心の中で毒づいた。

かといって、自分からは積極的にアプローチするわけでもない。

それは、餌を置いて待ち構えていれば、いつか極上の獲物がかかるだろうと考えていたということだろうか。これはおいしい餌なんだから、かかって当然だろう、と。

だとしたら、わたしはどれだけうぬぼれていたのだろう。

外見ですべてを判断されるのが嫌なくせに、完全に矛盾してる。わたしは自分の容姿に甘えきって、結局いいように利用していたのかもしれない。

「……バカみたい」

その上、先に進むのが怖いからと、寄ってきた人にとっての一番の〝うまみ〟を与えようとしない。

「本当……嫌な女」

あまりの自分のバカさ加減に、笑いが込み上げてくる。

兄貴に『中身がない』と言われていた理由が、今やっとわかった気がした。

どんなに勉強したって教養を深めたって、肝心な、人としての大事な部分がごっそり抜け落ちていたんじゃ意味がない。美人が差別用語に感じるだなんてよく言えたものだ。一番、自分を美人だと認めていたのは誰でもない、わたし自身だったかもしれないのに。

わたしはやりきれない気持ちでいっぱいになった。こんなこと今まで思ったことがなかったけど、叫べるものなら今すぐ大声で叫びたい。でも実際にやったら、そんなのただの不審者だ。

わたしは結局、お酒に逃げることにした。もう少しで叔父さんの店だ。

「いらっしゃ……あ、万椰さん」

出迎えてくれたのは、美桜ちゃん。彼女はわたしの顔を見るなり、ニヤリと意味ありげな笑みを浮かべる。

「宗司さんも来てますよ」

「えっ」

見れば、難波さんはカウンター席に座っていた。

今さら引き返すことはできない。わたしは渋々、彼の元へと近づく。

「……こんばんは」

「どうした、今日は飲み会だったんだろ？」

難波さんは驚きを顔に滲ませている。

「ええ。さっきまで三人で飲んでました」

叔父さんがわたしを見つけて「久しぶりな気がするな」と声をかけてきた。先週ここに来なかったのは金曜だけなのに。でもどんなことでも今、声をかけてもらえたことにほっとする。

「いつものでいいか？」

「あ……今日は飲んできたから、チーズとワインだけでいい」

叔父さんにそう答え、難波さんの隣に腰かけた。彼のいる右側の肩に緊張が走る。

テーブルを見ると、難波さんの目の前にはモツ煮だけが置かれていた。

ラム肉はもう食べ終わったんだろうか。いつからここに来ていたのだろう。

「まだ二十一時前だぞ。なにかあったのか？」

難波さんは自分の腕時計に一瞬目を落としてから、怪訝そうな顔をこちらに向ける。

「なにもないですよ、単に一次会でお開きになっただけです」

嘘はついていない。水上ちゃんとだって、別にケンカをしたわけでもない。強いて言うなら、自分のバカさ加減に気づかされたということぐらい。

わたしはすぐに視線をグラスへと移し、叔父さんが注いでくれているワインを眺める。光に透けたボルドー色がキレイだ。

「宗司がここに来てるから、急いで帰ってきたんだろ？」

叔父さんの茶々に「難波さんが来てるのは知らなかったもん」と言い返しながら、わたしは〝いつもの感じ〟を必死に思い出していた。心の揺れを気づかれないように。

「本当に、なにかあったんじゃないんだな？」

問いただすような口調ではあるものの、声はどことなく優しげで胸が詰まる。

「本当になにもないですって。しつこい男は嫌われますよ」

大丈夫、今日はちゃんと笑えている。そもそも泣くような要素はないんだし。

そう思いながらも、やっぱり彼の方は向けない。

チーズの盛り合わせを持ってきてくれた美桜ちゃんと常連さんの話をしていると、テーブルに置いてあった難波さんのスマホが震えた。

「……あ、美杉……ああ、ちょっと待って、今、場所移動するから」

……〝美杉〟。

ふいにその名前が聞こえて、心臓が嫌な音を立てた。背中が冷えていく。わたしはすかさず、ワインを喉に流し入れた。

そんなことをしたところで、嫌な音は消えない。背中は温まらない。

当たり前だ。お酒は万能な薬じゃないんだから。でも今まで、わたしはこうやって逃げてばかりいた。今日だってそうだ。なんの解決にもならないのに……。

「……ねえ、叔父さん」

わたしはお客さんの見送りからこちらに戻ってきた叔父さんを呼び止めた。

「ん、なんだ？」

「なにもしないで目の前で奪われるのと、なにかはしたけど結果的に失うのだったら、どっちがいいと思う？」

「はあ？」

叔父さんは怪訝そうな顔をする。

「じゃ、たとえばサッカーのレギュラーだとして」

わたしが例を出すと、叔父さんは「ああ」と納得した声を出した。

「そりゃあ、全力でレギュラーになる、だな」

「それじゃ答えになってないよ」

叔父さんは眉根を寄せて、わたしの隣に腰かけた。

「あのな。最初から失う気でいたら、得ることなんかできないだろーが。もうその時点で、気持ちで負けてるだろ。俺なら全力でレギュラーを勝ち取ったら、もう誰にも譲らない。奪われてたまるかよ」

叔父さんはわたしの肩をポンと叩き、笑みを浮かべた。

「なんだかわからんが、失うことを先に考えちゃダメだぞ。人生一度きり、悔いなく行け、だ」

叔父さんの言っていることは、もっともだと思う。でも、中身のないわたしが全力でぶつかって、もし失ってしまったら？　それ以前に、得られなかったら……？

その時、店の入り口の扉が開いて、難波さんが店内に戻ってきた。わたしの隣に腰かけ、ため息をついたかと思えば、テーブルに肘をついて髪をくしゃりとしている。

その黒髪は見た目よりも柔らかそうに、ふわりと揺れている。いつかのシャワー後の彼の姿を思い出して、胸が小さく騒いだ。

「……どうした？」

わたしの視線に気づいて、難波さんがこちらを向いた。

「いえ。難波さんこそ、美杉さんとなにかあったんですか？」

「……いや、別に」

『美杉さん』という名前を口にしたら、喉の奥になにかがせり上がってきた。多分これ以上、笑えない。

「あの、わたしそろそろ帰りますね」

「さっき来たばかりなのにか？」

「ただワインを一杯飲みたかっただけですから」

　バッグを掴み、立ち上がる。

「待て。送っていく」

「大丈夫です。難波さんはゆっくりしていってください」

　わたしは難波さんのほうを見ずに、さっさとレジへ向かった。

「ったく、聞き分けのない」

　吐き捨てるようなセリフが聞こえたかと思えば、難波さんは追い越し際にわたしのバッグを奪った。

「ちょ……っと、なにするんですか！」

「高柳さん悪い、ふたり分つけておいて！」

　振り向きざまにそう言って、難波さんは逃げるように店を出ていく。

　わたしはあまりのことに呆然《ぼうぜん》としてしまった。

「早く行ってやれ」

　叔父さんは扉の前に立ち尽くしていたわたしの肩をトンと叩いた。叔父さんの顔にはいつものからかいの色はなく、穏やかに微笑んでいる。

「……お金、ごめん。明日必ず払うね」

「金のことは気にしなくていいから。ほら、行った行った」

外に出ると、難波さんは店を出たすぐのところに立って空を見上げていた。

人のバッグを奪っておいて自分は呑気に空を見上げているだなんて、と苛立ちを覚えたが、ついわたしも一緒になって空を見上げてしまう。

「昼間は雨だったのに、星が見えるな」

なんでこの人は、またわたしと同じことを……。

「……わたしも、さっきここに来る前にそう思いました」

言ってから、素直に言わなければよかったと後悔した。だって、これじゃあなにかをアピールしているように思われてしまう。

難波さんはこちらを見て「そうか」と含みのある笑みを漏らした。

「あの。バッグ、返してください」

「嫌だ」

「嫌だって……そんな子供みたいなこと」

難波さんは、わたしのバッグを持ったまま前を歩いていく。見慣れたはずのワイシャツの後ろ姿が、暗闇の中だというのに目に眩しい。

彼の後を追いながら、その背中をじっと見つめていると、急にくるりと振り返ったものだから驚いた。

「ちゃんと俺の隣を歩けよ」

そう言って、難波さんはわたしの背中に触れた。彼の手のひらの熱がブラウス越しにも感じられる。

どうしよう。緊張で背中が汗ばんでしまいそうだ。

わたしがこんなにも男の人を意識するなんて、もしかしたら初めてかもしれない。

そんなことを考えているうち、背中にあった手は離されてしまった。

……もっと触れていてほしい。

ふいに湧き上がってきた自分の気持ちに、動揺する。

「本当はなにかあったんだろ」

問いかけられて、我に返った。

ため息を吐き出すふりで深呼吸して、自分を落ち着かせる。

「まだ、聞くんですか」

「俺はしつこいからな」

今回は意地でも言わせるつもりだろうか。

「難波さんこそ……美杉さんとなにかあったんじゃないんですか？」

聞くつもりのなかった言葉が、思わず口から滑り出てきてしまった。それを聞いたっていいことはないとわかっているのに。

「気になるか？」

「ほ、ほら、難波さんだって、そうやってはぐらかすじゃないですか！」

気がつけば、わたしたちはコンビニの前まで来ていた。わたしが声を張り上げてしまったからか、店内から出てきた男性がじろじろとこちらの様子を窺っている。

「……すみません、じゃここで」

恥ずかしさと居心地の悪さで逃げたくなったわたしは、挨拶もそこそこに難波さんに背を向けた。

「バッグはいいのか？」

「あ、そうだ、バッグ……！」

返してもらおうと難波さんの方へ向き直ると、彼は不敵な笑みを浮かべてわたしのバッグを高く掲げる。

「なにやって——」

「まだ話は終わってない」

さっきから随分子供じみたことをするな、と難波さんを睨みつけたというのに、彼はそれすらおもしろがっているように見える。

「家まで送っていく」

「けっこうです」と喉まで出かかったがそれを押し込め、わたしは代わりに小さくため息を吐き出した。

この人の強引さは今に始まったことじゃない。抗っても無駄なことは百も承知だ。でも素直に頷くのは癪で黙っていると、「行くぞ」と彼の手がわたしの背中を再び押した。

わたしが逃げ出さないようにか、今度は背中に手を置いたまま歩き出す。

強引なくせに、わたしに触れる手は優しいなんて……ずるい。

鼓動はトクトクと緩やかに高まっていく。

「……桑原は、自分に悪意を向けられても仕方がないと端から諦めているだろ」

難波さんの声が、暗闇に静かに落とされた。

「傍目で見ていて心配になる」

落ちて沈んだ声は、わたしの足元にひたひたと這い寄ってくる。

「そんなことは、ないですよ」

普通に出したつもりの声が震えていて焦った。

難波さんは小さくため息をつく。

「前にも言ったが、すべてがすべて、桑原が原因じゃない。心ないことを言われて傷ついたら、『傷ついた』と口に出して言ってもいいんだ」

よほどのことがあったと思われているんだろうか。このままじゃ、水上ちゃんも大貫課長も悪者にされてしまいそうだ。

「ありがとうございます……でも、今日は大事なことを水上さんが気づかせてくれただけなんです」

「大事なこと？」

「人として、大事なことです」

難波さんの方を窺うと、彼は怪訝そうな顔をしている。

「水上さんに、『万椰さんは〝愛され慣れ〟してる』って……『誰かに好意を持たれるのが当たり前だと思ってる』って言われたんです。だから変な噂を流されたり、この前みたいなことになるんだって」

難波さんはぴたりと立ち止まった。見れば、ちょうどマンションの前だ。

彼はわたしの背中から手を離し、こちらに向き直った。

ただ黙って、じっとわたしを見つめている。

「思い返せば、わたしは人の好意を軽く扱ってしまっていたのかもしれないなって、反省したんです。誰かに好意を持たれることは、当たり前なんかじゃないのに」

そうだ、帰ったら水上ちゃんにＬＩＮＥのメッセージを送ろう。あんな形で別れてしまって、きっと彼女も気にしているに違いない。

「桑原は、人の好意を軽く扱ってなんかいない」

「……えっ？」

「話を聞いた限り、元の、ヤツにだってちゃんと向き合おうとしていただろ。好意を軽く扱う人間というのは、相手に対して申し訳ないなんて感情は持たない」

難波さんは持っていたバッグをわたしに手渡した。

「それに、愛され慣れているというなら、相手に無茶な要求をするとか、もっとワガママになっていてもおかしくない。桑原は千里の言葉に縛られて、人の好意を純粋に受け取れなくなっているだけだ」

断定された言葉が、心の水面に大きな波紋を描く。刹那、どうしようもない衝動が心を駆け抜けた。

「あ、あの……ここ、なので……」

顔が、上げられない。

「ここまで来たんだ、部屋の前まで行くのも変わらない」

わたしはなにも答えず、難波さんを振り切るように早足でマンションに向かった。

難波さんはなにも言わず、わたしの後ろをついてくる。

心臓はバクバクと大きな音を立てて騒ぐ。もちろん、それは早足だからじゃない。

マンションのオートロックを開錠してエレベーターに乗り込むと、難波さんもわたしの隣に立った。ゴーというエレベーターの音よりも、沈黙がうるさい。

早く着いて。

念じるように俯いて目を瞑っているうち、自宅の階に到着した。

小走りに部屋の前まで行って、握りしめていた鍵を鍵穴に差し込む。

——カチリ。

ドアが開いた。

「それじゃ……」

わたしは難波さんに背を向けたまま、顔だけを少し後ろに向け頭を下げた。送ってくれたのに失礼な態度だと思いながらも、これ以上は無理だった。

「……おやすみなさい」

「桑原」

呼ばれて、つい視線を合わせてしまう。

「あ……っ」

バカだ。最後の最後にしくじるなんて……。

一瞬のことで、抵抗する間もなかった。わたしの唇は……もうひとつの唇で塞がれた。

「……っ」

一度触れただけなら、ただその場の感情に流されたのだとお互いに言い訳もできたかもしれない。でも、もう遅かった。

難波さんの舌が唇の隙間から入り込み、わたしの口内で動く。

「……っ、ふ」

苦しくて息を吸おうと喘《あえ》いだ口元から、思いがけずいやらしい声が漏れる。

自分の声に動転して腰が引けたわたしを、彼はすかさず抱き寄せた。

「……中へ」

拒否しようとすればできたはずなのに、わたしは抵抗しなかった。

難波さんは否応なしにドアノブを回す。わたしを抱きかかえるようにして玄関に入ると、彼はドアが閉まる前にまた、わたしの唇を奪った。

ふたりの乱れた吐息が、玄関に甘く響く。

難波さんのキスは、少し強引で熱くて……すごく、優しかった。

本当はずっと、この人とこうしたかったのかもしれない。

奥底に押し込めていた感情が心の中に一気に溢れて、もう手に負えない。

夢中で、彼のシャツをきつく掴む。頬に触れた彼の手が温かくて、泣きそうだ。

だけど幸せを感じているその一方で、いくつかの疑問がわたしの心にかすかな痛みを与えていた。

伸ばした手

「ふぁ……」

会社近くの交差点。

大きく開いた口に、わたしは慌てて手を当てた。恐る恐る周りを窺うと、知った顔はいなかったようでほっとする。

家を出てからもう何度めの欠伸だろう。頭は靄《もや》がかかったようにぼんやりしている。

「ふぁ……」

まただ。仕方なくわたしは会社を通り越した先のコンビニに入り、眠気覚ましのドリンクを買って一気に飲み干した。

ゆうべはほとんど眠れなかった。あんなことがあって、平気で眠れるはずがない。

難波さんはひとしきりキスをした後、何事もなかったように『また明日』とひと言だけ残して帰っていった。

彼はどういう気持ちでわたしにキスをしたのだろう。

しばらく経って冷静に考えたら、単なる慰めのつもりだったのかもと思えてきた。

その理由は、三つ。

男の人の家なのに置いてあったメイク落とし。シングルじゃないベッド。そして……美杉さん。

ふわふわと余韻に浸っているだけではいられない要素が多すぎる。

「……おはよう、ございます」

エレベーターを降りると、給湯室に行こうとしていたのか、水上ちゃんがオフィスから出てきたところだった。気まずそうにしている彼女に「おはよう」と笑顔で挨拶を返す。

わたしはゆうべ、水上ちゃんにメッセージを送るのをすっかり忘れてしまっていた。厳密にいえば、忘れたというよりは、それどころではなかったというのが正しいのだけど。

彼女はそんな事情を知る由もないのだから、わたしが怒っていると思っているのかもしれない。恐る恐るといった感じでこちらを窺っている。

「今日、朝一で来客の予定あったよね」

「はい……『クロスキッチン』の社長がいらっしゃる予定です」

確か『クロスキッチン』の社長は、お供の部下を数人従えて来るはずだ。

『わたしも手伝うよ』と言おうとすると、それより一瞬先に水上ちゃんが口を開いた。

「万椰さん、手伝ってもらってもいいですか……?」

「もちろん。荷物置いてくるから、先に給湯室行ってて」

水上ちゃんがなにか話そうとしていることは、雰囲気で伝わってきた。

わたしは自分のロッカーにバッグを放り込み、いささか緊張しつつも急いで給湯室に向かう。

「ごめん、お待たせ」

わたしが給湯室に入った時には、既にお茶の準備が終わっていた。あとは人数分の湯呑を用意して、お湯が沸くのを待つだけだった。

水上ちゃんは「そろそろお茶を頼まないとまずいかも」と独り言のように呟いていている。

彼女から切り出すまで待ったほうがいいかなと、給湯室に入った時まではそう思っていたのだけど、居心地の悪さにどうにも我慢できなくなった。

「……あのさ」

水上ちゃんの背中に声をかける。肩がわずかに震えたように見えた。

「ゆうべはありがとう」

「……えっ？」

水上ちゃんはこちらに振り返り、驚いたように目を見開いている。

「あの後、水上ちゃんに言われたことをずっと考えてたの。わたしは〝愛され慣れ〟してるのかなって」

彼女は気まずそうに俯いた。

「慣れているのかどうか、考えれば考えるほどよくわからなくなっちゃって。ただ、水上ちゃんからそう言われたことで、気づかされたことがあったの」

わたしは湯呑を手に取り、乾いた布巾で拭きながら続ける。

「わたしは思い込みが強すぎて、人の言葉を素直に受け取れないところがあるんだよね。それが、相手を傷つけることになっているんだって」

自分の内面のことを話すのは、どんな内容であれ、いつも怖さが先に立つ。でも水上ちゃんにはごまかしたりせず、ちゃんと自分の考えていることを正直に話さなければ、と思っていた。

給湯室の狭いカウンターに、湯呑を並べる。お湯もそろそろ沸きそうだ。

「だから、水上ちゃんに感謝してるの」

「そんな、感謝だなんて……」

困惑した表情を見せる彼女に、笑って見せた。

「また飲みに行こうね」

「万椰さん……」

水上ちゃんは口をへの字に曲げたかと思えば、瞳からひと雫、ほろりとこぼした。

「ごめんなさい……っ」

「ちょ……っと、なんで泣くの⁉」

「わたしは、万椰さんに感謝される資格なんてないから……」

こういう時に限って、手元にハンカチを持っていない。

わたしは仕方なく、棚に置いてあったティッシュを数枚取って水上ちゃんに渡した。

彼女はそれを受け取り、目に当てている。

「資格があるとかないとかの話じゃないでしょ？」

「でも……だってあれは、わたしの完全な八つ当たりだったし……」

泣いて息苦しかったのか、水上ちゃんは一度大きく息を吸い込んでから事情を話し始めた。

「合コンによく一緒に行ってた友達に、最近素敵な彼氏ができたんです……。どうしてわたしはそういう人に巡り合えないんだろうって、すごく落ち込んでて。それで酔った勢いもあって、つい万椰さんに突っかかっちゃって……」

なるほど、そういうことだったのか。

やっぱりいつもどおりに言葉を呑み込んでおけばよかった、と後悔する。

水上ちゃんは棚からティッシュの箱を掴み、ブーンと勢いよく鼻をかんでいる。

「本当に、ごめんなさい……」

申し訳なさそうに深々と頭を下げた水上ちゃんを見たら、胸がギュッと掴まれたように苦しくなった。

「謝らなくていいから」

言葉を呑み込んでおけば、相手を傷つけることもない、自分も傷つかない。……いや、果たしてそうだろうか。呑み込んだり、ごまかしてばかりいたら、本当のわたしはどこに行ってしまうの？　いつかボロが出て、相手も、自分も、結局は傷つけることになってしまいそうな気がする。

大事な人とは、ちゃんと真正面から向き合わなくちゃダメだ。

「あの時……タイミングは悪かったけど、わたしが言ったことは社交辞令でもなんでもなく本心だからね」

わたしは思いきって、正直な気持ちを口にした。

わたしがこんなことを言えば、また嫌味にとられてしまうかもしれない。彼女の傷口に塩を塗りつけることになるのかもしれない。それでもやっぱり、水上ちゃんにはいつもの当たり障りのない言葉じゃなく、自分の本心を聞いてもらいたい。

「水上ちゃんは同性のわたしから見ても魅力的だと思うから……焦らなくても、きっとすぐにいい人が見つかるよ」

とはいえ、なかなかさらりとはいかず、緊張と恐怖心で言い淀んでしまった。

水上ちゃんはゆっくり顔を上げ、わたしをまっすぐ見据えた。

「万椰さんにそう言われたら、本当にいい人が見つかるような気がしてきちゃいました」

曇った表情を見せるのではないかと内心ビクビクしていたけど、どうやら杞憂《きゆう》だったようだ。彼女はいつもの笑顔をこちらに向けてくれている。

「単純ですね、わたし」

そう言って「えへへ」と笑った水上ちゃんは、本当に素直でかわいい。

「その単純さが、水上ちゃんのいいところなんじゃない？」

「なんか、褒められている気がしないんですけどー」

水上ちゃんは口を尖らせながらも顔は笑っている。

わたしも声を上げて笑った。

まだ、恐怖心はすべて拭えてはいない。でもほんの少しだけ、殻にひびくらいは入れられた気がする。

ひとしきり笑ったところでほっとしたのか、わたしは重要なことを思い出した。

「いけない！　今日って、十時半から店舗営業部の全体会議だったよね？」

電気ポットがカチリと鳴り、設定温度になったことを知らせる。

水上ちゃんは並べた湯呑に乾いた布巾を被せて、こちらに振り返った。

「ああ、なんか明日に延期になったみたいですよ」

「延期？」

会議が延期になるなんて、滅多にあることじゃない。

「今日、緊急の重役会議が入って、難波さんがそっちに行かなきゃいけなくなったから、らしいです」

「緊急の重役会議なんて、今までそんなことあったっけ？」

「うーん……多分、なかったと思いますけどね」

なにかあったのだろうか。水上ちゃんもそこまではわからないようだ。

「そうだ、会議で思い出したんですけど」

水上ちゃんはそう言って、一度給湯室の外に首だけ出して辺りを窺ってから、小声で続けた。

「昨日、居酒屋の予約するのに『美食ログ』でお店検索したんですけど、その時なんとなくCaroのページも見てみたんですよ。そしたらクチコミのところに誹謗中傷《ひぼうちゅうしょう》めいたひどいコメントが上がってて」

『美食ログ』というのは、飲食店のランキング形式の検索サイトのことだ。

ネット関係の業務は二課の仕事だけど、わたしもCaroの担当になってから、そのサイトはちょくちょく覗いていた。そういえばここ最近は細々とした仕事に忙殺されて、チェックしていなかったかもしれない。

「そういうコメントがあった時は会議で報告があるはずですよね？　どうして二課は会議に上げてこないんですかね」

「今日の会議で報告しようとしていたとか……？」

「だって、そのコメントの日付、前回の全体会議の前でしたよ？」

そう言って、水上ちゃんは眉間に皺を寄せ、首を捻った。

朝礼後、すぐに見えた『クロスキッチン』の社長様御一行にお茶出しを終え、自分の席に戻ったわたしは、美食ログ内にあるCaroのページを開いてみることにした。

　画面をスクロールさせ、みんなのクチコミの欄を見てみると、確かに上からふたつめに怪しいタイトルが浮かんでいる。

【本格的なイタリアンコーヒーが飲めると謳《うた》っているくせに、飲んでみるとインスタント以下という有様】

【茹《ゆ》でたパスタにレトルトのソースをかけただけなんじゃないかと言われても仕方がないほどの、安っぽい味だった】

【正義の鉄槌《てっつい》】というハンドルネームのこの人物は、これでもかと悪いことだけをあげつらってくれている。しかもインスタント以下とか安っぽい味とか、主観的な感想なだけに、運営サイトに連絡したところで削除してもらえる可能性はかなり低い。

　この人物のクチコミは、Caroに対するこの一件だけ。

なにかCaroに恨みでもあるのか、それとも単に荒らすのが目的で、たまたま目についたCaroのページに書き込んだのか。いずれにしてもこの件を二課が会議で上げてこないというのは、水上ちゃんの言うようになにかおかしい。

　もしも明日の会議で報告がなかったら、わたしが質問してみようか。いや、その前に……。

難波さんの顔を思い浮かべた途端、心臓が反応する。胸がじわりと熱くなってくる。今日はまだ、難波さんの姿を見ていない。朝礼にも姿を見せなかった。あの人のことだから、また朝からCaroにでも行っているのだろう。

あのキスがどういう理由であれ、やっぱり彼の顔が見たい。すごく、会いたい。

「あ、桑原さん、外線」

「は、はい」

ダメだダメだ。今は浸っている場合じゃない。

募る想いを心の隅っこにぐっと押しやり、わたしは開いていたCaroのページを閉じて、電話を取った。

終業時間までの間、難波さんがオフィスに顔を出したのは十四時頃に一瞬だけ。重役会議後は、外出しているのか社内にいるのかすらわからず、誰も彼の所在を把握していなかった。

彼が行き先を告げずに行動するのはいつものことだけれど、今日ほど苛立たしく思ったことはなかったかもしれない。気がつけば、今どこにいるんだろうと彼のことを考えてしまっていて、まったく仕事に集中できなかった。

パソコンの電源を落とし、冷え切った四杯目のコーヒーを飲み干す。

カップを洗いに行こうとオフィスを出て給湯室に入ろうとしたところで、わたしは向こう側から歩いてくる人物と目が合った。

ドクンと心臓が跳ねる。

「お疲れ」

「お疲れ、さまです」

会いたかった人が目の前にいる。そう思うだけで胸が高鳴る。ちゃんと顔が見たいと思うのに、実際は恥ずかしさが勝ってまともに顔を見ることができない。

頭を下げながら給湯室に入ると、後から難波さんも給湯室に入ってきた。わたしの隣に立って、カウンターにもたれる。

わたしはスポンジを手に取り、洗剤をつけた。

「水上と仲直りしたみたいだな」

「えっ？」

思いがけないことを言われて、驚く。

「俺がオフィスに顔を出した時、ふたりで仲よさそうに話してたから」

「……見てたんですか」

難波さんがオフィスにいた時間は五分もなかったと思うのに、気にかけてくれていたんだ。

そう思ったら口元がにやけそうになって、慌てて引き締める。

「ケンカしていたんじゃないし、お互い大人ですから……」

干してある布巾を手に取り、洗い終わったカップを拭く。緊張しているせいか、気がつけば同じところを何度も拭いてしまっていた。

「まあ、それもそうだな」

「難波さんは……」

今日どこに行ってたんですか。

そう言いかけて、言葉を呑み込む。

今それを口に出せば、問いつめるような口調になりそうで……。なんせ、難波さんの所在を気にしていたせいで、思うように仕事が手につかなかったのだから。

「なに？」

問う声が、気のせいか少し甘さを帯びている気がする。

「……今日はまだ、帰れないんですか？」

わたしはとりあえず、思いついたことを言った。恐る恐る難波さんの方を窺うと、なにを思ったのか、彼はくすりと小さく笑みをこぼしている。

「これから一件寄らなくてはいけないところはあるけど、二十一時過ぎには高柳さんの店に行けると思う」

そっか……難波さんはわたしが誘ったと思ったのか。

否定するのも変だけれど、このままなのも居心地が悪い。どうしようかとぐるぐる考えていると、難波さんの手がわたしの髪に触れた。

「……先に行って待ってろ」

彼の指先が、ゆっくりとわたしの髪を梳《す》く。淡い刺激にぞくりとする。

動揺していると悟られたくなくて、わたしは精一杯、難波さんに向かって微笑んで見せた。それでも見透かされているだろうけど、意地だ。

「どうしようかな」

言ってから、これじゃ思わせぶりじゃないの、と後悔した。

難波さんに対しては、なぜなのか、なかなか素直に頷けない。すんなり従うのが癪なのか……怖いから、なのか。自分でもよくわからないところがまた厄介で、面倒だ。

きっと難波さんも、わたしのことを面倒に思っているに違いない。

「そういうことを言うのか」

髪に触れていた手が、わたしの頬に置かれた。彼の指先が耳たぶに触れると、肩がびくりと震える。

なにかを企んだような笑みと、少し色気の混じった柔らかな視線。難波さんがこんな表情も見せる人だったなんて、想像もしていなかった。

さっきから、心臓の音がバクバクとうるさく響いている。

難波さんが口を開きかけたその時、給湯室の外に足音が聞こえて、彼はわたしの頬から素早く手を離した。

「とにかく、絶対にいろよ」

小声でそう言って、彼はわたしの頭にポンと手を乗せ、先に給湯室を出ていった。

「……勘弁してよ」

あんな顔を隠していたなんて……卑怯だ。

わたしはカウンターに掴まりながら、彼の気配を追うように廊下側を見つめた。情けないことに、こんな程度で膝の力が抜けそうになってしまった。

明らかに、ゆうべのキスから難波さんの態度が変わっている。これをどう捉えればいいのかわからない。

今わたしの胸には、侵してはいけない領域に足を踏み入れたような、背徳感にも似た感情が漂っている。

　踏み込むのが怖いからだろうか。だって、美杉さんとのこともはっきりしていない。

「……あ」

　そういえば難波さんに『美食ログ』の話をするのを忘れてしまった。とはいえ、思い出していたところで、聞ける雰囲気ではなかったけど……。

「後で会うから、その時でいいか」

　わたしは自分のカップをいつもの場所に置いて、給湯室を後にした。


　会社を出たわたしはまっすぐ叔父さんの店には向かわず、ひと駅分歩いた先のファッションビルをぶらついていた。

　最近は寄り道することなく、仕事が終わると叔父さんの店か家、時々コンビニという枯れた生活を送っていたから、こんな些細なことでも心が潤っていく気がする。

　実は、会社一階のロビーに着くまでは、まっすぐ叔父さんの店に向かおうと思っていた。どうして気が変わったのかと言えば、にやけ顔の叔父さんの顔が目に浮かんだからだ。

　お店で何時間も前から難波さんを待っていれば、間違いなくからかわれる。それに、意図的でないとはいえ『どうしようかな』などと思わせぶりなことを言っておいて、結局素直に待っていたんじゃないかと難波さんに思われるのも癪だった。

ビルの中を上階から順に歩いてみると、しばらく来ていなかったせいか、いくつかのお店が入れ替わっていた。

こういう業界はシビアだと、テナントの入れ替わりを見るといつも思う。もちろん、どの業界もシビアなところはある。でも小売業や外食産業はお客が来てくれなければ、どんなに質のいいサービスを提供していても潰れていくだけだ。

他人事じゃないな……。

わたしは、今朝見たCaroのクチコミを思い出した。

飲食店はちょっとしたことが命取りになることもあるのに、どうして報告もなく、なにも対策が練られないんだろう。改めて考えても、やっぱりおかしい。

一階を歩くと、そこにも新しいお店がオープンしていた。店頭に掲げられていたポスターを見る限り、どうやらシアトル系のカフェらしい。

時計を確認すると、現在の時刻は十九時五十分。難波さんが言っていた二十一時まではまだ時間がある。

せっかくだから入ってみようかな、となにげなくガラス越しに店内を窺って……心臓が止まりそうになった。

すうっと背中が冷えていく。鼓動はドクドクと早鐘を打っている。この場から早く立ち去りたいのに、足が動かない。

カフェの中にいたのは、美杉さんと……難波さんだった。

美杉さんがこちらに首を動かしかけたのを見て、わたしは息を吹き返したように慌てて足を踏み出した。

見られなかっただろうか。

そう思ってから、なんだか少し腹立たしくなってくる。

見られたらどうだというんだろう。やましいことをしているのはわたしじゃない。というより、もしかしたら難波さんがわたしにキスしたことのほうがやましいことだったのかもしれないけど。

ただひたすら歩いて、気がつけばわたしは会社の前まで戻ってきていた。無意識に来た場所が会社だなんて、わたしはどこまで枯れているんだろう。

こんなところでじっとしていても仕方がない。幸い、いつも十九時頃には閉まるビルの正面口も今日はまだ開いている。わたしは心を落ち着かせるため、とりあえず会社の中に入ることにした。

「さて……どうしよう」

部署の人間と会ったらなにかと厄介だから、自分の部署には行きたくない。

……そうだ、あそこなら。

わたしはエレベーターに乗り、十階のボタンを押した。十階にはリフレッシュスペースという、社員が休憩できる場所がある。フォレストに移ってからはほとんど利用していなかったから、存在をすっかり忘れていた。

そこは社員がゆっくり休憩できるようにと、そこそこ広いスペースに自販機やソファー、テーブルと椅子が置かれている。多分、この時間なら打ち合わせで使うこともないだろうし、人がいたとしてもひとりふたり程度だろう。

十階に着いて恐る恐る覗いてみると、利用している人は誰もいないようでほっとする。誰かが来た時の言い訳のためにと、わたしは自販機で缶コーヒーを買うことにした。

静かなせいか、ゴトンとコーヒーが吐き出された音が予想以上に大きくフロアに響き渡る。その瞬間、別の場所からカタリと音が聞こえた。

「……っあ、今何時だ……？」

突然聞こえてきた、寝ぼけたような男性の声に身が縮み上がった。声のした方向を振り返って……わたしは目を見開いた。

「……万椰」

ふたりがけのソファーから上半身を起こしていたのは、青柳さん。数日前に、『綾村』で醜態を見せていた元カレだった。

まさか、そんなところにいたなんて。こちら側からは背もたれのせいでまったく姿が見えなかった。

彼は気まずそうに、視線を逸らす。

「……こんな時間まで、仕事?」

会ってしまったから仕方なく話しかけてきた、という感じだろうか。

確かに、この状況で話をしないのは不自然だ。

「もう仕事は終わったけど、ちょっと喉が渇いたから」

「……そっか」

ここで話を終えてしまうと、余計に気まずい気がする。わたしは頭をフル回転させて、次の言葉を探した。

「そっちこそ、どうしてここで……?」

「ああ、ここんとこずっと家に帰るの深夜でさ……今日もまだ仕事中なんだけど、あまりにも眠くてちょっとだけ寝るつもりが、けっこう寝てしまってた」

　青柳さんはがしがしと頭を掻いて、おもむろに立ち上がる。お尻のポケットから小銭入れを出してお金を自販機に入れ、ブラックコーヒーのボタンを押した。

　フロア一帯に、またゴトンという音が響き渡る。

「……この前は、ごめん」

　コーヒーのスクリューキャップを開けながら、彼はボソリと呟くように言った。

「そっちの部署にも店にも……万椰にも随分迷惑をかけたって……後から一緒にいたヤツらに聞いた」

　本当に申し訳なさそうに、開けたコーヒーを飲まずに俯いている。

「あの日も寝不足だったから、思ってたより酒が体にきいたみたいでさ。営業にいた時はどんなに飲んでもそこまで酔わなかったから、自分でもびっくりした」

「そう、だったんだ……」

　無難に返答する。周りの人たちからどこまで聞いたのかがわからない以上、迂闊《うかつ》なことは言えない。

　わたしは隙を作らないようにと缶コーヒーを口にした。

「俺さ、今まで生きてきて、挫折らしい挫折っていうものがなかったんだよ。営業では成績も常にトップだったし。今考えるとあの頃が人生で一番、自信に満ち溢れていたと思う」

話し出して緊張が薄れたのか、彼はようやくコーヒーを喉に流し入れてから続けた。

「万椰とあんなことがあって……万椰の事情は聞いていたし、理解しているつもりだったけど、どこかで〝この俺が拒否されることは絶対にありえない〟って妙な自信があったんだ」

「……ごめんなさい」

「いや、それは別にいいんだよ」

あまりの気まずさに、わたしは俯くしかなくなってしまった。

「万椰に拒否られて……この際だから正直に話すけど、かなりショックだった。まさか俺が、って……今考えると、どんだけ自信家なんだって感じだよな」

週末、正論を突きつけられた後に言われたことが頭に浮かんだ。

『多分、そいつは桑原に拒否されたことが相当ショックだったんだろうな』

難波さんの推理は当たっていたということか。

「マーケティングに移って、急に仕事がうまくいかなくなってから初めて気づいたんだ。今まであった自信っていうのは、なんの根拠もない自信だったんだって」

「根拠なら、今までやってきた実績そのものでしょう……？」

彼は「んー」と肯定でも否定でもない、曖昧な返事をした。

「多分、なにをするにもナメてかかってたんだよ。俺はちょっと頑張ればどんなことでもうまくいくんだ、ってさ。バカだよな、そんなはずはないのに」

彼はそう言って、自嘲気味に笑う。

「挫折を知らずにきて、この歳になって初めて挫折を味わうと、けっこうきついもんだよ……。挫折するのがいいことじゃないけど、若いうちにそれを経験していたらもっと違う考え方ができていたのかもしれない」

「それは、今からだって遅くないと思う」

彼はコーヒーを一気に飲み干し、缶をごみ箱に捨てた。こちらを振り返った彼は、なんとなくさっきとは顔つきが違って見えた。憑《つ》き物が落ちたような、すっきりとした表情で微笑んでいる。

「今だったら、万椰のこともちゃんとわかってやれたかもしれないし、もっと大事にできたかもしれないな」

「あの頃だって、充分大事にしてもらったよ。わたしが、臆病だったのがいけなかっただけで……本当に、ごめんなさい」

ずっと心に引っかかっていたことが、ぽろりと口からこぼれた。

「……謝られると、なんか刺さるな」

彼の言葉の意味はよくわからなかったけど、問いただすような真似はもちろんしない。

「付き合うなら、一度でも挫折を味わったことのある人間のほうがいいと思うよ、万椰には……って、余計なお世話だな」

青柳さんは少し無理したように笑って、頭を掻いている。

挫折……か。そう言われてふと、難波さんの顔が思い浮かんだ。

あの人は確か、一浪して大学に入ったと言っていた。それが挫折したということかどうかはわからないけど、少なくとも人の気持ちを推し量ることのできる人だ。

そんな、相手の立場になって考えてくれる人のことを、わたしは自分の思い込みだけで決めつけてしまっていいんだろうか。

美杉さんのことを本人にちゃんと確かめもせず、ただうじうじと悩んで……。そして、また逃げようとしているなんて。

「じゃ、俺は仕事に戻るわ」

青柳さんはそう言って手を上げた。

「体壊さないように、程々にね」

「おう、ありがとう」

わたしはエレベーターホールへと消えていく彼の姿を、ぼんやりと見送った。

どれくらいそうしていたんだろう。手の中の缶コーヒーはわたしの手の温度と同化して、すっかりぬるくなっている。リフレッシュスペースにある時計を見上げれば、針はまもなく二十一時半を指そうとしていた。

「二十一時、過ぎてる……」

難波さん、待っているだろうか。

わたしがずっと考えていたのは青柳さんのことではなく、難波さんのことだった。彼が部長として着任した時は、自分勝手で本当に嫌な上司だと思っていた。今だって自分勝手なところは変わっていないし、振り回されることもある。それなのに、いったいいつからこんな感情に変わってしまったのか、遡ってみても境目はよくわからない。

嫌いなままでいられたら楽だったかもしれないのに。そう思う反面、彼を好きになったことで、なんとなく自分が変わっていってるような、そんな気もしている。

やっぱりこのままでいいはずがない。
そう思った時、バッグの中のスマホが派手な音を鳴らした。
案の定、画面表示には、彼の名前。
「……もしもし」
《今どこにいる?》
てっきり怒った声が聞こえてくるかと構えて出てみれば、予想とは裏腹に落ち着いた優しい声でドキリとする。
「……会社です」
《会社?》
難波さんが不思議に思うのも当然だ。なんて言い訳しようかと考えていると、先に難波さんのほうが声を発した。
《じゃ、そこで待ってろ》
「……えっ?」
《迎えに行く》
まさかの言葉に、心臓が大きく波打つ。
「む、迎えに行くって。難波さん、ラーボ・デ・バッカにいるんですよね……?」

《それがどうした》
「だって、けっこう距離があるじゃないですか」
叔父さんの店から会社までは、電車で三十分ほどかかる。それに、移動するならわたしのほうが都合がいいのではないだろうか。
《桑原が来ないつもりなら、俺がそっちに行くだけだ》
「そんなつもりでは……」
言いかけて、それじゃあどういうつもりだったのか、と自分を問いただす。
美杉さんと一緒にいるところを目撃した時は、難波さんに会いたくないと思っていた。でも今は……。
《俺は桑原の顔が見たいんだよ》
「……え?」
《会いたい、って言ってるんだ》
少し投げやりな口調だったのは、照れ隠しだと思ってもいいんだろうか。
もう自分をごまかせない。わたしも、難波さんにすごく会いたい。
「……難波さんの家の最寄り駅は、どうですか?」
彼の家の最寄り駅は、会社と叔父さんの店のちょうど中間にある。お互いに移動すれば時間も短縮できると考えての提案だったのだけど……。

もしかしたら、いや、もしかしなくても、わたしはとんでもないことを言ってしまったんじゃないだろうか。

《……わかった》

難波さんの返答に少し間があったことは、もうこの際、気にしないことにした。

電話を切る前から、わたしの足は勝手に動き出していた。エレベーターを降りて警備室のある会社の裏門を抜け、わたしは早足で駅までの道を急いだ。

『桑原の顔が見たいんだよ』

『会いたいって、言ってるんだ』

頭の中で繰り返し難波さんの声が再生されるたびに、口元が緩んでしまう。そして緩んだ口元をキッと真横に引き締めるたびに、浮かれてはいけないと自分に言い聞かせる。

まだ、なにもはっきりしないのだ。まだ、なにも。それに、はっきりしたとして、自分はどうしたいのか。答えを見つけられるかどうかもわからない。

わたしはいつまで、こんなことを繰り返すんだろう。

誰かに話せば、『勇気を持って一歩踏み出さなければなにも変わらないよ』と言われるに違いない。そんなのはもう、どこかで何回も見たり聞いたりして、嫌というほどわかっている。

考えてみれば、わたしはいつだって自分のことだけでいっぱいいっぱいだ。

さっき青柳さんは『今だったらもっとわかってやれたかもしれない』と言ってくれたけれど、わたしのほうはどうだったんだろう。彼のことをちゃんとわかろうとしていたんだろうか。多分、自分のことをわかってもらいたいと、求めてばかりだったような気がする。

電車が駅に到着して、わたしは逸る心を抑えながら改札を通り抜けた。

どこにいるんだろう。難波さんはまだ着いていないのかな？

そう思いながら、さりげなく辺りを見回す。

改札はこの中央口と北、南に一か所ずつ。他のふたつも回ってみたけれど、どうやらいないようだ。もしかしたら駅を出た外で待っているのかもしれない。

彼の家の方向に近い出口を探していると、後ろから肩を叩かれた。

「彼女、ひとり？」

やっと会えたと思わず笑みを浮かべてしまったことをひどく後悔する。

振り向いた先にいたのは、シャツにジーンズとラフな格好をした男性ふたり組。歳はわたしと同じぐらいか、少し下のように見える。

「すっげー美人なおねーさんだなと思って、思わず声かけちゃった。これから俺たちとどっかいかない？」

「待ち合わせしてるので……」

ナンパされるのは初めてじゃない。わたしはいつものようにそう言って、視線を下げながら彼らの脇をすり抜けようとした。

「待って待って。待ち合わせなんて、どうせ嘘でしょ？」

両肩を掴まれて顔を覗き込まれる。身動きが取れないほどの強い力に、恐怖を感じた。

「嘘なんかじゃ――」

「いいじゃん、付き合ってくれてもさー」

もうひとりに退路も塞がれてしまった。

……どうしよう。こんなに強引なのは初めてだ。

「放してください……っ」

思いきって大声を出したつもりだったのに、実際には力のない声になってしまった。

通り過ぎる人たちはみんな、見て見ぬふりで素通りしていく。

仕方ない、か。わたしだって、こういう場に遭遇したらそうするだろうし。なんにせよ、どうにかしてこの手を振りほどかなくては。

「——なにやってるんだ」

もがいていると、低い声が背後から聞こえてきた。

「お騒がせしてすいませーん。痴話ゲンカですから、ほっといてください」

退路を塞いでいた男が、軽い口調で答える。

わたしは、肩を掴んでいた男に口を手で塞がれてしまった。

「……痴話ゲンカだと？」

この声は……やっぱり。

「警察に突き出されたくなければ、今すぐ去れ」

「ああ？」

男たちの顔つきが変わる。今にも殴りかかりそうな形相だ。

「そこにいるのは、俺のツレだ」

その瞬間、男は怯んだのか、口を塞いでいた手が外れた。

「難波さん……！」

わたしが名前を呼んだのと同時に「お巡りさん、こっちです！」という声がどこからか聞こえてきた。

さすがにまずいと思ったのか、男たちはわたしを解放して逃げていく。

すぐに警官らしき人物と、もうひとりの男性がこちらに近づいてきた。なんとその警官は本物ではなく、たまたまイベントかなにかで警官のコスプレをしていたようで、それを利用して、ひと芝居打とうとしてくれたらしい。

機転を利かせてくれた彼らに深く感謝して、わたしたちはその場を離れた。

「怪我はないか？」

難波さんは眉間に皺を寄せ、わたしの顔を覗き込んだ。

「……大丈夫です」

怪我はなかったけど、男に触られた口元が気持ち悪くて仕方がない。意識したら、なおさら我慢できなくなってきた。

わたしは難波さんに少し待ってもらい、バッグからポケットティッシュを取り出して、柱の陰に隠れるようにして唇を強く拭う。

再び歩き出してから、わたしは肝心の難波さんにお礼を言っていなかったことに気づいた。難波さんを見ると、彼もわたしの視線に気づいてこちらを向いた。

「あの……ありがとうございました」

「なんだ、改まって」

「だって、難波さんが来てくれたおかげでわたしは助かったんですから……」

難波さんはなぜか不服そうな顔をしている。

わたしの気持ちが伝わらなかったんだろうか。

「こういうことは前にもあったんですけど、そのたびにすんなりかわせていたから、今回も大丈夫だろうと甘く考えてたんです。だから、難波さんが来てくれなかったらって思ったら……」

不安だったことを口に出したら、今さらながら足が震えてきた。かくんと膝が折れそうになって、慌てて足にしっかりと力を込める。

「ともあれ、難波さんがケンカに巻き込まれるようなことにならなくてよかった」

わたしは、男たちが逃げていった時、一番に思ったことを素直に話した。こっちが悪くなくとも、警察沙汰になってしまったらいろいろと厄介だ。

「俺だって、やみくもに手を上げたりはしないよ」

不機嫌そうに言われて、余計なことを言ってしまったなと後悔する。

「……そうですよね、すみません」

難波さんはまだ不機嫌そうにしている。怒らせてしまったんだろうか。

難波さんの家に近い出口は北口だったようだけど、飲食店が多いのは南口だからと、わたしたちは南口から外に出た。

駅を出る時、さっきの男たちのことが頭をよぎって、一瞬足を踏み出すのがためらわれた。待ち伏せしていないとも限らない。肩に自然と力が入る。

「……掴まってろ」

難波さんはそう言って、自分の左腕の肘の辺りを軽く叩いた。

「……えっ？」

「いいから早く！」

勢いに圧倒されて、わたしは難波さんの左腕を掴む。サッカーの試合の時にユニフォームの半袖姿は見たことがあったけど、掴んだ二の腕の辺りは思っていたよりもがっしりとしていた。

「暑いかもしれないが、少しの間我慢しろ」

……もしかして、わたしが不安に思っていることに気づいてた？　ほんの少しためらっただけだったのに。

「難波さんの腕、汗ばんでますね」

「汗臭いとかいうなよ」

「言ったらどうなります？」

「俺が傷つく」

実際は全然汗臭くなかった。少しだけミントのような香りがしている。

わたしがこんな冗談みたいなことを言ったのは、そうでもしなければ気持ちが抑えられなくなってしまいそうだったからだ。

彼の腕を掴んでいた手に、少しだけ力を入れた。本当はしがみつきたいほどの衝動に駆られている。

今、心に湧き上がっているこの感情がきっと〝愛おしい〟ということなのだろう。

少し歩いて、駅のタクシープール辺りまで来てから、難波さんはふいに立ち止まった。さっきの輩がいたのかとドキリとする。だけど見回してみても、それらしき姿は見当たらない。

怪訝に思って彼を見ると、難波さんは真正面を向いたままおもむろに口を開いた。

「……俺の家に来るか？」

ドクンと心臓が大きく跳ねる。

わたしが『難波さんの家の最寄り駅で』と言ってしまった時から、展開のひとつとしてありえるかもしれないと覚悟はしていたことだ。

腕を掴んでいたわたしの手から動揺が伝わったのか、彼は苦笑いを浮かべた。

「もしかしたら、この辺の店だと桑原が落ち着いて食事できないんじゃないかと思っただけだ」

「あ、ああ……そう、でしたか」

言ってから、この答え方はまずかったと気づく。なにを考えていたのか、わたしの頭の中身をばらしてしまったも同然だ。

二十七にもなって、ただ『家に来るか』と言われただけでこんなにガチガチになるなんて、本当に情けない。もっと冷静にならなくては。

「そんなに怯《おび》えなくとも大丈夫だ」

「怯えてはいませんよ……」

ばつが悪くて俯くと、ふっと小さく笑った声が聞こえた。

「まあいい。相変わらずパスタぐらいしかまともに作れないけど、それでもいいか？なんならそこの角のデリカテッセンで惣菜を買っていってもいいが」

顔を上げてみれば、信号を渡った先におしゃれな外装のお店があった。お惣菜、お酒、パンの本日のおすすめがスタンド式の黒板に書かれている。

「難波さんはもう叔父さんの店で食べたんですよね？」

「いや。いるはずの人間がいなかったから、なにも飲み食いせずに出てきた」

ますますばつが悪くなったわたしは「すみません」と言って俯くしかなくなった。

結局、難波さんの手を煩わせるのも、とデリカテッセンでお惣菜とパンを適当に買い、今日は飲まないほうがいいかとノンアルコールのカクテルも買って、難波さんの家に向かった。

以前、難波さんの家から駅に向かった時は、迷ったこともあって四十分ほどかかったのに、今日はたった十五分であっけなく着いてしまった。

「入って」

「おじゃま……します」

「ソファーでは食いづらいだろうから、その下のクッションに座ってろ」

数日後にまたこの場所に来ることになるとは、思ってもみなかった。

改めてリビングを見てみる。整然としていて、無駄なものは置かれていないといった印象だ。難波さんの性格が部屋にも表れているように思える。

テレビの下に、うちの兄貴が持っているものと同じサッカーのＤＶＤを見つけた。

難波さんも本当にサッカーが好きなのだろう。

「どうした、早く座れ」

難波さんはキッチンから持ってきたグラスを手にしながら、まだその場で立っていたわたしにそう言う。

「あっ、はい」

クッションに腰を下ろし、さっそく買ってきたものをテーブルに並べる。ラタトゥイユ、アボカドとサーモンの生春巻き、生ハムとクリームチーズのサラダ、バゲット……その他にも数点。冷静に見てみると、全部お酒に合うようなものばかりだ。

今日は飲まないというのに、酒飲みの嗜好《しこう》はこれだから困る。

「難波さんの飲み物は……？」

さっきお店で『飲みたいものを買え』と言われて自分の分は買ってきたけれど、難波さんは自宅に買い置きがあるのか、そういえば聞くのを忘れていた。

「俺もさっき買ったノンアルコールのカクテルでいい。余分に買ってたよな？」

「えっ、飲まないんですか？」

「ああ」

わたしに気を遣ったんだろうか。

わたしはふたつのグラスにノンアルコールカクテルを注いだ。

カチリとグラスを合わせ、お店からもらってきた割り箸を割ったところで、なんだか急に緊張してきてしまった。

仮にも上司の家で、わたしはなにをやっているんだろう。

「生春巻き、うまいぞ」

難波さんはなかなか箸をつけないわたしに勧める。

「はい、いただきます」

勧められるまま生春巻きをかじる。野菜がシャキシャキしていておいしい。「本当においしいですね」と感想を言うと、難波さんはなぜか小さくため息をついた。

「なんでいつまでも敬語なんだ」

「……は？」

「もうプライベートの時間だろ」

いきなりなにを言い出すのだろう、この人は。

「そんなこと言われても……別に、わたしたちは付き合っているわけでもないですし」

そう言ったら、心臓に針を刺したような鋭い痛みが胸に走った。

……でも、現実は今自分で言ったとおりだ。わたしたちはゆうベキスをしただけ。

好きだと言われてもいないし、わたしも言ってない。

「……そうだったな。悪かった」

ふうと小さく息を吐いて言うと、難波さんは箸をテーブルに置いた。

……痛い。

謝られたことが、さっきより何倍も痛かった。本当はどんな言葉を望んでいたのか、自分の心に否応なしに突きつけられた。

答えを見つけられるかどうかわからないなんて、嘘ばっかり。本当はもう、心の中では既に明確な答えが出ている。ただ、その答えを前面に押し出すまでの間に、とてもとても大きな壁があるだけで。

「桑原には、これじゃダメだったな」

難波さんはわたしのほうへと膝を進めてきた。ふたりの距離が一瞬にして縮まる。

「な、なんですか……」

思わず上体を後屈させると、背中にソファーが当たった。これ以上は下がれない。

「俺と付き合えばいい」

難波さんは、至極マジメな顔で言った。

「……はぁっ⁉」

「驚くことか?」

驚いたのは、難波さんの言い方に、だ。

「『付き合えばいい』って……意味がわかりません」

「そのままの意味だが」

だから、そういうことを言ってるんじゃない。普通なら『付き合ってほしい』とか『付き合おう』とか、そういうセリフになるんじゃないの?

「嫌か?」

少し困ったような顔をしているから、どうすれば伝わるのかとこちらも困ってしまう。

「嫌とかそういう問題じゃなくて――」

「じゃあ、どういう問題だ?」

その前に、わたしと付き合うことがどういうことか、ちゃんとわかっているんだろうか。

わたしは難波さんを睨むように見据えた。

「……わたし、正直すぎるぐらい正直に話しましたよね、わたしがどれだけ面倒くさい女かって。こんな女、嫌じゃないんですか」

「なんだ、そんなことか」

「そんなこと、って」

「面倒なのが嫌なら、そもそも初めから言わないだろ」

彼はニヤリと不敵な笑みを浮かべている。

「そ、それに、わたしは千里の妹なんですよ？　兄と気まずくなったりとか――」

「千里にはもう話してある」

「えぇっ!?」

あまりのことに、素っ頓狂な声を上げてしまった。

難波さんが兄貴になにをどう話したのか、恐ろしくて問いただせない。

「とにかく、桑原が気にしているのがそれだけなら、もうなんの問題もないっていうことだな」

「あ、あります！　一番重要なことが」

わたしは、ずっと確かめたかったことを思いきって口にした。

「なんだ？」

「……美杉さんとは、どうなんですか」

「昨日の電話のことをまだ気にしてたのか」

難波さんは余裕そうに薄く笑みを浮かべている。

「それもありますけど……」

「他にもあるのか？」

カフェの前で見た光景が脳裏に鮮明に蘇る。

難波さんは、美杉さんと親しげに話をしていた。彼女となんの関係もないなら、ふたりきりで会っていた理由はなんなのか。

「……見たんです。二十時前、カフェで難波さんが美杉さんと一緒にいるところを」

彼は一瞬、驚いた顔を見せたものの、すぐにまた笑みを浮かべた。

「なるほど。それで高柳さんの店には行かずに、ふて腐れて会社にいたってわけか」

「ふて腐れてって、別にわたしは……」

見事に図星をつかれて、ばつの悪さに視線をさまよわせる。

「俺がなぜ美杉と会っていたのかは、いずれわかることだ」

この期に及んで、まだはぐらかすつもりだろうか。

わたしは顔を上げ、難波さんをまっすぐに見た。

「今は、教えてくれないんですか」

「……申し訳ない」

『悪い』でも『ごめん』でもなく、『申し訳ない』。難波さんはきっと、あえてその言葉を使った。『裏側に潜んでいるなにかを察してほしい』とでも言うように。こういう状況でも、それぐらいは冷静に考えられる。

それに難波さんという人間は、今まで見てきた限り、お世辞にも器用とは言い難い。やましいことをしていたなら少しは態度に表れそうなものだけど、彼は瞳を揺らすことなく、わたしをまっすぐに見つめ返している。

「信用できないか……？」

難波さんは探るような表情でこちらを見ている。

わたしはその視線から逃れようと、床に敷いてあるラグに視線を落とした。

もちろん、難波さんを信用したい気持ちは充分にある。それなら素直にそう言えばいいと自分でもよくわかっている。でも、兄貴の言葉に縛られて面倒くさいことになってしまったわたしの心は、そう単純にはいかない。

「……まあ、そうだろうな」

呆れたのか、難波さんは深くため息をついた。

自分のあまりの不甲斐なさに、唇をぐっと噛みしめる。

すると、難波さんが立ち上がろうとしているのが視線の隅に映った。

彼が、いなくなってしまう……。

『最初から失う気でいたら、得ることなんかできないだろーが』

昨日の叔父さんの言葉が、ふと頭の中に蘇った。

今、ここで手を伸ばさなければ、わたしはきっともう一生このままだ。

「……あのっ！」

わたしは彼の着ているワイシャツの腰辺りを掴んだ。ギュッと引っぱったせいで、だらしなく弛《たる》んでしまう。

「す、すみません……っ」

わたしは慌てて彼のワイシャツを放した。

「桑原にしては、随分大胆なことをするな」

難波さんは振り返って、さっきシャツを引っぱったわたしの手を見つめている。

「べ、別に、あの、そんなつもりじゃなくて……っ！」

わたしの慌てっぷりがよほどおかしかったらしい。難波さんは声を上げて笑っている。

「俺は冷蔵庫から氷を取ってこようとしただけだ」

「えっ⁉」

「でも、後にする。せっかく引き留めてもらったからな」

難波さんは弛んだワイシャツを元どおりにしまい、さっきの場所にまた腰を下ろした。少し首を傾げて、笑みを浮かべている。

「で？」

「で、って言われても……」

そんなにじっと見つめないでほしい。顔が熱くて、汗が吹き出しそうだ。

難波さんはいきなり膝立ちになったかと思えば、わたしの後ろのソファーに右手をついた。

壁ドンならぬ、ソファードン⁉　……って、そんなことはどうでもよくて、それより顔が、近い。

「桑原はどうしたい？」

「わたしは……」

でも今、絶対に難波さんから目を逸らしちゃダメだ。

恥ずかしさに目を逸らしたくなるところをぐっと堪える。

「俺は、桑原をいつでも守りたい」

難波さんの視線がわたしを射抜く。

わたしは貼りつけられたように動けなくなった。これでもかというほど、鼓動はドクドクと全身に鳴り響いている。

「さっき、男に囲まれていた桑原を見た時、怒りで体が震えた。あのまま人が来なかったら、正直俺はどこまで冷静さを保てたかわからない。桑原を精一杯、大事にする。面倒くさかろうがなんだろうが、俺は桑原がいいんだ」

初めて聞く彼の思いに、嬉しさで崩れ落ちそうになった。

それを察したのか、難波さんはわたしを優しく抱きしめる。

「だから、俺を受け入れろよ……」

少しだけ不安が言葉に滲んでいたのは気のせいだろうか。

顔が見えないから、難波さんが今どういう表情で言ったのかはわからない。でも、そんなことはどうでもいい。

わたしは難波さんの背中に腕を回した。

「……はい」

涙で声が震える。

「横暴で自分勝手で、いろいろ大変だけど」

「……悪かったな」

「それでも……好きだから」

想いを素直に伝えると、難波さんは体を離してわたしを見つめた。

「万椰」

初めて名前を呼ばれた。その余韻に浸る間もなく、難波さんはわたしの唇に自分のそれを重ねる。触れただけの、キス。

「好きだ……もうどうしようもないぐらいに」

再び唇が重なると、今まで味わったことのない幸福感がわたしを包み込んだ。

不安がないわけじゃない。それでも、愛しいと思った相手が自分と同じ気持ちでいてくれる。大事にしてくれようとしている。こんなに幸せなことはないんじゃないだろうか。

『誰かが自分を好きになってくれるって、それだけでもすごいことだと思うんです。さらにその人が自分の好きな人だったら、もうそれは奇跡ですよ』

水上ちゃんの言葉が頭をよぎる。

本当に、そうだね。

わたしはその〝奇跡〟を噛みしめながら、難波さんの優しいキスに身を委ねた。

事の真相

店舗営業部の全体会議は、難波さんが今週いっぱい不在のため、週明けまで延期されることになった。

彼の不在理由は、表向きは単なる出張ということになっている。でも実際は、モリヤ本社内での仕事と外出の繰り返しらしく『面倒だからそういうことにしておく』と、難波さんはあの晩わたしに言っていた。

この前の緊急重役会議といい、裏でなにかが起こっていることは間違いない。きっと一社員レベルにはまだ話せないことなのだろう。だから、難波さんがわたしに〝聞いてくれるな〟という空気を作ったのも理解できるし、こんなことで公私混同するほど、わたしも子供じゃない。でも……理解していても、うまく呑み込めないことはある。

『少しの間、会えないかもしれない』

気持ちが通じ合った後に、一番言ってほしくないセリフだった。仕事が忙しくても、夜は会えるかもしれないと淡い期待を抱いていた。

ふと、あの晩のキスを思い出して、胸がじんと痺れたように熱くなる。

あの後わたしたちはソファーに場所を移して、キスを繰り返した。それはもう呆れるほどに。おかげでわたしは終電を逃し、結局難波さんに車で送ってもらうことになってしまった。

しかし……彼があんなに甘い顔を見せる人だったとは。

散々辛いスープを飲まされた後に、極甘のマンゴープリンを口に入れられたような気分だった。

「万椰さーん」

「は……っ⁉」

「もう、なにびっくりしてるんですか」

水上ちゃんは笑いながら、わたしの肩をぺしんと叩く。オフィス内がやけに騒がしいなと時計を見れば、針は既に十二時を回っていた。

「ごめん、ちょっと考え事をしていたもんだから……」

わたしは赤くなった顔を見られないようにと、俯いてデスクの一番下の深い引き出しを引っぱる。中から貴重品を入れている小さなバッグを取り出し、義務的にスマホを確認すると……まさかの文字が表示されていた。

「実は、さっき『お昼一緒にどう』って元の部署の子から誘われちゃって……」

わたしと目が合うと、水上ちゃんは申し訳なさそうに言った。

「ああ、ちょうどよかった。わたしも用事が入っちゃってたから」

「ならよかった。今日は大貫課長もいないから、万椰さんひとりにしちゃうかなって実は気が引けてたんですよ」

ひとりでランチに行くのは全然苦じゃないし、その気になればお昼を誘える相手くらい、何人かいる。そこまで気を遣ってもらう必要はないけど、いつも一緒にランチに行っている手前、申し訳ないとでも思ったのだろう。

「水上ちゃんに心配されなきゃいけないほど、寂しい人生は送ってないですよー」

わたしは笑いながらそう言って、彼女の頬をつついてやる。女の子らしくぷるんとして柔らかい。自分の肌のハリは大丈夫だろうかと、少し心配になってしまった。

「つつきましたねー、こっちも、反撃！」

「おっと、退散っ」

「ああっ、万椰さんずるい！　万椰さんのほっぺ触りたかったのにー」

そんな水上ちゃんと高校生のじゃれ合いのような会話をかわしてから、わたしは急いで会社の外に出た。

エレベーターに乗りながら、メッセージは確認した。

【昼、外に出られるか？】

すぐに返そうかとも思ったけど、文字を打つのもまどろこしくて、わたしは会社を出てすぐ発信のボタンを押した。

胸はトクトクと、緩やかに高鳴っていく。

《もしもし》

難波さんは三コール目で出た。あの日から電話も遠慮してできていなかったから、機械を通した声でも彼の声を聴けたことが嬉しい。

「今どこですか？」

《ガード下。来れそうか？》

「すぐに行きます」

気が急いているからか、普通に歩こうとしても早足になってしまう。わたしは歩きながら、『すぐに行きます』と言ってしまったことを後悔していた。

会いたかったことがあまりにバレバレで恥ずかしい。難波さんに、どんな顔をして会えばいいんだろう。

「……お疲れさまです」

難波さんはガード下の壁にもたれて時計を気にしていた。あまりゆっくりはできないのかもしれない。彼はわたしを見るなり、ニヤリと笑みを浮かべた。

「そんなに会いたかったか？」

……やっぱり。

そう来るだろうとは予想していたけど、あまりにそのまますぎて返す言葉が出てこない。わたしは難波さんに紅潮した顔を見られたくなくて俯いた。

「俺は会いたかった」

「……えっ」

わたしの頭にポンと難波さんの手が乗る。

「さ、行くか。あまり時間もないし」

手が離されてから顔を上げると、難波さんはもう前を向いていた。

もしかして照れくさかったんだろうか。

でも、さっき以上に赤くなっているであろう顔を見られるのが恥ずかしくて、難波さんの顔を確認することはできなかった。

『ガード下』と言われた時点であのイタリアンの店に行くのだろうと思っていたら、

難波さんは古民家風の洋食屋にわたしを連れていった。難波さんが事前に連絡を入れていたらしく、わたしたちは二階の個室席に通される。

個室ということによからぬ妄想がよぎり、密かに緊張していたのだけど、それは完全な取り越し苦労に終わった。

彼はキスどころか、手も触れることはなかった。

期待していなかったと言えば、嘘になる。今までならこういう状況になっても、なにかを期待するなんて気持ちはまったく起きなかった。むしろ先に進んでいくのが怖くて、妙な空気にならないように努めていたかもしれない。

明らかに今までと違う自分の気持ちに戸惑いながら、ゆっくり味わうゆとりもなく食事を終え、最初に待ち合わせしたガード下に戻った時だった。

「多分、週明けには動きがあると思う」

今日は金曜日。

食事中は仕事の話をしなかった難波さんがやや歯切れ悪く言った。

なんの前振りもなく唐突だったけど、わたしはあの〝聞いてくれるな〟の内容のことだろうとすぐにわかった。もしかしたら、最初からこのことを話したくてわたしを呼んだのかもしれない。

仕事がらみかと少し寂しい気持ちもあったけど、話せる範囲で精一杯話そうとしてくれていることが嬉しくもあった。

これから先、なにが起きるのか。

街の雑踏に消えていく彼の後ろ姿を見送っていたら、急に小さな不安が胸にぽつりと波紋を描いた。


そして、その不安は残念なことに的中する。


「万椰さん！」

オフィスに戻ると、わたしを見るなり水上ちゃんが血相を変えて飛んできた。

「な、なに⁉　そんなに慌てて」

「二課の、三浦《みうら》係長の話聞きました⁉」

二課の三浦係長というのは、Caro一号店の初代店長だった人だ。わたしがCaroの担当になる少し前に、Caroから店舗営業部二課に異動になっていた。

「三浦係長がどうかしたの？」

「午前中に、上層部から呼び出されたみたいなんですけど……」

一係長が上層部から呼び出しをくらうなんてことは、いいことか悪いことかの両極端で、しかも滅多にあることじゃない。

水上ちゃんはよほど慌てていたらしく、胸に手を当てて息を整えている。

「やっちゃったらしいです、あの人」

「……やっちゃった？」

状況がわからず、わたしが眉根を寄せると、水上ちゃんはこくりと頷いた。

「どうやら、ネット上に情報漏洩《ろうえい》させたらしくて」

「ネット上ってことは……ウイルス感染とか？」

「違うみたいだね」

外出から戻ってきた大貫課長が、自分のデスクに鞄《かばん》を置きながらわたしたちの会話に交じってきた。

「俺も今そこで二課の課長から聞いたんだけどね。本当はまだオフレコだと上から言われていることをあの人がペラペラしゃべっちゃってるみたいだから、水上さんも不用意に話を広めないで」

いつもは小言を言わない大貫課長が、珍しく課長の顔で水上ちゃんを諌める。

彼女はハッとして「すみません」と小さく頭を下げた。

「ふたりとも、ちょっとこっち」

大貫課長は、オフィス内にあるミーティングスペースにわたしたちを呼んだ。課長は扉にカチリと厳重に鍵をかける。

「桑原さんも水上さんもこれからの仕事に大きく関わってくるから信用して話すけど、さっきも言ったようにこの話はまだオフレコだから、ここだけの話にしておいて」

大貫課長の静かな口調に、ただ事ではない気配を感じた。「わかりました」と答えると、水上ちゃんもわたしに続いた。

「情報漏洩は、故意らしい」

「えっ」

驚いた声を上げたのは、わたしだけだった。水上ちゃんはもう知っていたのだろう。

「今年度を迎える前に、Caroのオリジナルブレンドの配合とか、豆の卸値が匿名掲示板に書かれていると、どこからか情報提供があったらしいんだよ。その犯人が三浦係長だったようでね」

息を呑む。

豆の卸値も流れてはいけない情報ではあるけど、オリジナルブレンドの配合と言えば、店の命にも等しい。どこのお店も、何度も試飲を重ねて苦労して作り上げているものだ。なぜそんな、お店の生命線のような情報を流出させたのか。

「幸い、Caro 自身がまだそこまで名が知れ渡っていなかったことと、わかった時点で匿名掲示板のほうへは書き込みの削除依頼を出して今は削除されているようだから、特別大きな騒ぎにはならなかったみたいだけど」

「……あの、なぜ三浦係長が犯人だとわかったんですか？」

水上ちゃんが遠慮がちに疑問を口にした。それは確かにそうだ。

「彼が賢い人間だったら、特定までもっと時間がかかってただろうね」

大貫課長はそう言って冷笑を浮かべる。

課長のそういう顔は初めて見る。でもそうしたくなるほどに、大貫課長も三浦係長に対して憤りを覚えているのだろう。

「モリヤのネットワーク環境がどうなっているのかは、ふたりともよくわかっているよね？」

わたしたちは「はい」と揃って頷く。

モリヤも大半の企業と同じく、イントラネットと呼ばれるインターネットの技術を利用した組織内ネットワークを使っている。もちろん各支社、店舗なども同様だ。

「フォレストのネット環境も基本はモリヤと同じなんだけど、フォレスト内だけで使えるソフトやらの構築でごたついて、実は今年度に入るまでモリヤよりもセキュリティが甘かったんだよ」

モリヤの場合、本社の情報システム課がネットワーク関連を一括管理していて、常に監視している。ウイルス感染や情報流出を防ぐため、業務に不要だと思われるサイトへアクセスできないように、フィルタリングされているはず。フォレストのネット環境はその辺が甘かった、ということだろうか。

「課長職以上しか知らないことだったんだけど、多分、三浦係長はどこからか聞いて知ってたんだろうね」

大貫課長はどことなく非難めいたニュアンスでそう言った。

「もしかして……Caro のパソコンから掲示板にアクセスしたってことですか？」

わたしはまさかと思いながら、頭に浮かんだ考えを口にした。

モリヤからなら当然、匿名掲示板にはアクセスできない。でも、フォレストやフォレストが管理している店舗ではそれが可能だったのかもしれない。

「そう、正解」

「そっか、だから会社からＳＮＳに書き込みできたんだ」

水上ちゃんはさらりと、会社的にも本人的にもまずいことを暴露してくれる。

大貫課長は苦笑しながらもそれには触れず、話を続けた。

「でも三浦係長は重大なミスを犯した。セキュリティが甘いからといって、アクセスしたことがわからないわけじゃなかったんだ」

「ログが残っていた、ということですか」

「さすが桑原さん、察しがいいね」

以前、モリヤの社内イベントの告知ポスターにちょっとした写真を添えようと、素材サイトから写真をダウンロードして厳重注意された人間がいた。その人は、ダウンロードが基本的に禁止されていることを知らなかったらしい。

その時聞いた話では、いつ、誰が、なにを、と細かく通信記録が残るようになっていて、不正なことをしようとしても、すぐに特定されるということだった。

フォレストもそこはちゃんとしていたのだろう。

「通信記録から三浦係長のことはすぐにわかったらしいけど、その他にも問題があって、ここまでくるのに五カ月近くも時間がかかってしまったって話だ。その他の問題のことまでは、さすがに二課長は言わなかったけどね」

ふと、難波さんに連れられて急遽Caroのヘルプに入った時のことを思い出した。

だからあの時、難波さんは二課の人間ではなくわたしを連れていったのか。

そう考えていくと、今まで腑《ふ》に落ちなかったことが、すとんと腑に落ちていく。

「難波さんは……部長はどうなるんですかね」

水上ちゃんが突然、難波さんの名前を口に出したものだからドキリとした。ちょうど彼のことを考えていたタイミングだったから、なおさら。

「さっき、わたしがこの話をある人から聞いた時、『その当時のCaroの責任者は難波さんだから、なにかしらの処分が下るんじゃないか』って言ってたんで……」

鼓動がドクドクと嫌な音を立て始める。衝撃的な話に気をとられて、わたしはそこまで考えが及んでいなかった。

部下がなにか問題を起こせば、管理責任で上司もなんらかの処分が下ることは当然、ありえる。

「んー……どうだろう。まずは本人の処分内容が決まってからじゃないかな」

「左遷や降格ってこともありえますよね……？」

水上ちゃんの問いかけに、大貫課長は渋い顔をしている。

「最悪は、というところだと思うけどね」

課長は最後に「誰になにを聞かれても、この件は正式な話があるまで絶対に他言しないように」とわたしたちに釘《くぎ》を刺した。

わたしは部屋を出るまで、ひと言も言葉を発することができなかった。

ガタンと大きめの振動で体が振れた。よろけそうになって、慌てて手すりを掴む。

わたしは今、電車に揺られていた。

窓の外は数日前と同じ景色が流れているはずなのに、まるで見覚えのない場所のように思えた。目に見えるものすべてが灰色に塗られて、色を失っている。

わたしはあの後、トイレに行くふりをして何度か難波さんに電話をした。

仕事中に仕事以外の電話なんて迷惑になるかもしれないのに。そう思いながらも、自分を止められなかった。

結局、彼は一度も電話に出ることはなかった。

当然と言えば当然かもしれない。もしかしたら、電話に出ることすらままならない場所にいたのかもしれないのだし。

そう頭では理解しているのに、我慢ができなかった。会社を出て、気がつけばわたしはこの電車に飛び乗っていた。

駅に着いて、数日前と同じ道を辿る。

ここまで来てから、家にいなかったらどうしよう、という考えが頭に浮かんだ。普段なら真っ先に考えることなのに。

今は十九時を過ぎたところ。家にいない確率のほうが高そうではあるけど、もう今さらだ。

わたしは難波さんのマンションに着く手前で、もう一度彼に電話をかけた。

「やっぱり出ないか……」

がっかりしながらも引き返すことはせず、そのままマンションまでの道を歩く。

彼の部屋の前まで行って、ドアホンを押してみた。やっぱり反応はない。

「どうしようかな……」

一瞬、駅に戻ってそこで待つことも考えたけど、またこの前のように誰かに絡まれたら嫌だ。

わたしは仕方なく、ここで難波さんを待つことにした。ドアの前にしゃがみ込んで、膝に置いたバッグを抱きしめるようにして丸くなる。

難波さんより先に、ここに他の部屋の住人が来たら不審に思われるかもしれない。

よし、その時は立ち上がって駅に向かおう。

そう心に決めたら、少し肩の力が抜けた。

しばらくバッグを抱きしめたましゃがんでいると、階段から足音が聞こえてくる。

……どうしよう。

いざその状況になって、緊張が体全体に走る。刹那、カツンとその人物がこのフロアに足を降ろしたような音がした。

恐る恐る顔を上げて、階段のほうを見る。

「……万椰」

「難波さ……うっ」

立ち上がりかけると、足に鈍い痛みが走った。しばらくしゃがんでいたせいで痺れたのか、自分の足が別物になったような、おかしな感覚になっている。

「なにやってるんだ？」

難波さんを見れば、わたしに手を差し伸べながらクスクスと笑っている。

「ずっとしゃがんでたから足が……って、そんなことより」

難波さんの手を取ってきちんと立ち上がり、わたしは彼を見据えた。

「連絡、待ってたんですよ？」

そう言ったら、泣きそうになった。

難波さんは困ったように笑みを浮かべて、わたしの髪を撫でる。

「悪かった。家に帰って落ち着いてから連絡しようと思っていたんだ」

難波さんに会えたことで、冷静さを取り戻した頭で改めて見れば、彼の顔は昼よりも疲弊しているように見えた。

わたし、なにをやってるんだろう。

我に返るとはこういうことだ。わたしは、自分の不安を解消したいだけのために彼の家にまで押しかけてしまったことをひどく後悔した。

髪を撫でる彼の手の重みを感じる。その重さに押されるようにわたしは俯いた。

「とにかく中に入れ」

「……いいんですか？」

「『いいんですか』もなにも、そのつもりで来たんだろ？」

難波さんはドアを開けながら、不思議そうな顔をこちらに向けた。

それは、確かにそうなんだけど……。

「……お邪魔、します」

わたしはばつの悪さを無理やり呑み込み、小さくなりながら難波さんの家に入った。

難波さんの部屋は、数日前となんら変わりなかった。というより、そもそも生活感がない。

どれだけ忙しくしていたのだろうと思ったら、ますますいたたまれなくなる。

「とりあえずそこに座ってろ」

難波さんは持っていた鞄をぞんざいにソファーに放ると、奥の部屋に行ってしまった。

わたしは、座面と背もたれの間で落ち着かない格好になっていた難波さんの鞄をソファーに座らせてから、その横に腰かける。……と、こんな時だというのに、あの晩のことを思い出して胸がキュッと甘く鳴いた。

まったく、わたしはなにを考えているんだろう。心の中は不安と緊張と、いろんな感情が入り乱れてぐちゃぐちゃだ。

短時間でお湯の沸く電気ケトルがシューと音を立てている。そこまで来て、やっと気づいた。勢いよく立ち上がる。

「あの、飲み物ならわたしが」

白地に黒の線画のワンポイントが入ったTシャツとハーフパンツに着替えて、いつの間にかキッチンに立っていた難波さんの後ろ姿に声をかけた。

彼は笑いながら振り向く。

「俺よりもうまくコーヒーが淹れられるようになったら、その時は頼むから」

『大丈夫だよ』と気遣うような言葉は使わず、皮肉めいたことを言うところが難波さんらしい。

一緒に仕事をするようになった最初の頃なら、鼻につく言い方だと嫌な気持ちにもなったかもしれない。でもよく考えれば、こう言われたほうがこちら側は申し訳ない気持ちにならずに済む。

彼なりに気遣ってくれているのかも、といいほうに受け取ってしまうのは、彼のことを好きになったからなのだろう。そう思うと、ちょっと悔しい。

「じゃあこれ、そっちに運んで」

手渡されたのはアイスコーヒー。ちゃんとコーヒー豆をドリップして作ったものだ。いい香りが鼻をくすぐる。

「家にはトレーとかそんな気の利いたものはないから、このままで悪いが」

「ふたつだけなら、手で持ったほうがこぼさずにすみますし」

笑ってそう言うと、難波さんは「万椰はこぼしそうだもんな」と余計なひと言を付け加えてくれる。

それに怒ってみせながらも、わたしは内心、『万椰』ともう普通に呼ばれていることに嬉しさを感じていた。

ソファーに戻ると、難波さんは自分の鞄をどけて、そこに腰を下ろした。彼がグラスに口をつけたのを見届けてから、わたしもアイスコーヒーに手を伸ばす。

わたしの前にさりげなく置かれていたストロー。仕事柄かもしれないけど、こういう細かい心遣いがまた憎らしい。

ストローでアイスコーヒーを喉に流し入れ、おいしさに顔が緩む。なにげなく難波さんのほうを窺うと、彼はテーブルに視線を落として小さくため息をついている。

わたしは彼のその様子で、自分がいったいなにをしにここに来たのかを思い出した。

「……ごめんなさい」

「どうした、急に」

その言葉は驚いたというより、たしなめるような口調で聞こえた。

「難波さんの都合をなにも考えずに、押しかけてしまって」

「俺が連絡しなかったからだろ」

彼はわたしの頭を軽く撫でて、優しく微笑む。

こんな時なのに、ここまで気遣わせてしまっていることに、申し訳ない気持ちでいっぱいになる。

「おとなしく待っていればよかったのに」

「でも、待っていられなかった」

「……はい」

いたたまれず、俯く。

「おとなしく待っていられないほど、俺のことが心配だったんだろ？」

ニヤリと笑みを浮かべた顔がわたしを覗き込んだ。

「それは……」

素直に『そうです』と言ってしまえばいいのに、と自分でも思う。でも、素直な言葉はなかなかわたしの口から出てきてはくれない。

「なんだ。せっかく嬉しかったのに、違ってるなら喜び損だな」

『嬉しかった』と言われたら、こちらも言わないわけにはいかない。

「違ってません！　本当に、すごく、心配で……」

難波さんは笑いながら「ありがとな」と言って、またわたしの頭を優しく撫でた。

「そこまで心配されるっていうことは……もう聞いたんだな？」

「……はい。三浦係長が、情報漏洩させたという話は」

一瞬の、静寂。グラスの氷がカランと音を立てた。

それが合図になったように難波さんは静かに息を吐き出し、「ったく誰が漏らしたんだ」と独り言のように呟く。

「来週頭には、会社から正式に話があると思う。だから――」

「承知してます。大丈夫です」

難波さんの言葉を遮って答えたのは、決定的なことを言われそうで怖かったからだ。

でも言葉が続かず、結局黙ってしまう。

「……三浦係長がCaro の店長をやっていた時の店舗マネージャーは俺だ。今回のことは、俺にも責任がある」

フォレストからいなくなってしまうんですか？　遠くに行かされるんですか？

聞きたい言葉が喉の奥で渦を巻く。吐き出されないそれはどんどん喉に詰まって、息が苦しくなってくる。

「それに……三浦係長だけが問題を起こしたわけじゃない」

「えっ」

思いがけない言葉に、大きな声が出てしまった。

そう言えば、大貫課長もあの時『その他にも問題がある』と言っていた。そのことだろうか。

「いずれにしても、今回の件は全部Caro の従業員が絡んでいるから……」

わたしは思わず、小さい子がするみたいに難波さんのTシャツの裾を掴んでいた。

「あの……っ」

声を出してはみたものの、仕事のことと私情とが絡まり合っていて、なにを言えばいいのかわからない。でも、なにか言わなくては。

「難波さんがCaroに関われなくなるなんてことは、ないですよね……？」

「それは、俺の口からはなんとも言えない」

曖昧な言葉に、心がざらつく。

「だって、難波さんは誰よりもCaroのことを大事にしてきたじゃないですか。それに難波さんがいなくなったらCaroは——」

「俺がいなくとも、他の誰かがCaroを発展させていくだろ」

そんなこと、難波さんの口から聞きたくなかった。

「〝子供〟を見捨てるんですか」

「……は？」

難波さんは『なにを言っているのか』という顔で、こちらを見ている。

「Caroは難波さんの子供みたいなものじゃないですか」

違う。本当はこんなことが言いたいんじゃない。

次から次へと込み上げてくる感情を持て余して、下唇を噛みしめる。

「勘違いするな。俺はCaroを見捨てたりもしないし、できることならずっと関わっていきたいと思ってる。でも、俺は一会社員だ。上の決定には従わなくちゃいけない」

Tシャツを掴んでいたわたしの手を、彼は宥めるようにポンポンと叩いた。

「実際、俺がどうなるかは、現段階ではなにも決まっていないんだ。だから、今のうちからあれこれ不安がっていても仕方がない」

「……でも」

視界がじわりと滲む。

「わたしは、難波さんと離れたくない……っ」

心の中に最後に残ったのは、私情だった。これまでのわたしならこういう時に決して言わなかったであろう言葉が、感情の昂ぶりのせいで口から飛び出していく。

「万椰……」

難波さんの手がわたしの頬に触れたかと思えば、唇を奪われた。長めに触れた後、唇を離して、彼は額をこつりと合わせる。

「この先どうなっても、俺は万椰を手放すつもりはない」

額から伝わる彼の熱。その温もりにますます涙が出そうになる。

わたしは誰かに似たような言葉を言われるたび、裏側を探っては疑心暗鬼《ぎしんあんき》に陥っていた。

でも、たとえ難波さんの言葉が嘘だったとしても、関係ない。ただ、わたしが難波さんから離れたくない。

彼に対する気持ちを自覚してから間もないというのに、純粋にそう思えていることが自分でも意外だった。

「すごく……好きなの」

感情が溢れて、たまらずそう漏らすと、再び唇が重ねられた。

何度か優しく触れるだけのキスを繰り返した後、舌で唇をなぞられる。その刺激でわずかに開いてしまった口の隙間から侵入された。

正直言えば、わたしはキスも両手で足りるほどしか経験がない。それを見抜かれているのか、この前も今日も、難波さんはわたしを優しく誘導してくれているような気がする。

でも、このまま彼に身を委ねているだけじゃ想いは伝えられない。恐る恐る自分からも舌を絡ませると、びくりと彼の体が揺れた。

「……そういや、飯まだだろ。なにか食いに行くか」

突然体を離し、難波さんはソファーから立ち上がって言った。

「着替えてくる」

「えっ、あの」

あまりに唐突な出来事で、わたしはしばし呆然としてしまった。

さっき着替えたばかりじゃないの？　それとも、今着ているものは部屋着？　だとしたら、出かける気はなかったんじゃないいんだろうか。

やっと回転するようになった頭に疑問を浮かばせていると、難波さんが「じゃ、行くか」と奥の部屋から出てきた。見れば、上はそのままで、下をジーンズに履き替えている。

声をかける間もなく、難波さんはひとりでさっさと玄関のほうに行ってしまった。程なくして、カシャリと音がした。

おそらく彼が車のキーを手にしたのだろう。ということは、どこか遠くに出かけようとしているんだろうか。

「なにやってんだ、行くぞ」

「は、はい」

わたしはバッグを掴んで、玄関へと急いだ。


難波さんはどこへ行くとも言わず、車を走らせている。いや、それだけじゃない。車に乗り込んでからというもの、彼はひと言も発していない。

甘い空気から一転、どうしてこんなことになってしまっているのだろうと、しゃべらない運転手の隣でわたしは戸惑っていた。

「あの……どこへ行くんですか」

このまま黙っていても埒が明かない。思いきって尋ねてみると、難波さんはなにかに気づいたように「ああ」と言った。

「なにが食いたい？」

え、今頃⁉

思わずそう言いそうになって、慌てて呑み込む。

「なにがって、どこかアテがあったから車で出たんじゃなかったんですか」

「……いや、とりあえずそうしただけだ」

難波さんにしては煮え切らない言葉を並べるものだから、余計に困惑してしまう。

いったいどうしたんだろう。

難波さんは元々、考えていることが顔に出るタイプじゃない。

恐る恐る彼のほうを窺う。仏頂面なのはいつものことだけれど、眉間の皺が幾分深い気がする。

「あの……わたし、なにかしちゃいましたか」

あんな甘いキスの最中にこうなったのだから、もうわたしがなにかしたとしか思えない。

「……は?」

「恥ずかしいですけど……本当にあまり経験がないから、もしかしたら難波さんの気に障るようなことをしちゃったのかなって……」

「万椰はなにもしてない」

彼はそう言い放ったまま、無言を決め込んでいる。

これ以上聞いたら嫌がられそうだなと黙っていると、難波さんは路肩のちょっと広くなっているスペースに車を停めた。ハザードスイッチを押しながら、彼は大きくため息を吐き出す。

「気にさせて悪かった」

「いえ、それは……」

難波さんはハザードスイッチを見つめたまま、またため息をついた。

「……あれ以上は無理だった」

「えっ」

わたしは意味がわからず、彼のほうを見つめる。

難波さんはどさりとシートに体を預けると、そのまま窓のほうを向いてしまった。

「限界だったってことだよ」

さっきから難波さんがなにを言っているのかわからない。もしかして……わたしがあまりにキスが下手すぎて、これ以上したくなかったってことなんだろうか。

「……そうですか」

わたしの言葉が意外だったのか、難波さんは驚いた様子でこちらを向いた。

「なんか勘違いしてるだろ」

「だってわたしとはもう……キス、したくないってことでしょう？」

言いながら悲しくなってくる。

「全然、違う」

難波さんはそう言って、わたしの手をギュッと握る。そしてなにかをためらう素振りを見せてから、彼は決心したように小さく息を吐き出した。

「あれ以上していたら、歯止めがきかなくなりそうだったんだ」

「……えっ」

「驚くことはないだろ。好きな女性がそばにいて、ましてやあんなことをしていれば、その先の欲求が出てくるのは男なら当然のことだ」

ストレートな言葉で説明されたものだから、こっちのほうが恥ずかしくなってくる。

きっと、はっきり言わなければわたしには伝わらないと思ったのだろう。

二十七にもなって察することもできず、説明されなければわからないなんて、本当に情けない。難波さんにも申し訳ない気持ちでいっぱいになる。

「でも俺は、これ以上万椰を不安にさせたくはないから」

行くか、と難波さんはウインカーを上げた。

わたしはその場で『先に進んでも大丈夫』とは言えなかった。

まだ美杉さんのことが引っかかっているのか、それとも過去のトラウマのせいなのか。

あと一歩が、なかなか踏み出せない。

結局、週末は難波さんに合わせる顔がなくて、連絡できなかった。

難波さんからも、一度も連絡が来ることはなかった。


週明け。

会社から店舗営業部の社員に伝えられた情報漏洩事件の全容は、思っていたよりも深刻なものだった。

難波さんが匂わせていたとおり、この件に関わっていたのは三浦係長だけでなく、もうひとりいた。その人物はなんと、Caro 一号店の料理長である加藤《かとう》シェフ。Caro 立ち上げの時に、有名なイタリアンレストランから、社長と難波さんが口説き落としてようやく引き抜いてきた人だ。

彼はわたしや水上ちゃんが目撃したあの美食ログに中傷を書き込んだ〝正義の鉄槌〟だったというから驚いてしまう。

事の発端は、三浦係長の母親が経営しているレストランが Caro の目と鼻の先だったことだ。広告費もふんだんに使え、マスコミとも太いパイプのあるモリヤが母体の Caro とは違い、一個人のお店では、かけられる費用に限界がある。

半年ほどは常連客のおかげで乗り切れてはいたものの、Caro の知名度が上がるにつれて徐々に陰りが見え始め、ついにはピーク時の売り上げの半分まで落ち込んでしまった。

幼い頃に両親が離婚して、三浦係長のことはずっと母親がひとりで育ててきたらしく、Caro のせいで母親の店の売り上げが落ちたことがどうしても許せなかったようだ。

元外食事業部の社員から聞いた話によると、三浦係長は、Caro 一号店の出店先をあの場所にすることには、なんだかんだと理由をつけて最後まで反対していたらしい。

一方の加藤シェフはどうかというと、彼は三浦係長に弱みを握られ脅されていた。

その弱みとは、店の食材を勝手に持ち帰っていたこと。

Caro もオープン当初はなかなか日々の客数が読めず、日によっては残った食材が相当量出ていた。加藤シェフは食材を廃棄するのがどうにももったいないと、軽い気持ちで自分の母親が入居している介護施設にそれを無償で提供した。

そのことで施設側から大層感謝され、母親も今までと比べ物にならないぐらいの好待遇になった。すっかり味を占めた彼はわざと食材が残るように調理して、ずっと施設側に食材の提供を続けていたということだ。

会社にそのことをばらすと三浦係長から脅されていた加藤シェフは、指示されるまま、美食ログだけではなくあちこちの口コミサイトに Caro の中傷文を書いていたらしい。

「自分が作ったものを酷評するって、どういう気持ちなんですかね」

ひとしきり社食の片隅で今回の事件について話した後、水上ちゃんが箸を止めてそう言った。

「どうなんだろうね。俺は想像できないけど」

大貫課長の口調は少し冷たく感じた。彼の心情的には、想像できないというより想像したくないということなのかもしれない。

大貫課長も元外食事業部の人間で、フォレストに異動する前からCaroに関わってきた。今回のことは、きっとわたしたち以上にショックを受けただろう。

「三浦係長は三カ月の停職処分でしたよね」

わたしの言葉に、目の前の大貫課長は無言で頷く。

今回は幸いなことに、目に見える形での実害はそれほどなかった。でも一歩間違えば会社に大損害を与えたかもしれなかったわけで、当然『処分は生ぬるいんじゃないか』という声も出た。

上層部の考えとしては、会社側の管理が甘かったことを挙げて、この処分内容になったと説明された。

「多分、立ち上げメンバーの難波さんにしてみれば、三浦係長が停職になったことよりも加藤シェフが切られたことのほうが痛いだろうな……」

窓の外を見つめながら、大貫課長はボソリと漏らした。

生ぬるいと言われた理由は、このこともある。

加藤シェフは、店の食材を勝手に持ち出したことが横領と判断され、今回のことで解雇処分になったのだ。

「そう言えば難波さん、今日も会社に来ないですね」

わたしは水上ちゃんの言葉に、ドキリとした。

金曜日の別れ際、『週明けには会社に顔を出す』と言っていた難波さんが、なぜ来ないのか。わたしは朝から胸のざわつきを覚えていた。

「やっぱり難波さんにもなんらかの処分が下るんですかね」

心配そうな声色ではあったものの、どこか他人事のように言う水上ちゃんに、わたしは少し苛立ってしまった。

悪気はないんだから、落ち着け、わたし。

「管理の甘さを理由に挙げられては、処分は免れないだろうね」

大貫課長はそう言って小さくため息をこぼす。

「もしかして、会社に来ないっていうことは、もうそういうことだったり――」

「まだわからないことを、あれこれここで推測するのはやめよう」

思わず自分の不安を水上ちゃんにぶつけてしまった。ハッとして彼女を見れば、少しだけ驚いた顔をしている。

「ごめんなさい、無神経に……万椰さんも心配ですよね、難波さんのこと」

気遣われてしまうとは……いたたまれない。

わたしは彼女から視線を外し、ランチプレートに視線を落とした。

「難波さんと一緒に店を回るようになって、難波さんがどれだけCaroに心血を注いできたのかがわかったから……ちょっと冷静でいられなくてごめん」

半分はごまかしだけど、半分は本音だ。

水上ちゃんは無言で首を横に振った。

「桑原さんの言うとおり、ここで推測しても仕方がない。じき、会社からの発表があるだろうから、それを待つしかないよ」

「……そうですね」

大貫課長の言葉に、水上ちゃんはそう言ってうなだれた。

それから三人とも無言で食事をした。わたしは、プレートの上のタンドリーチキンをただ義務的に口に運ぶ。

社食のタンドリーチキンはおいしいと評判のメニューだけど、味わう気分にはなれなかった。

夏の日差しは、寝不足の体にはこたえる。太陽はもう西の空に傾いているというのに、熱の勢いは衰えてはくれない。首筋に流れる汗をハンカチで拭う。

わたしは疲れた体を引きずりながら、叔父さんの店へと向かっていた。

タイミングが悪かったのと行く気力が湧かなかったことで、珍しく、難波さんにバッグを取り上げられた日から二週間近くも叔父さんの店に顔を出していなかった。

難波さんの家に押しかけた日から、もう一週間。会社からは難波さんになにかしらの処分が下ったという話もなく、彼がオフィスに来ることもないまま、あっという間に金曜日を迎えていた。

その間、難波さんから連絡が来たのはたった一度だけ。それも昨日、あまりに心配になってこちらから送ったメッセージに対しての返信だった。

【心配かけてすまない。もう少しで落ち着くと思うから】

また難波さんの家に行ってみようかという考えが一瞬頭によぎったが、さすがにそれは自分勝手すぎると、寸前で思いとどまった。

店の扉を開けると、いつもの乾いた木の音がした。店内もいつもと変わりない。当たり前だけれど〝なにも変わっていない〟ということにほっとする。

「万椰さん！」

店に入った瞬間、美桜ちゃんが駆け寄ってきた。

「心配しましたよ、全然来ないから！」

「ごめんね……ちょっと忙しくて」

美桜ちゃんが「万椰さん来ましたよ」とキッチンに向けて声をかけたものだから、叔父さんまでこちらに飛んできた。

「万椰」

「ごめん、叔父さん。心配かけちゃって」

昨日、仕事中に叔父さんから生存確認のメールが届いていた。わたしは仕事が終わってからすぐ店に電話をして、心配させてしまったことをとにかく詫びた。

叔父さんはほっとしたように微笑む。

「姿を見て安心したから、謝らなくていい。で、今日はゆっくりできるのか？」

「うん……」

わたしが今週ここに来なかったのは、食欲のない状態で叔父さんの料理を食べたくなかったからだ。叔父さんの料理は、いつでもおいしく食べたい。

わたしはローストビーフのカルパッチョと、チーズを頼む。これならなんとか食べられそうだ。

「いつものはいいのか？」

「ごめん……あれだけは、食欲がない時にいい加減に食べたくないの」

「食欲ないって、大丈夫なのか?」

叔父さんは眉根を寄せて、わたしの顔を覗き込む。

「ちょっと疲れてるだけだから、大丈夫」

店に来たことで、逆に心配をかけてしまっている気がする。

でも叔父さんはそれ以上なにも言わず、注文した品と「これぐらい食えるだろ」とクラッカーをテーブルの上に置いていった。

久しぶりのワインを喉に流し込む。じわりと体に染みた。

「……すぐ酔っちゃいそうだな」

ぐるりと周りを見渡してみる。キッチンから聞こえる音、お客さんの話し声……ここはやっぱり、わたしが一番ほっとする場所だ。

なにげなく入口のほうにも視線を送ると、扉がちょうど開いたところだった。

「あ……」

目に飛び込んできた光景に立ち上がる。

「やっぱりここに来てたか」

「難波さん!」

鼻の奥がツンとする。

ダメだ。絶対にここで泣いちゃいけない。

わたしは口元をぐっと真横に引き結んだ。

「連絡する前に、もしかしてと寄ってみたんだが、勘が当たったな」

そう言って微笑んだ彼の顔には相変わらず疲れも滲んではいるけれど、どこかしらすっきりしているようにも見える。

「高柳さん、ちょっと彼女借ります」

難波さんはこちらに出てきていた叔父さんにそう告げると、「上に」と階段の上のほうに視線を送った。

ラ・ボ・デ・バッカは、店の中心に一階の面積の約半分ほどの二階席があり、上から一階を見渡せるような作りになっている。

わたしをわざわざ二階席に移動させるということは、きっと重要な話があるからなんだろう。どういう話であれ、ちゃんと受け止めなくては。

そう心に言い聞かせてはみるものの、やっぱり不安は拭い去れない。

わたしは、難波さんの後に続いて階段を上った。二階に到着すると彼は、なんの迷いもなく左端の奥の席に腰かけた。

「やっぱり落ち着くな、ここは」

難波さんは椅子の背にもたれながら、ほっとしたように息を吐き出す。わたしが小首を傾げたからか、彼は意味ありげに笑みを浮かべた。

「大学時代から、この席が俺の定位置だったんだよ」

「へえ、そうだったんですか」

どうりで見かけなかったはずだ、と納得したところまではよかった。

難波さんと一緒に一階を見下ろしてから、わたしはとんでもないことに気がついた。

「えっ、あの、もしかして……」

「ああ、いつもここから見てた」

思わず『ぎゃあ』と叫びそうになった。

ちょうど見下ろした先にあったのは、カウンター席。しかも、わたしがさっきまで座っていた場所が一番見えやすいときた。

「千里の妹だっていうのは最初から知ってたから、気になって観察してた」

「もうっ、観察なんかしないでくださいよ！」

酔って管《くだ》を巻いていたところも、叔父さんに子供じみたことを言ってたしなめられたところも、本当に見られていたのかと思うと、今さらとはいえものすごく恥ずかしくなる。

それに……『気になって』って、なに？　千里の妹だから……？

難波さんはこちらの気も知らず、声を上げて笑っている。

「……まあ、それはさておき」

ひとしきり笑ったところで、彼はマジメな顔でこちらに向き直った。

「随分と心配をかけているようだから、万椰には先に話しておくけど」

思わず身構える。

「加藤シェフの後任、なんとか決まりそうだから」

「……えっ」

考えていたこととまるっきり違う話を聞かされて、一瞬頭が真っ白になった。

加藤シェフの後任……と頭の中で数回繰り返して、ようやく理解する。

「実はこの一週間、以前からCaroに迎えたいと思っていた人物を久瀬社長と一緒に口説き落としに行っていたんだ。まさか加藤シェフの後任で、という話になるとは思っていなかったけど」

「……そうだったんですか」

難波さんは普段と違ってなんだか饒舌《じょうぜつ》だ。これからCaroをどうやって盛り立てていくかとか、とにかく自分の考えをひたすら話している。

そんな彼の様子を見て、逆に不安が胸に広がり始めた。

「……難波さん」

「ん、なんだ?」

やけに明るいのも引っかかる。

「あの……」

まさか、いなくならないですよね。

確認したいのに、言葉が喉の奥で詰まった。妙な間が空く。

「……ああ、美杉のことか?」

『違います』とは言えなかった。だって、これも気になっていたことだ。

わたしは曖昧に頷いてみせる。

「これは絶対に口外しないでほしいんだけど……実は、彼女は調査会社から派遣された人間だったんだ」

「……調査会社?」

「探偵事務所と言えばわかりやすいか」

ここでまさか〝探偵事務所〟などという言葉が出てくるとは思わなかった。返事に困っていると、難波さんは「まあ驚くよな」と言って、苦笑いする。

「今回の件に絡んでいる人物が何人いるかも最初はわからなかったし、あからさまに調査すれば証拠を消される可能性があった。だから秘密裏に事を運ぶためには社外の人間に協力してもらうのがいいだろうと、上と相談してそういう結論になったんだ」

そんな話はドラマの世界だけかと思っていた。実際にそういう仕事があったなんて。

「それで、美杉さんと……」

「ちなみに潜入調査をしてくれていたのは、美杉だけじゃない。それに彼女の〝美杉〟という名前も偽名だ。俺は彼女の本名すら知らないんだから、なにも心配しなくていい」

難波さんは、そう言って笑う。

なんだろう。ほっとしたというよりも、気が抜けたというほうが近いかもしれない。

静かに息を吐き出すと、彼はわたしの手に自分の手を重ねた。

「心配かけて悪かった」

「……いえ」

「疲れた顔してる。今日はもう帰ったほうがいいな」

難波さんはグラスのワインを一気にあおると立ち上がった。

自分のほうが疲れているくせに、とわたしは彼の後ろ姿を見つめる。

きっと責任を感じて、これまでもほとんどひとりであちこち駆けずり回っていたんだろう。今なら、誰にも行き先を告げずに出かけていたことも納得できる。

「ほら、立って」

差し出された手に掴まる。無骨だけど、温かい。

階段を降り、レジのところまで行くと、叔父さんがキッチンから出てきた。

「万椰、前のツケの分、宗司が払ってくれたんだからな。お礼言っとけよ」

なんのことかと記憶を辿って……思い出した。

「ごめんなさい！　自分の分はちゃんと――」

「いいんですよ、高柳さん」

会計を済ませた難波さんが、わたしの言葉を遮るように言った。

「彼氏が彼女の分を払うのは当然ですから」

叔父さんも、レジにいた美桜ちゃんもきょとんとした顔をしている。

難波さんはこちらに視線を向けたかと思えば、ふいにわたしの肩を抱いた。

「そういうことなんで」

美桜ちゃんが「きゃあ」と黄色い声を上げ、それで理解したのか、叔父さんは「なんだそうだったのか」といやらしい笑みを浮かべた。

「俺の勘は当たったな」

叔父さんの勝ち誇ったような言葉を背中に聞きながら、わたしたちは店を出た。

「もう、恥ずかしい」

「なにも恥ずかしいことはないだろ。それともなにか？　俺と付き合ってること自体が恥ずかしいとでも言うのか？」

難波さんはわざとらしくふて腐れたような素振りで、先を歩いていく。

「そうじゃ……ないですけど」

どんどん先に行ってしまう彼を見ていたら、さっき聞けなかったことが口をついて出てきた。

「処分の件は……どうなったんですか」

前の影がぴたりと止まった。一拍置いてから、振り返る。

「〝訓告処分〟で、ほぼ決まりになると思う」

訓告というのは、上司から口頭で厳重注意を受けるというものだ。同じ口頭注意の戒告よりも緩く、しかも懲戒処分には当たらない。

「まあそれも、このままでは示しがつかないから、形式上そうせざるを得ないって感じらしい」

「じゃあ、どこにも行かないんですね」

「ああ」

難波さんはこちらへ戻ってくると、穏やかな笑みを浮かべて、わたしの頭を撫でた。

「行かないよ」

その言葉に、心の奥底からなにかがせり上がってくる。

この一週間張りつめていたものも、今までこだわっていたことも、そのせり上がるなにかの勢いで壊れた。

「……難波さん」

「ん？」

「今夜はずっと、一緒にいてもらえませんか」

その言葉はするりと、心の奥底から自然に滑り落ちた。

踏み出した一歩

クローゼットから、いつも使っている宿泊用のバッグを引っぱり出す。近くにあった洋服を適当に入れてから、思い直して、出した。ちゃんと選んでバッグにしまう。メイク落としやら細々としたものが入ったポーチの中身を確認して、最後に下着を入れている引き出しを開けたところで、ふと冷静になった。

「なんて大胆なことを言っちゃったんだろう……」

わたしの言葉に、難波さんは困惑していた。

それも当然だ。あれだけ先に進むのが怖いと話していたのだから、いきなりどういうつもりなのかと思ったに違いない。

『他の店に飲みに行くか？』

『じゃ、レイトショーの映画でも観に行くか？』

難波さんは〝そういうことにならずに〟ひと晩、一緒にいる方法を考えてくれた。

……でも、わたしはどちらの提案にも、首を横に振った。

『……それがどういうことか、わかってるか？』

もちろん、わかっている。最初から〝そのつもり〟で言ったのだから。たとえ相手との関係がうまくいっていたとしても、常にそばにいられるとは限らないと、わたしは今回のことで思い知った。ならば、そばにいる幸せをもっと噛みしめたい。行動しないで後悔するより、今の感情に素直に従いたい。

そう心から思えた。

でも、女の側から、しかも処女の分際で男性を誘うなんて、男性側から見たらどうなんだろう。もしかして難波さんはドン引きしていたんじゃないだろうか。

はじめは叔父さんの店から近いわたしの家に来てもらおうかと思ったけど、ここ最近の気力のなさで部屋が荒れ放題だったことを思い出した。そんなところに難波さんを来させるわけにはいかない。

ならばホテルに行くか、という話にもなった。でも万が一またわたしが踏みきれなかった場合、余計気にするだろうからと、結局難波さんの家に行くことになった。

バッグのファスナーを閉め、わたしは大きく息を吐き出した。

一度口に出したことを、今さら引っ込めることはできない。でも後悔はしてない。難波さんはわたしが準備している間、隣のコンビニで待ってくれている。

わたしはもう一度深呼吸してから、部屋を後にした。

コンビニの前まで行くと、難波さんは外で電話をしていた。

こちらに気づいた彼は目をすがめて、『すまない』とでも言うように顔の前に片手を立てる。

「毎回それで、どうするんだ」

いったい、誰と話をしているんだろう。難波さんに近寄ってみると、相手の声が大きいのか、かすかに女性の声が漏れ聞こえてきた。

「わかったわかった。俺は別の場所に泊まるが、勝手に入って使え」

相手の言ったことが気に入らなかったのか、難波さんは珍しく面倒くさそうな顔をしている。

「うるさいな。ああ……いつか紹介するから。あんまり散らかすなよ」

電話を切ってそれをポケットにしまうと、難波さんは大きくため息を吐き出した。

「思ったより早かったな」

「今の電話って……」

一瞬、ためらったが、この状況で触れないのは逆に不自然だ。

「妹だよ」

「難波さん、妹がいるんですか?」

「言ってなかったか? うちもふたり兄妹だ」

難波さんに兄弟がいるということは、以前、姪っ子の話が出た時にわかってはいたけど、妹さんだったのか。確かに、なんだかんだ言いながらも面倒見がよさそうなところは、うちの兄貴と通じるものがある。

「妹は旦那とケンカするたびに、親には心配かけられないからとうちに逃げてくるんだ。まったく困ったもんだよ」

その話を聞いて思い出す。

「じゃ、あのメイク落としって……」

「ああ、妹のだ」

言ってから、難波さんは意味ありげに口元を緩めた。

「なるほど。いろいろと疑ってたのか」

「別に……」

そんな前から意識していたのかと思われるのも癪で、顔を逸らす。

難波さんはくすりと笑みを漏らしてから、「というわけで」と今度はマジメな声を出した。

「悪いが今夜、俺の家には泊められなくなってしまった。さてどうするか、だな」

難波さんは少しためらった様子を見せてから、再び口を開いた。

「……ホテルに、泊まってみるか？」

改めて〝ホテル〟という単語を出されて、急に現実味が増す。

わたしが体を強張らせたのがわかったのか、彼は薄く笑みを浮かべて、わたしの頭に手を置いた。

「やっぱり、今日は帰ったほうが――」

「いえ……大丈夫です。ホテルに、行きましょう」

難波さんはそれにはなにも答えなかった。ポケットからスマホを取り出し、どこかのホテルへ電話をかけている。

わたしは緊張を押し殺しながら、その横顔を見つめていた。

電話でタクシーを呼び、車を待っている間に難波さんはコンビニで下着やら必要なものを買った。到着したタクシーに乗って着いた先は、なんとこの辺りでは有名な高級ホテルだった。

「どうして、こんな高級なところ……」

「いいから、行くぞ」

難波さんはわたしの手を取って歩き出す。

高級ホテルは、当然のことながらエントランスから高級感が漂っていた。こんな場所にはなかなか縁がないから、圧倒される。

難波さんはといえば物怖じする様子もなく、スマートに手続きを済ませている。

案内されたホテルの部屋も、いつも泊まるビジネスホテルとは比べ物にならないほど広く、腰が引けてしまう。

部屋の奥に進むと、大きなベッドが視界に飛び込んできた。確か、海外ドラマで見たことがあった気がする。クイーンサイズ、というものだろうか。

呆気《あっけ》にとられていると、後ろから「大丈夫か」という声が聞こえて、小さく肩が跳ね上がった。

難波さんはわたしの横を抜け、近くにあったソファーへと腰を下ろす。

「『大丈夫か』って……こんな高級な場所に連れてこられたら、いろいろと心配ですよ」

「宿泊代のことか？　それなら気にしなくていい」

「いや、気になりますって……！」

「そんな色気のないことより、どうする？　先にシャワー浴びるか？」

その言葉で、わたしは夢の世界から一気に現実に引き戻された。

「え……あ、そ、そう、ですね」

動揺しているのが丸わかりな返答になってしまった。

でも難波さんはそれをからかうこともなく「もう夜も遅いからな」と言いながら、テレビの電源を入れている。

わたしは持ってきた荷物から必要なものを準備して、浴室へと向かった。


いつもより念入りに体を洗い、ドライヤーで髪を乾かしてから浴室を出ると、もう準備していたのか、わたしと入れ違いで難波さんが浴室に入った。

彼のシャワーの音が部屋にまで聞こえてきて落ち着かない。わたしはその音を掻き消そうとソファーに腰かけ、テレビの音量を少しだけ上げた。

見れば、テレビに映し出されていたのは、恋愛ドラマのようだった。偶然にもホテルのシーンで、部屋に男女がふたりきりで向かい合っている。

なんとなく予想はしていたが、やはりラブシーンに突入し、これからのこちらの展開まで想像させた。落ち着いていた心臓がまたドクドクと早鐘を打ち始める。

「……なんだ、シミュレーションでもしてるのか？」

振り返ると、難波さんがタオルで髪を拭いていた。その姿は球技場で見た時よりも色気を帯びていて、ドキリとする。

「……してませんよ」

テレビから女優さんの色っぽい声が聞こえてきて、わたしは慌ててテレビを消した。

ニヤリと笑みを浮かべながら、彼はわたしの隣に座る。

「観ながらでもよかったけど」

「観なくていいです」

恥ずかしさに、俯く。すると顎に指をかけられ、強引に上を向かされる。

唇が淡く重ねられた。

「……本当に、無理してないんだな？」

吐息がかかる近さのままで、難波さんはわたしに問う。

わたしは頷くまでに、少しだけ間を空けてしまった。躊躇したんじゃない。わたしが自分に対して最終確認するためだった。

難波さんは体を離して、わたしをまっすぐ見据える。

「万椰が不安に思っていることには絶対にならないから、安心していい」

そう言って、優しく包み込むようなキスをひとつ落とすと、わたしを軽々と横抱きにした。

突然のことに声も出ず、ただ目を見開く。

そのままベッドに下ろされ、難波さんは優しく深く、キスをしながらわたしにゆっくりと覆いかぶさってきた。

いくら処女でも、この先どうするのかぐらい多少の知識はある。でも、知っていたところで余裕など欠片ほどもない。

その時、ふいにわたしの体から重みが消えた。

「……ダメだ、熱い」

目を開けて見れば、彼の顔は確かに上気していた。難波さんは着ていたバスローブを脱ぎ、床に放った。

思わず、視線が彼のお腹の辺りに吸い込まれる。

がっしりした体形だとは思っていたけど、難波さんがここまで筋肉質だとは思っていなかった。引き締まった体には、うっすらと腹筋の筋が見える。

「……そんなに見るなよ」

凝視してしまっていたんだろうか。難波さんに指摘されて、恥ずかしさに視線を逸らすと、彼はベッド脇に手を伸ばして部屋の明かりを暗くする。

「俺ばかり見られるのは、不公平だな」

不服そうに呟いてから、難波さんはわたしのバスローブの胸元に手をかけた。同時に、首筋に舌を這わされる。

「……っ」

くすぐったさの奥に潜む感覚に身をよじる。

「……怖いか？」

難波さんは少しだけ頭を起こして、こちらを見た。

わたしは、今感じている素直な気持ちを彼に伝えたくなった。

「大丈夫……難波さんとこうしていられるのが嬉しいから、怖くない」

彼が一瞬顔をしかめたのが見えた気がした。

なにか変なことを言ってしまったんだろうか。

不安に思っていると、あっという間に唇が塞がれた。

激しく貪るように求められて、息が苦しい。一方で彼の手は、あらわになった膨らみを弄び、唇は首筋からそこへ徐々に滑り落ちていく。

「ふ、う……っ」

息を詰めるのが限界に達し、水面から顔を出した時みたいに息をすると、妙な声が漏れてしまった。慌てて、左手の甲を口元に押しつける。

だけどそれも、彼の手が淫らな場所へと移った頃には堪えきれなくなった。

「はぁ……ん、っ」

自分がこんな声を出すことになるとは。

「……痛くないか？」

「大、丈夫……」

難波さんは侵入させた指をそのままに少し後ずさると、もう片方の手でそこを開き、顔を埋める。

「え……？　や、ダメ……っ！」

「痛くしないためには、必要なことだ」

そんな冷静な声で言わないでほしい。

自分でも見たことのない部分を難波さんが見ているかと思うと、恥ずかしさと緊張で体が熱くなる。

彼は、抵抗するわたしに構うことなく、そこに舌先を滑らせた。

「んー……っッ」

こんな感覚があるなんて、知らなかった。

難波さんはわたしができるだけ痛くないようにと、繋がる前も繋がってからも時間をかけてくれた。そのおかげか、覚悟していたほどの痛みは感じなかった。むしろ、それどころか……。

あの祝勝会の時、『〝ヘタクソ〟なんじゃねーの？』とやじられていたけれど、もしこれでヘタだというのなら、世の中の男性はみんな、とんでもないテクニシャンばかりになってしまうんじゃないだろうか。

コトを終えて、難波さんがタオルで汗を拭っている姿をぼんやり見つめながら、わたしはそんなことを考えていた。

腕枕をしているほうの手で、難波さんはわたしの髪を弄ぶ。首筋に髪がかかり、淡い刺激にぞくりとする。

「焦らなくともよかったんだぞ。俺は、いくらでも待つつもりでいたんだから」

「そんなこと言って、この前逃げ出したのは誰でしたっけ」

笑いながら言って、わたしは彼の脇腹を指でなぞってやった。

「やめろっ、くすぐったい」

素直に聞くことなく、もっとくすぐってやる。

難波さんは悪さをしているわたしの手を掴まえると、ベッドにはりつけ、キスを落とした。

ああ、なんて幸せなんだろう。

でも人間というものは大きな幸せを得ると、反動なのか、闇を恐れ始めてしまう。

わたしは、まっすぐ彼を見つめた。

「冷めたり、してない……?」

難波さんはわたしを見下ろしたまま、くすりと笑みを漏らす。

「誰が冷めるか」

わたしの頬を撫でると、柔らかく微笑む。

「……愛しくて、仕方がない」

一線を越えた後に、まさかそんな言葉を言ってもらえるとは思ってもみなかった。

涙がひと筋、流れる。

難波さんはそれを拭うと、わたしの瞼に唇を寄せた。


日曜日。わたしは球技場に来ていた。

難波さんから昨日の朝、サッカーの試合があると聞かされたからだった。

今日も難波さんと兄貴のコンビネーションは完璧で、女性陣からはこの前よりも大きな歓声が上がっていた。

試合は二対〇で難波さんたちのチームが勝利。どうやら次は決勝らしい。

難波さんに声をかけてから帰りたいところだけど、兄貴に見つかるといろいろと面倒だ。その辺はきっと、難波さんも理解してくれるに違いない。

観客席の階段を降り、球技場の外へ出た。十五時過ぎだというのにまだ太陽はギラギラと鋭く熱を放っていて、少し動いただけでも汗が噴き出してくる。

眩しさに目を細めながら、注意深く辺りを見回す。見知った人間が誰もいないことを確認してから歩き出した、その時だった。

「万椰ー！」

背後から、わたしを呼ぶ声がした。

誰もいなかったはずなのに。なぜバレたんだろう。

ため息をつき仕方なく後ろを振り返ると、思ったとおりの姿がそこにあった。

眉間に皺を寄せた兄貴が、こちらに駆け寄ってくる。

「なに、帰ろうとしてんだよ」

「……いいじゃない、別に」

「よくねーよ。祝勝会、お前も来い」

そう言ってわたしの腕を強引に掴み、会場のほうへと向きを変えた。

わたしは引きずられまいと必死に踏ん張る。

「ちょ、っ……今日はこの後予定があるから行けないってばっ」

兄貴は手を緩めてわたしを見据えると、ニヤリといやらしい笑みを浮かべた。

「聞いたぞ」

「……なにを」

「バーサンと付き合ってるんだって？」

……ああ、だから見つかりたくなかったのに。

視線を逸らしてから「……それがなに？」と冷たく言い放ってやる。兄貴のことだから、どうせからかうつもりなんだろう。

「いや、本当に付き合うことになったんだなーって。バーサンから『もしも、俺がお前の妹と付き合うことになったらどうする』って聞かれた時は、まさかと思ったからさ」

いつかの『千里にはもう話してある』という難波さんのセリフが脳裏に浮かぶ。

彼は兄貴にそんなことを聞いていたのか。

「……それに対して、兄貴はなんて答えたの？」

「聞きたいか？」

にやけ顔でもったいぶられて、イラッとする。

　普段ならこんなふうに言われれば、『じゃあいい』と話を切ってしまうところだけど、やはり答えが気になる。わたしはやむなく頷いてみせた。

「『もしもバーサンが義理の弟になったらって考えると、ちょっと複雑な気持ちになるけど』って言った」

　まさかとんでもなく先走ったことを言われていたとは……。

　思ってもみなかった答えに、顔が熱くなってくる。わたしは汗を押さえるふりをして、ハンカチで顔を隠した。

「でも俺は、バーサンなら万椰を任せてもいいと思ってる」

「なによ、それ……」

「俺はこう見えても、妹思いの兄貴なんですよ」

　急に変な敬語を使われて、困惑する。本気で言っているのか、冗談なのか。

　兄貴はふいとわたしから視線を逸らし、「はー」と長く息を吐いた。

　もしかしたら、自分で言ったことに照れてる……？

　そう考えると、いつもは憎らしい兄貴が少しかわいく思えてくる。

わたしたちはいがみ合うでもなく、貼りつけられた笑顔でもなく、久しぶりに本当の笑顔で別れた。

祝勝会が終わったと難波さんからＬＩＮＥのメッセージが送られてきたのは、〇時過ぎ。

いつでもいいから終わったら連絡が欲しいと言ったのはわたしのほうで、時間など気にしなくてもよかったのだけど、彼からの文面には【深夜に悪い】と気遣う言葉が添えられていた。

試合と、遅くまでの祝勝会で、きっと疲れているだろう。

声が聴きたいという欲求を抑えて、わたしは改めてお疲れさまの言葉を難波さんに送った。

すると、すぐにスマホが着信の音を鳴らして驚いた。

「……もしもし」

《今日は応援に来てくれてありがとうな》

「勝ってよかったですね」

《ああ》

電話しているだけなのに、むずがゆいような照れくささを感じる。

当たり障りのない日常的な会話をいくつかした後、ふと無音になった。

しんとした奥に、彼の気配を探る。

《……寝る前に、声が聴きたかった》

難波さんの声が、耳に甘く響く。

同じことを思っていたのかと、わたしは声を出さずに笑った。

「……わたしも。でも疲れてると思ったから……」

《声が聴ければ、疲れだって吹き飛ぶ》

甘ったるい囁《ささや》きを、胸の奥でゆっくりと溶かす。だって、一気に溶かしてしまうのはもったいない。

《じゃ、また明日》

名残惜しくはあったけど、これ以上は本当に疲れさせてしまいそうだ。

「また、明日……おやすみなさい」

《おやすみ……ああ、万椰》

「ん？」

《愛してる》

不意打ちの言葉に動転しているうち、難波さんは言い逃げするように電話を切った。

「もう……なんなの」

ベッドに横になり、枕を抱える。

最後にとんでもない爆弾を落とされたせいで、わたしはそれからしばらく眠りにつくことはできなかった。


停職三カ月を言い渡されていた二課の三浦係長が、どうやら会社を辞めるらしいという話が一課にも伝わってきた。

確かにあんなことをしたのだから、停職処分が解けたとしても、よほど面の皮が厚くなければ会社には来づらいだろう。

難波さんのほうはといえば、彼があの晩言っていたとおり、訓告処分に決まった。

これでひとまず一件落着、今までと変わらない日常が戻ってくるかと思いきや……予想外のことが起きた。

難波さんはなんと、部長の権限は副部長に委譲して、自分はCaroへ出向扱いにしてほしいと上層部へ申し出たのだ。

この件に関してはまったく聞かされていなかったから、わたしは心底驚いた。おそらく猛反対されると思ったのだろう。

最初は上層部も難色を示していたようだけれど、難波さんの熱意に負け、技術指導という名目で部長職はそのままに、期限付きの一時的な出向という扱いに落ち着いた。

前代未聞のことに、社内ではしばらく『やっぱり難波さんは変わり者だ』という言葉が囁かれていた。

そして、わたしはといえば……。

「桑原さん、二卓バッシングお願いします」

「はい」

バッシングというのは、テーブルを片づけることを示す業界用語。わたしはトレーを持って、お客様が帰ったばかりのテーブルに向かう。

Caro 一号店に通うようになって二週間が過ぎ、だいぶ仕事も板についてきた。といっても、わたしまで出向になったわけではない。

Caro 一号店も新しいシェフを迎えて、一号店独自のメニューを何品か作ろうという話が持ち上がった。わたしはそのプロジェクトリーダーに抜擢《ばってき》され、シェフ本人や店長、マネージャーとの打ち合わせの合間に、忙しい時間帯だけ美杉さんの抜けた穴を埋めている。

でも、それももうすぐお役御免。つい先日新しいスタッフが決まって、今研修中なのだ。

「はぁー……」

ヘルプ業務も終わり、さすがにため息が出る。

でも、ここで疲れてなんかいられない。わたしはこれからフォレストに戻り、十五時からは会議が控えている。

加藤シェフがグルメサイトに書いてしまった悪いイメージを払拭するためにも、社員や店舗スタッフが一丸となって頑張らねばならない時だ。

「桑原」

呼ばれて振り向けば、難波さんがちょうどロッカー室から出てきたところだった。

彼は制服からスーツに着替えている。

「これから戻るんだろ？」

「はい」

「俺も打ち合わせで外に出るから、乗せていく」

その話に、ありがたく乗っからせてもらう。

わたしは急いで着替えて、難波さんと店を後にした。

「新しく入ったスタッフは、どうですか？」

「ああ、カフェでのバイト経験があるから、あまり教え込まなくても大丈夫そうだ」

車のフロントガラスを通り抜け、日差しが容赦なく体に照りつける。それでも歩いて移動するよりは、エアコンがある分、快適に移動できてありがたい。

「難波さんもこっちに来てから、いつも以上に忙しそうですよね。おとなしく部長席に座っていればよかったんじゃないですか？」

冗談交じりにそう言ってやる。

「俺がおとなしく部長席に座っているような人間だと思うか？」

まあ、それもそうだ。

「違いますね」というと「なら、Caroにいたほうがいいだろ」と答えが返ってくる。

「Caroをさらに発展させるためなら、俺はどんなことでもする。それに、まだ俺にも現場でできることがあると思っている。部長席でふんぞり返るのは、それをやりつくしてからでも遅くはないだろ」

難波さんの横顔を見つめる。しっかりと先を見据えている顔が少し癪だけど……かっこいい。

「わたしもまた今から頑張らなくちゃ。難波さんに便乗させてもらったから、電車と徒歩で移動しなかった分、少しは充電できたし」

車が信号で止まる。その瞬間、ふいに唇が重なった。

「ちょっ……まだ仕事中ですって」

「そんなの知るか。仕事のせいで会う時間も取れないんだから、これぐらい当然の権利だろ」

あの夜以来、毎日電話はしているものの、お互いに忙しすぎてプライベートでは会えていなかった。自分だけが会いたいのかと思っていたけれど、難波さんもそう思ってくれていたんだろうか。

顔が熱を帯びる。

「俺だって、少しは充電させてもらわないとな」

わたしは「もう」と困った声を出しながらも、顔がニヤつくのを堪えきれなかった。

そばにいて

「そうだ、聞いてくださいよ！　日中、わたしの元部署の男性社員ふたり、所用でうちの部署に来たじゃないですか。万椰さんが席外した後に『やっぱ彼女、いい女だよなぁ。でも俺らには高嶺の花だけど』って、ぽーっとしちゃってるんですよ。そもそもあんたらのことなんて、万椰さんは歯牙にもかけないっつーの！」

　わたしは今、以前と同じハワイアンダイニングのお店に来ている。

　Caro 一号店の新メニューもようやく決まり、一カ月激務をこなしたわたしの労をねぎらおうと、水上ちゃんが飲みに誘ってくれたのだ。当然、大貫課長も一緒だ。

「女性の前で他の女性を褒めるなんて、随分と無神経なヤツらだね」

　大貫課長のフォローはそつがない。こんなふうに女性の機微をよくわかっている人が、どうして結婚していないのだろうと、つい心の中で余計なことを詮索してしまう。

「さすが大貫課長、わかってらっしゃる！　本当に失礼なヤツらですよねっ！」

　いつものごとくハイペースで飲んだ水上ちゃんは、管を巻き始めている。

　そろそろ、さりげなくジュースと差し替えておくか。

「でも〝高嶺の花〟ってなんなんだろうね。もしかしたら、高嶺の花も間近で見たらその辺に生えてる雑草かもしれないのに」

わたしも酔いに任せて、普段は言わないことを口にした。

「いや、雑草はないよ。一説によるとシャクナゲじゃないかって話もあるようだし」

「シャクナゲぇ？　シャクナゲって、どういう花でしたっけ？」

わたしは水上ちゃんの言葉に、思わず吹き出してしまった。

もしかしたら、高嶺の花とはそんな程度なのかもしれない。手が届きにくいと勝手に思い込んでいる花は、名前も知らないどころか、そもそも幻なのかも、と。

水上ちゃんは「なんで笑うんですかぁ」と眉根を寄せている。

「ごめんごめん。でも、高嶺の花も遠くで眺められたって、あんまり嬉しくないだろうね。だって、孤独には変わりないんだもの」

「……もしかして、万椰さんも孤独を感じてるんですか？　うわーん、一緒に頑張りましょうねぇ！」

水上ちゃんはそう言って、わたしにべったりと抱きつく。

そう言えば、この前の合コンも不発だったと彼女は落ち込んでいた。水上ちゃんのこの荒れようはそれが原因か。

わたしは水上ちゃんの頭を「よしよし」と撫でてやった。

ふたりと駅で別れ、わたしは逸る気持ちを抑えながら待ち合わせ場所に向かった。

今日は金曜日。

この週末は難波さんも久しぶりの完全オフで、飲み会の後に会う約束をしていた。

わたしは【今から向かいます】と彼にメッセージを送り、電車に乗り込む。

駅を出た噴水のある広場で、難波さんの姿を探した。週末だからか、人が多すぎてなかなか見つけられない。

「――万椰」

名前を呼ばれたと同時に肩を叩かれる。

振り向けば、ずっと会いたかった人がそこにいた。

わたしは、難波さんをじっと見つめた。

「……見つけてくれて、そばにいてくれて、ありがとうございます」

そう言うと、彼は怪訝そうな顔をした。

「酔ってるのか？　確かにすぐそばにいたのに、見つけられなかったみたいだからな」

わたしはギュッと彼の腕を掴まえる。

もう孤独じゃない。花を傷つけたり毟《むし》って捨てたりせず、黙ってそばで見守っていてくれる人がここにいる。

そう思うと、幸せな気持ちが込み上げてくる。

難波さんは微笑んで、わたしの頭をポンポンと軽く叩いた。

「あ、そうだ。これ」

わたしは保冷バッグを掲げてみせる。

「水上ちゃんに付き合ってもらって買ってきたんです、Queue のショコラムース。なかなかお店に行けないから、一緒に食べようと思って」

難波さんは「それも魅力的だけど」と言ってから、わたしの耳元に唇を寄せた。

「……もっと魅力的なデザートが目の前にあるからな」

「えっ」

意味がわからず、彼の顔を窺う。

難波さんはニヤリと口元にキレイな弧を描いた。

その表情で、デザートがなにを意味しているのか理解した。途端に顔が熱くなる。

「……食べ散らかして、飽きたりしないでくださいよ」

口を尖らせながらそう言うと、難波さんはふっと笑みをこぼした。

「その辺は安心していい」

難波さんは、わたしの頭を自分のほうへと引き寄せる。

「俺は、ひとつのものが気に入ったら、飽きずにずっと食べ続けるタイプだから」

それを聞いて、叔父さんの店のラムチョップが頭に浮かんだ。

確かに彼は、嘘は言ってない、かも。

わたしはふと、いつか叔父さんが言っていた言葉を思い出した。

『味覚が合う人とは、男女の相性もいいらしいぞ』

そうなんだろうか、と難波さんの横顔を盗み見る。

だとしたら、嬉しい。

「近々、叔父さんの店に行きませんか。モツ煮とラムがすごく恋しくて」

「そうだな」

寄り添いながら、ふたりで夜の街を歩く。

見つけてくれて、ありがとう。

そばにいてくれて、ありがとう。

わたしは心の中で、もう一度そう呟いた。

特別書き下ろし番外編

まだ見ぬ向こう岸へ

彼は上体を起こすと、わたしの隣にごろりと体を横たえる。名残惜しそうにこちらに伸ばされた手が、わたしの頬に触れた。

いつもは仏頂面の彼がこんな甘い顔をするなんて、誰が想像するだろう。

この上ない幸せを感じながら、それでも難波さんの瞳の奥に、つい探してしまうのだ。……〝翳《かげ》り〟を。

「どうした？」

「……ううん」

難波さんはなにかを感じ取ったように、薄く笑みを浮かべた。ベッドから体を起こすと、わたしの髪を払い、額に優しくキスを落とす。

「なにか飲むか」

難波さんは椅子にかけていたシャツを羽織り、リビングへと消えていく。その後ろ姿を目で追った。

付き合い始めて約三カ月。

ふたりの関係は、順調と言っていいと思う。ケンカもしていないし、難波さんの優しさも変わっていない。むしろ、甘さが増した気さえする。

それなのに、彼の背中を見るたび、どうしようもない不安と心細さがわたしを襲う。

『どこに不安になる要素があるの？』と問われれば、どこにもそんな要素なんて見当たらない。大事にされていると、頭ではわかってる。

『やることとヤッて目的を達成したら、中身がないことに気づいて離れていくだろうよ。結婚まで考えるような男は誰もいないって』

不安が拭えないのは、きっと兄貴に繰り返し繰り返し刷り込まれてきたこの言葉が、わたしの中で消えない痣《あざ》になっているからなのだろう。


「万椰さん、最近ますますキレイになりましたよねー」

給湯室で客用の湯呑やらの片づけをしていると、水上ちゃんがふいにわたしの顔を覗き込んだ。

「化粧のりもいいし、なんか、キラキラしてる」

「えっ……そ、そう？」

「さては、男できましたね？」

動揺を悟られまいと、水上ちゃんから逃げるようにくるりと背を向ける。

「そんなことないよ」

おかしな答えになってしまったと、言った後に気づいた。でもそれほどに動揺していたのだから仕方がない。

難波さんと付き合っていることは、会社の人たちには内緒にしている。理由は簡単。仕事がやりづらくなるのが目に見えているからだ。

「怪しいなー」

水上ちゃんは背中側からひょこりと顔を出し、またわたしの顔を覗き込んだ。

「ああほら、急いで片づけないと大貫課長に置いていかれちゃうよ。十四時に出かけるんでしょ？」

「え？　あ、もうこんな時間！」

腕時計を確認しながら、水上ちゃんはわずかに口角を上げた。

彼女は最近、どうも大貫課長を意識しているように見える。少し前、たまたまわたしの都合がつかず、水上ちゃんと大貫課長のふたりだけで飲みに行ったあたりから、なんとなくそうなった気がしている。

なにがあったのか聞き出したいところだけど、それでふたりの仲がぎくしゃくすることになったら困る。

「そうそう、時間で思い出したんですけど、すごく当たるっていう占い師さんに今度占ってもらおうと思っているんですよ」

水上ちゃんは弾んだ声で急にそんなことを言った。

「水上ちゃんが占いなんて、珍しいんじゃない？」

これまで水上ちゃんから占いの〝う〟の字も聞いたことがないし、雑誌の星占いすら読んでいるところを見たことがなかった。

意外と現実的な子なのかと思っていたのだけど……。

「今までは占いする余裕もなかっただけで、前から興味はあったんです」

顔をほんのり赤らめてはにかんだ水上ちゃんは、すっかり恋する女の顔だ。

「人気で予約制なんで今日予約入れるんですけど、万椰さんも一緒にどうですか？」

「あー……ごめん。わたしはその手の類は……」

「えっ、万椰さんは占い否定派ですか？」

否定派というわけではない。十代の頃はそれこそ雑誌の占いもよく見ていたし、姓名判断の人に占ってもらったこともある。ただ、ネガティブなことを突きつけられた時に、それをポジティブに持っていくことができず余計ネガティブになってしまったから、近寄らなくなったというだけだ。要するに、意気地なし。

水上ちゃんはそんなこととはつゆ知らず「自分の道は自分で切り開くって、万椰さんらしい!」と勝手に解釈して、いつものように盛り上がっている。

「なんて言われたか、後で聞かせて」

「もちろん。万椰さんが聞きたくなくても報告しますから!」

水上ちゃんの目には期待が満ち溢れている。そのポジティブさがうらやましい。

もし、この先の未来を覗くことができたら……。たとえ覗くことができたとしても、怖くてわたしは目を瞑ってしまうだろう。


あれからCaroの定期巡回は、わたしひとりで行っている。難波さんがCaroに出向中ということもあって、それで問題ないだろうという上からの判断だったようだ。

『桑原にならな全面的に任せても大丈夫』と言ってもらえなかったのは、わたしの力不足。頑張らなくては、と力が入る。

「抜けてきて、本当に大丈夫だったんですか?」

「休憩中まで店にいなくちゃいけないという決まりはないから、問題ない」

今日はそのCaroの巡回日。難波さんのお昼休憩に合わせて、外で食事をしようということになった。傍目には仕事の打ち合わせに見えるだろうし、その辺は疑われることはなさそうだけど……。

「でもさっき、店長がいてほしそうな素振りを見せてましたし……」

「あいつは俺が来てから俺に頼りっぱなしなんだよ。こっちは期限を決められてる身だから、必要以上に頼られてもな。だから、むしろ俺がいないほうがいいんだ」

難波さんの出向は社長から直々に、あと一カ月と期限を言い渡されている。難波さんはその決定に不服だったようだけど、社長に言われては仕方がないと、折れたらしかった。

正直に言えば、わたしとしては難波さんが一日でも早くフォレストに復職してくれたほうが嬉しい。なぜなら、新メニューが決定してわたしが頻繁に一号店に出向くことがなくなってからは、お互いに予定が合わず、公私合わせても週に一、二度会えるかどうかという状態が続いているからだ。

波風立つこともなく順調に見えるのは、ただ単に会えていないからじゃないだろうか。

気がつけば、そう悲観的に考えてしまう自分がいる。不安に思っていたっていいことはないと、過去の経験でわかっているのに。

「なにか心配事でもあるのか？」

欧風カレーのお店のランチを食べ終え、わたしがデザートの柚子《ゆず》シャーベットをひと口食べたタイミングで、難波さんはわたしに聞いた。

「どう、したんですか、急に」

ドキリとして、声に動揺が出てしまう。

「この前からそんな顔してるから」

「別に……なにもないですよ」

そう言って笑ってみせようとしたのに、明らかに顔が引きつった。これじゃ、『なにかあります』と言っているようなものだ。

ああもう、どうしてうまくできないの。

「出るぞ」

わたしがシャーベットを食べ終えたタイミングで、難波さんは急ぐように席から立ち上がった。

いったいどうしたのだろう。いつもなら食べ終わってこんなに早く店を出ることはない。休憩もまだ二十分ほど余裕があるはずだ。

わたしが戸惑っているうちに難波さんは早々に会計を済ませてしまい、もう店の外に出ている。後を追いかけると、彼は無言でわたしの手を取った。

ここはビルの八階。難波さんはなぜかエレベーターではなく、階段のほうへと歩みを進める。

まさか一階まで階段で下りる気だろうか。

そう思った瞬間、踊り場の壁に背中を押しつけられ、いきなり唇を塞がれた。

「ちょ……っ、難波さんっ」

慌てて彼の胸を押す。

「……なに？」

難波さんは怪訝そうな顔でこちらを見ている。

「どう、して」

確かに強引なところがある人だけど、こんなのは初めてだ。

「……いいから、黙ってろ」

もう既に口を塞がれてしまっているのだから、言われなくても黙るしかない。

ビルの階段で、いつ人が来てもおかしくない状況で、わたしたちは仕事の合間になにをやっているのだろう。

深く口づけられたせいで、淫らな音が時折、踊り場に響く。すごくいけないことをしている気分だ。

ひとしきりキスをした後、難波さんはわたしを引き寄せて優しく抱きしめた。

「……俺がどれだけ我慢してるか、わからせてやろうかと思って」

「えっ」

耳元に落とされた意外な言葉に、自分の耳を疑う。

「自分で作ってしまった状況とはいえ、俺だって我慢に限界がある」

「我慢……してたんですか？」

「してないとでも思ったか？」

難波さんはわたしの顔を覗き込んだ。わたしは赤くなっているであろう顔を見られないように俯く。

「もう少し会う時間が取れるように、なんとかしないとな」

わたしの頭を撫でる手が優しくて、泣きそうになった。

やっぱり難波さんは大人だ。わたしが浮かない顔をしていても、『なにが気に入らないんだ』『なんで俺のことが信用できないんだ』とわたしを責め立てたりはしない。

この人ならもしかしたら、時々こんなふうにわたしを宥めすかしながら、ずっと一緒にいてくれるかもしれない。

そう思うのに、どうして不安になってしまうのか。信じきれていない自分が、心底嫌になる。


残業を終えると、オフィス内にはわたしと大貫課長のふたりだけになっていた。

「すみません。ハンコのためだけに、課長に残ってもらってしまって」

「これも課長の仕事だからね。桑原さんのせいでもないし、気にしなくていいよ」

急いで書類を送る手配を済ませ、ついでにロッカーから自分の荷物を取り出してオフィスに戻ると、大貫課長はまだオフィス内に残っていた。

いつもなら自分の用件が済めばすぐに帰る人なのに、珍しい。

「そんな、おばけでも見るような顔しないでほしいな」

大貫課長はそう言って苦笑している。

思ったことが顔に出てしまっていたとは。

「いえ、もう帰ったと思っていたので……」

慌てて繕う。

「桑原さんを待ってたんだ。せっかくだから、その辺で軽く飲んでいかないかと思ってね」

大貫課長から飲みに誘ってくるなんて、これもまた珍しい。水上ちゃんのことも気になっていたわたしは、その誘いに乗ることにした。

課長が「ここで」と言ったお店は、会社近くの立ち飲み屋。立ち飲みといっても大衆居酒屋的なところではなく、おしゃれなワインバーだ。ここをセレクトしたあたり、本当に軽く飲むだけのつもりなのだろう。

チーズの盛り合わせ、桜海老の揚げパン、鶏ハム。大貫課長が頼んでくれたフードがテーブルに並ぶ。

「まさか、大貫課長から飲みに誘われるとは思いませんでした」

グラスを合わせた後、正直な気持ちを口にしてみると、大貫課長は困ったように笑った。

「俺だって、たまにはそんな気分になることもあるよ。でも、迷惑だったかな」

「いえ、迷惑なんてことはないです。課長こそ、わたしとふたりきりで飲んでいるところを見られたら、困る人がいるんじゃないですか?」

カマをかけるつもりじゃなかったのに、水上ちゃんのことが頭にあったせいで、そんな下世話な言葉が口をついて出てしまった。

大貫課長ならきっと笑って流してくれるだろうと思っていれば、予想に反して表情を曇らせている。

「……すみません、調子に乗ってしまって」

「いや……」

大貫課長はチーズをひと口かじり、ワインを口に含む。

わたしも間が持たず、ひと口サイズの揚げパンを小さくかじった。

「……そんな人が、今でもいてくれたらよかったんだけどね」

「え？」

大貫課長を見れば、店の壁面にかけられた、メニューが書き込まれている黒板を見つめている。でもその瞳には、黒板は映っていないように思えた。

『今でもいてくれたら』とは、どういうことだろう。これまで、大貫課長のプライベートな話は聞いたことがない。それに、過去形なのが気にかかる。

「『転ばぬ先の杖《つえ》』って諺《ことわざ》、知ってるでしょ？」

「え……あ、はい」

突然の話の転換に、わたしは戸惑いながら頷いた。

「転ぶ前に用心して杖を手にしていれば、いざ転びそうになっても大丈夫だということだけど」

そこまで言うと、彼は手に持ったグラスをことんとテーブルに置いた。

「用心ばかりしていたら、杖があっても、そのうち怖くなって一歩も踏み出せなくなるんだよ」

……驚いた。まるでわたしのことを言っているようだったから。大貫課長も、わたしみたいに臆病になっていたということ……？

「それでいざ踏み出そうとしたら、向こう岸に渡るための橋が外されてしまった。そんなことが起きるなんて、その時になってみなければわからないもんなんだよね」

心がぞわりと粟立《あわだ》った。

前へと続く道は、永遠にそこにあるわけじゃない……。

「……って、変なこと言って悪いね」

大貫課長は気まずそうにワインをあおった。

彼がなんのことを話しているのか、よくはわからない。もしかしたら、失った愛しい誰かが過去にいたということなんだろうか。だとしたら、大貫課長が結婚しない理由もなんとなくわかる気がする。

「……いえ。あの……踏み出せない気持ち、よくわかります。大事にしたいことであればあるほど、踏み出せなくなってしまうというか」

言おうか言うまいか悩んだ末、わたしはそう口に出した。

大貫課長は驚いた顔でこちらを見ている。

「意外だね。桑原さんがそんなことを言うとは思わなかった」

「そうですか?」

笑ってみせると、大貫課長もわたしにつられるようにして笑った。

「そんな経験をしていても、踏み出すのはやっぱり怖いね……」

店内の賑やかな声に紛れて、ボソリと独り言のように呟かれた言葉が耳に入る。

大貫課長は、本当はわたしになにか聞いてほしかったのだろうか。

密かに構えていたものの、彼からそれ以上そういった話はなく、他愛もない仕事の話をしながら、もう一杯ずつワインを飲んで別れた。


それから数日経った、ランチタイム。

大貫課長が出張しているので、水上ちゃんとたまには会社近くのカフェにでも行こうかという話になった。

例の、水上ちゃんの占いの予約日は、昨日。仕事が終わって意気揚々と出かけていったのに、なんだか今日の彼女は浮かない顔をしている。

「……ねえ、どうだったの？　占い」

どうしようかと躊躇したが、黙っているのも不自然な気がして、恐る恐るこちらから切り出した。

案の定、水上ちゃんは「ああ……」と歯切れの悪い声を上げて目を伏せている。

「話したくなかったら、無理に話さなくてもいいよ」

「そういうわけじゃ、ないんですけど……」

水上ちゃんは煮え切らない様子でタコライスをつついている。少ししてスプーンをプレートに置くと、顔を上げた。

「わたし、バカだったなって。占いっていいことばかり言われるわけじゃないんですよね」

「なにか悪いことでも言われたの？」

わたしの問いかけに、水上ちゃんはまた俯いた。

「……この恋には、すごく大きな障害があるって」

わたしは、数日前の大貫課長の言葉を思い出していた。

過去になにかがあって、彼は今でもそれを引きずっているのかもしれないと、わたしは短い言葉から推測していた。だとしたら……。

『そんな経験をしていても、踏み出すのはやっぱり怖いね……』

あれは今、前を向き始めているということじゃないだろうか。

「障害があるから諦めろって言われたの？」

「そこまでは言われてないんですけど……」

水上ちゃんは首を横に振る。

「じゃ、やれるところまで頑張ってみなくちゃわからないじゃない？　だって、未来は決められているものじゃなくて、自分がこれから作っていくものなんだから」

水上ちゃんを励まそうとした言葉に、わたし自身が衝撃を受けていた。

そうだ。未来は決められたものじゃない、自分でこれから作っていくものなんだ。

「やっぱり万椰さんはかっこいいな……」

少し涙ぐみながらも、水上ちゃんは笑みを浮かべた。


その日の晩、二十一時過ぎに難波さんはわたしの家に来た。

『もう少し会う時間が取れるように、なんとかしないとな』と彼があの時言ったとおり、少しの時間だけでも会えるようにと無理して来てくれたのだ。

「嬉しいけど、あまり無理しないでくださいね」

わたしは難波さんのスーツのジャケットをハンガーにかけてから、なにか飲み物でも出そうとキッチンへ向かった。

「無理してでも会わないと……俺のいない間にまた他の男とふたりで飲みに行かれたらたまらないからな」

後ろから聞こえてきた言葉に驚く。振り返ると、難波さんは眉根を寄せていた。

「この前、大貫課長とワインバーで飲んでただろ」

「な、んで、それ……」

見られて困るのは、わたしのほうだった。

やましいことはなにひとつないけど、虚をつかれてうろたえてしまう。

「Caro のスタッフでふたりを見たってヤツがいたんだが、やっぱり本当だったのか」

カマをかけられたんだろうか。

難波さんはわたしの頭に手をかけると、背中側から少し乱暴に唇を塞いだ。

「ただ、仕事終わりに軽く飲んだだけで……」

やきもちを焼いてくれているのなら、嬉しい。でもその一方で、こんなほんの些細なことでも関係が壊れてしまうのではと不安がよぎってしまう。

……ううん、違う。もう不安がっている場合じゃない。向こう岸に橋がかけられているのは、今だけかもしれないんだから。未来は、自分で作っていかなくちゃ。

わたしは向き直り、難波さんの胸にとすんと額をつけた。

「……わたしは、難波さんだけが好きなの」

難波さんはわたしの顎に指をかけて上を向かせると、今度は優しくキスを落とす。

そして、そのままふわりとわたしを抱きしめた。

「……なんか、今日はやけにかわいいな」

髪を撫でられて、気持ちのよさに思わず目を瞑る。

「こんなにかわいくされたら、余計に心配になる」

「そんな……」

難波さんはわたしを離すと、流しにもたれた。

「ずっと俺のそばに置いておかなきゃ、安心できない」

瞳の奥を覗くような視線に、鼓動がトクトクと早鐘を打つ。

「今度の休み、指輪を見に行くぞ」

「……えっ」

ぽかんとしていると、彼は満面の笑みを浮かべた。

「結婚するんだよ」

『結婚してほしい』とか『結婚しよう』とかそういう言葉じゃなく、またもや一方的なセリフ。やっぱり、こういう時まで難波さんらしい。

「……まだ、三カ月ですよ？」

「付き合った長さなんか、どうでもいい」

思わず吹き出すと、彼は怪訝そうな表情になった。

わたしはひとつ、息を小さく吐き出す。

「よろしくお願いします」

そう言って、難波さんに頭を下げた。

これからもまた、不安になってしまうこともあるかもしれない。でも、そのたびに杖を握って、橋へと足を踏み出していかなければ。……この人と一緒に。

難波さんはほっとしたように微笑んで、わたしを思いきり抱きしめた。

END

あとがき

どうも、つきおか晶と申します。数ある書籍の中からこの本をお手に取っていただき、誠にありがとうございます。いかがでしたでしょうか。

漫画や恋愛小説などで地味子がもてはやされている昨今、ひねくれてあまのじゃくな私は美人さんを主人公にしてみました。

美人でもきっとそれなりの悩みがあるかもしれない。そう思って書き始めたのですが、いかんせん自分は美人というカテゴリーには程遠い人間なもので、美人の気持ちがわからない。

であればと周りや世の中を見てみれば、美人さんとてけっして恋愛でうまくいっている人ばかりではなく、逆にスペックの高さが仇《あだ》になっている人さえいる。でも悩みを人に打ち明ければ、嫌みにとられかねない。もしかして、ある部分では孤独なのでは?と考え、できたキャラクターが万椰でした。

難波は何事にも真っ直ぐで、傍から見ればちょっと変わった男。でも自分とこんなに真っ直ぐに向き合ってくれる人がいたら、孤独を抱えた人にとってはなおのこと心強いだろうなと思います。

そして、この小説にはたくさんのおいしそうなものを登場させてみました。

前作『恋色カフェ』を書き上げた時に「次は自分もお店で食べているような気分になれる小説を書くぞ」と考えていまして、完全に自己満足です。すみません……。

読んでくださった皆様も、読み終わった後に「おなか減った！」と思っていただけていれば、この上なく嬉しい限りです。


最後になりましたが、いつもお世話になっている担当の森上様、編集に携わってくださったヨダ様をはじめ皆々様、素敵なイラストで表紙を飾ってくださったヤマウチシズ様にこの場をお借りしてお礼を申し上げたいと思います。本当にありがとうございました。

そして何よりも、この本をお手に取ってくださった皆様、いつも応援してくださっている皆様に心からの感謝を申し上げます。本当にありがとうございます。

また皆様と、こうしてお目にかかれる日を夢見て……。

つきおか晶《あきら》

つきおか晶先生への
ファンレターのあて先

〒104-0031
東京都中央区京橋1-3-1
八重洲口大栄ビル7F
スターツ出版株式会社　書籍編集部　気付

つきおか晶先生

本書へのご意見をお聞かせください

お買い上げいただき、ありがとうございます。
今後の編集の参考にさせていただきますので、
アンケートにお答えいただければ幸いです。

下記URLまたはQRコードから
アンケートページへお入りください。
http://www.berrys-cafe.jp/static/etc/bb

甘い恋飯は残業後に

2016年4月10日　初版第1刷発行

著　　者　つきおか晶
©Akira Tsukioka 2016

発 行 人　松島 滋

デザイン　hive&co.,ltd.

D T P　久保田祐子

校　　正　株式会社　文字工房燦光

編集協力　ヨダヒロコ（六識）

編　　集　森上舞子

発 行 所　スターツ出版株式会社
〒104-0031
東京都中央区京橋1-3-1　八重洲口大栄ビル7F
TEL　販売部　03-6202-0386（ご注文等に関するお問い合わせ）
URL　http://starts-pub.jp/

印 刷 所　大日本印刷株式会社

Printed in Japan

乱丁・落丁などの不良品はお取替えいたします。
上記販売部までお問い合わせください。
定価はカバーに記載されています。

ISBN 978-4-8137-0084-5　C0193

ベリーズ文庫 2016年4月発売

『イケメン弁護士の求愛宣言！』 花音莉亜《かのんりあ》・著

彼氏いない歴4年の恋に奥手な事務員・由依子は『内野法律事務所』に転職して2年。ある夜、バーで意気投合したイケメンが、イギリスから帰国した事務所の跡取り息子・真斗と発覚！　彼に誘われるまま連れて行かれた先の、夢のようなクルージングで、まさかの彼からの告白を受けてしまって…!?

ISBN 978-4-8137-0082-1／定価：本体620円＋税

『立花課長は今日も不機嫌』 紅《くれない》カオル・著

会社に内緒で副業しているＯＬ・杏奈。ある日、それが立花課長にバレてしまう！　エリートで容姿端麗な彼は、クール過ぎる"完璧上司"。副業を辞めるよう口では叱りながらも杏奈をいつも守ってくれる。惹かれ始める杏奈に彼は「お前には冷静でいられなくなる」と、突然抱き寄せてきて…!?

ISBN 978-4-8137-0083-8／定価：本体650円＋税

『甘い恋飯は残業後に』 つきおか晶《あきら》・著

飲食系企業に勤める万梛は、恋愛経験豊富に見られがちだが、実は未だ処女。地元の行きつけの洋食屋さんが心の拠り所。ある日そこで偶然、イケメン部長の難波に会う。横暴で強引な彼が苦手な万梛だったが「食べてる時の顔可愛いな」と微笑まれ、素の自分を見られた気がして胸が高鳴って…!?

ISBN 978-4-8137-0084-5／定価：本体650円＋税

『極甘上司に愛されてます』 来海《くるみ》シスコ・著

OLの亜子はイケメン上司の高槻と一緒にいる時に、彼氏の浮気を目撃してしまう。優しくなぐさめてくれる高槻に救われる亜子。すると彼が突然「お前のこと落としにかかっていいか?」と熱い眼差しを向けてきて…。頼れる上司としか思っていなかったのに、男性として意識し始めてしまい!?

ISBN 978-4-8137-0085-2／定価：本体640円＋税

『契約彼氏はエリート御曹司!?』 春奈真美《はるなまみ》・著

"付き合った男をダメにする"と社内で有名なOLの葉月。ある日、社長の息子で"完璧男"のイケメン総本部長、蒼一から呼び出され、とある事情で「俺をダメにするために"仮"で俺と付き合ってくれ」と告げられる！　OKした葉月は、交際していくうちに"嘘の恋人"と知りながらも彼に惹かれてしまい…?

ISBN 978-4-8137-0086-9／定価：本体640円＋税

書店店頭にご希望の本がない場合は、書店にてご注文いただけます。